AF186036

Volker Jochim

Dreikönigsfeuer

Kommissar Marek stößt an Grenzen

Kommissar Mareks dritter Fall

Kriminalroman

© 2016 Volker Jochim

Umschlag, Illustration: tredition, Volker Jochim (Foto)

Verlag: tredition GmbH, Hamburg

ISBN

Paperback	978-3-7345-1860-7
Hardcover	978-3-7345-1861-4
e-Book	978-3-7345-1862-1

Printed in Germany

1

Es war der fünfte Tag des neuen Jahres, und der erste seit Wochen, an dem sich die Sonne wieder einmal zeigte.

Robert Marek hatte ein ruhiges Weihnachtsfest und einen ebenso ruhigen Jahreswechsel verbracht, was aber hauptsächlich dem, selbst für norditalienische Verhältnisse, extrem harten Winter geschuldet war. Seit Mitte Dezember hatte ein ständig von Nordost bis Südost drehender Wind für frostige Temperaturen und ungewöhnlich viel Schnee gesorgt, der, wenn der Wind vom Meer herein wehte, sich auf den Straßen und Plätzen auftürmte und das öffentliche Leben der kleinen Stadt in die warmen und gemütlichen Häuser verdrängte.

So hatte Marek auch seinen Plan, zwischen den Jahren seine Freunde in Frankfurt zu besuchen, schnell aufgegeben.

Vor zwei Tagen hatte dann Tauwetter eingesetzt und heute schien zum ersten Mal wieder die Sonne. Das heißt, ihre noch schwachen Strahlen versuchten sich durch das milchige Weiß des Himmels zu kämpfen. Die Menschen drängten nach draußen. Die Stadt erwachte aus ihrem Winterschlaf.

Robert Marek schlenderte mit seiner Freundin Silvana die Viale Santa Margherita entlang. Es war noch immer empfindlich kühl und so hatten beide die Kragen ihrer Jacken aufgestellt und er hatte seine Mütze tief ins Gesicht gezogen.

Silvana Rafaeli war Journalistin beim *Gazzettino*. Sie und Marek lernten sich vor eineinhalb Jahren bei einem seiner Kurzaufenthalte hier in Caorle kennen. Er war damals noch Kriminalhauptkommissar beim Morddezernat in Frankfurt. Da er, aufgrund seiner hemdsärmeligen, unorthodoxen Ermittlungsmethoden, permanent Probleme mit seinen Vorgesetzten hatte und einer paradoxerweise drohenden Beförderung zum Bundeskriminalamt entgehen wollte, hatte sie ihn überredet sich früher pensionieren zu lassen und nach Caorle zu ziehen. Er hatte es bis zum heutigen Tag nicht bereut. Dass diese Beziehung immer noch Bestand hatte machte ihn glücklich und verwunderte ihn gleichermaßen, denn so lange hatte es noch nie eine Frau mit ihm ausgehalten, oder er noch mit keiner Frau, wie man es eben betrachten wollte.

Sie schien seine Gedanken zu erraten und hakte sich lächelnd bei ihm unter.

„Lass uns sehen, ob Luca schon geöffnet hat. Hast du Lust auf einen Cappuccino?"

„Ja gerne, und einen doppelten Grappa. Dann wird es wenigstens innerlich warm."

Eine Horde laut lachender und schreiender Kinder

rannte an ihnen vorbei in Richtung Altstadt.

In der Bar *Roma* war schon Betrieb, aber ein Tisch, direkt vorne am großen Fenster, war noch frei.

„*Buon giorno, Luca, buon anno!*"

„*Salve, grazie,* das wünsche ich euch auch!"

„Machst du uns bitte zwei Cappuccino und für Roberto noch einen doppelten Grappa."

„*Subito.*"

Marek hatte sich mittlerweile, wenn auch unter größtem Bedauern, daran gewöhnt, dass er in der Bar nicht mehr rauchen durfte, aber um draußen zu sitzen, war es nun wirklich zu kalt. So genossen sie das wärmende Getränk, und sahen dem immer stärker werdenden Treiben auf der Straße zu. Überall standen kleine Gruppen gut gelaunter Leute, die sich gestenreich unterhielten und immer mehr Jugendliche mit Fahrrädern und Motorrollern bevölkerten die Piazza Sant' Antonio.

„Was ist denn eigentlich heute los?", fragte er verwundert. „Da draußen ist ja mehr Betrieb als im Sommer. Das kann doch nicht alleine an den paar Sonnenstrahlen liegen."

„Weißt du denn nicht, welcher Tag morgen ist?"

„Doch, Dienstag, wenn ich mich nicht irre."

„*Stupido,* morgen ist *Epiphania.*"

„Ja und? Muss ich das kennen?"

„Ja und? Das ist auch das Fest der Heiligen drei

Könige. Kennst du das nicht?"

„Doch schon."

Marek war kein besonders religiöser Mensch und Feiertage waren bei ihm nur von Bedeutung, wenn sie mit einem arbeitsfreien Tag einhergingen.

„Aber bei uns gab es an diesem Tag nicht einmal frei, also war er uninteressant. Trotzdem verstehe ich nicht, warum einen Tag vorher schon solch ein Volksauflauf stattfindet. Die Kinder benehmen sich ja wie an Karneval."

„Du liest in der Zeitung wohl nur den Sportteil, oder?"

Das klang schon eher nach einer Feststellung, denn einer Frage.

„Das ist die Vorfreude, denn heute Nacht lässt die Gemeinde eine alte Tradition wieder aufleben. Heute Nacht wird nach vielen, vielen Jahren erstmals wieder ein Dreikönigsfeuer entzündet. Im Friaul ist das jedes Jahr ein riesen Spektakel und in Tarcento heißt das *Festa dei Pignarui*, zu dem auch viele Touristen kommen. Auch in Treviso findet dieses Fest jedes Jahr statt. Jetzt wollen unsere Stadtväter auch hier diese Tradition wieder aufleben lassen, wohl in der Hoffnung auf ein paar Touristen."

„Wegen eines Lagerfeuers machen die Leute solch einen Aufstand?"

Marek blickte immer noch verständnislos drein.

„Das ist kein Lagerfeuer! Unten am Strand, bei der Chiesa Madonna dell' Angelo, bauen die Jugendlichen einen riesigen Scheiterhaufen aus den ausrangierten Weihnachtsbäumen. Der wird dann heute Nacht feierlich entzündet und entlang der Salita dei Fiori gibt es Musik und Stände, an denen man *Salsicce* mit Polenta, belegte Panini und natürlich Vino caldo kaufen kann."

„Das hört sich gut an", dabei dachte er in erster Linie an Essen und Trinken, „gehen wir hin?"

„Ich muss ohnehin dabei sein, denn der Zeitung ist das sogar einen Artikel wert. Aber schön, wenn du alter Brummbär mal aus deinem Loch kommst."

Nachdem sie ausgetrunken und bezahlt hatten, Marek nahm sich noch eine Schachtel *MS* mit, schlossen sie sich dem immer größer werdenden Strom von Menschen an, der sich in Richtung Altstadt bewegte. Gegenüber der Piazza Vescovado stiegen sie die weißen Marmorstufen zur Uferpromenade hinauf. Das Meer lag ruhig und seltsam hellgrau gefärbt vor ihnen und schien ohne erkennbare Trennungslinie am Horizont in den milchigen Himmel überzugehen. Eine merkwürdige Stimmung ergriff sie beide, als sie über die endlos scheinende Wasserfläche blickten, trotz, und inmitten des Trubels um sie herum. Ein Gefühl, als wäre die Welt in Watte gepackt. Alle Geräusche traten zurück und schienen von weit her zu

9

kommen. Ein Gefühl, gleichermaßen des inneren Friedens und der Beklemmung. Silvana drückte sich gegen Mareks Schulter. So verharrten sie und sogen die Stille in sich auf. Erst nach einer Weile gelang es ihr als erste sich aus dieser Stimmung zu lösen, die sie beide umfing.

„Komm, lass uns weiter gehen."

Noch bevor sie die Chiesa Madonna dell'Angelo erreichten, konnten sie links daneben, in der Strandbucht, die vor Jahrhunderten einmal der Hafen von Caorle gewesen war, den riesigen Haufen aus Nadelbäumen, Brettern, Balken und Stroh erkennen, der dort aufgeschichtet war.

„Das sind ja mindestens fünf bis sechs Meter", meinte Marek erstaunt. „Das brennt bestimmt die ganze Nacht lang."

„Soll es ja auch."

„Wer hat denn den Haufen aufgebaut?"

„Hatte ich dir doch vorhin gesagt. Die Jugendlichen aus der Stadt. Es gab einen Aufruf der Stadtverwaltung und jeder zwischen sechszehn und zwanzig Jahren konnte sich melden. Danach durften auch nur noch diejenigen Hand anlegen, die ausgewählt wurden. Das Ganze fand unter Aufsicht der Polizia Comunale statt, damit kein Unsinn gemacht wurde."

„Und wie lange haben die daran gebaut?"

„Gestern den ganzen Tag bis gegen acht Uhr am Abend. Danach ist die Polizei hier Streife gefahren, damit niemand auf die Idee kommen konnte, den Scheiterhaufen zu zerstören."

„Und wann geht das Spektakel los?"

„Die Buden hier öffnen gegen acht Uhr und das Anbrennen des Scheiterhaufens ist für zehn Uhr geplant. Das geht dann fast die ganze Nacht hindurch. Danach gibt es eine Feuerwache, die dafür sorgt, dass nichts passiert und das Feuer nicht erlischt. Ursprünglich fanden diese Feuer immer auf einer Piazza statt, aber dem Bürgermeister war das zu riskant, wegen des Funkenflugs."

„Da hat er wohl Recht. Stell dir vor, wie schnell mit einem einzigen Windstoß die ganze Altstadt abgefackelt wäre."

„Komm, gehen wir zu mir. Da können wir uns noch etwas aufwärmen, bis wir uns heute Abend ins Getümmel stürzen. Ich mach uns noch schnell etwas zu essen."

„Überredet."

Hand in Hand schlenderten sie weiter in Richtung Via Pineda.

***

„Was gibt es denn Gutes?", fragte Marek, als er, wie gewohnt, Silvanas Bücherschränke inspizierte, während sie sich in der Küche zu schaffen machte.

Das Sammeln alter Bücher und Erstausgaben, war eine von Mareks großen Leidenschaften, die er sich mit Silvana teilte.

„Was hältst du von *fusilli al tonno*?"

„Hört sich verlockend an."

„Du könntest schon einmal den Wein aufmachen."

„Welchen?"

„Den Trebbiano, er steht im Kühlschrank."

„Hast du etwas Neues?", fragte Marek, der in Gedanken immer noch bei den Bücherregalen war, während er die Flasche entkorkte.

„Ja, schau mal in die Vitrine. Das habe ich heute Morgen bekommen."

„Habe ich es doch richtig gesehen."

Marek stellte die Flasche auf den Tisch und ging zurück ins Wohnzimmer. Vorsichtig nahm er das alte, in dunkelbraunes Leder gebundene Buch aus der Vitrine und betrachtete es ehrfürchtig von allen Seiten. Einband und Goldprägung auf dem Buchrücken waren in bestem Zustand. Auch der Schnitt war perfekt erhalten. Dann öffnete er den Buchdeckel und starrte auf den Vorsatz, der am Rand einige kleine braune Wasserflecke aufwies.

„ECCLESIASTICAE HISTORIAE BREVIARIUM – JOANNE LAURENTIO BERTI", las er laut, "VENETIE 1763. Wo in aller Welt hast du denn dieses Prachtstück aufgetrieben?"

„Du erinnerst dich doch an den Buchhändler aus Padua, der mir für dich die deutsche *d'Annunzio* Ausgabe besorgt hat. Der hat mir auch dieses Buch aus einer Klosterbibliothek besorgt."

„Wie? Er hat doch nicht etwa …?"

„*Stupido*, natürlich nicht! Das Kloster hat einige Exemplare aus seiner Bibliothek zum Verkauf angeboten. So das Essen ist gleich fertig."

Schweren Herzens legte Marek das Buch in die Vitrine zurück und nahm am Esstisch Platz. Kurz darauf erschien Silvana mit zwei Tellern des köstlich duftenden Pasta Gerichtes.

***

Marek trank einen Schluck Caffè, lehnte sich zufrieden zurück und steckte sich eine Zigarette an.

„Hat es dir geschmeckt?"

„Ganz ausgezeichnet. Sieht man das nicht?"

Silvana musste schmunzeln, als sie ihn dort so satt und zufrieden im Sessel liegen sah.

„Ich mache mich nur noch etwas zurecht, dann können wir gehen."

Marek brummte etwas Unverständliches. Einerseits wollte er sich das Spektakel am Strand nicht entgehen lassen, andererseits wollte sein Körper lieber ausgestreckt im Sessel liegen bleiben.

„Was ist mit dem Abwasch?", fragte er in der Hoffnung, die Entscheidung noch etwas hinaus zö-

13

gern zu können

„Lass nur, das mache ich morgen."

Die Entscheidung war gefallen. Er drückte seine Zigarette in Silvanas sündhaft teuren, mit dem typischen Mäandermuster und zwei Medusen verzierten *Versace* Aschenbecher aus, erhob sich schwerfällig und zog seine Jacke über. Silvana stand schon im Flur vor dem großen Spiegel und zupfte sich noch ihre Lockenpracht zurecht.

***

Hand in Hand schlenderten sie in Richtung Piazza Veneto. Eine leichte Brise wehte vom Meer herein und trug den Duft nach gebratener *Salsicce* und Fetzen von Musik bis hier herüber. Ab der Piazza herrschte ein reges Treiben, beinahe wie im Sommer auf der Promenade. Am Anfang der Salita dei Fiori war eine Bühne aufgebaut, auf der gerade eine junge, unbekannte Sängerin mit einer fantastischen Stimme, ihre Version von *Il Mare d'Inverno* zum Besten gab.

„Die ist klasse, oder? Ich meine die Stimme!", beeilte sich Marek zu ergänzen, als er Silvanas vorwurfsvollen Blick bemerkte.

„Das will ich aber auch hoffen", meinte sie mit gespielter Verärgerung.

„Weißt du, wenn ich das höre, frage ich mich, warum sie hier auf dieser Provinzbühne auftreten muss, während andere Blondchen, die frei jeglichen Talents und Verstandes sind, Millionen verdienen."

„Weil es genügend Leute gibt, die diesen Müll kaufen, und Fernsehsender, welche die Meinung dieser Leute bilden. Sieh dir doch das italienische Fernsehen an. Du kannst fast nichts mehr anschauen", ereiferte sich Silvana. „Alle Sender, in denen unser ehemaliger Regierungschef seine Finger hat, bringen nur noch dümmliche Talkshows, oder Spielshows mit haufenweise leichtbekleideten, dämlich grinsenden Blondinen. Selbst die Nachrichten sind manipuliert. In Deutschland ist es doch bestimmt auch ähnlich, oder?"

„Stimmt. Die ganzen Privatsender arbeiten nach dem gleichen Muster und die Öffentlich-Rechtlichen passen sich langsam an – wegen der Quoten. Falls es dann doch einmal etwas Sehenswertes gibt, kommt es garantiert mitten in der Nacht."

Einen Moment lang hörten sie der Sängerin noch zu. Als sie sich dann zum Weitergehen wenden wollten, blieb Marek plötzlich stehen.

„Was ist? Kannst du dich doch nicht von ihr trennen?"

„Sieh mal hier."

Marek zeigte auf einen, direkt neben der Bühne geparkten Leichenwagen.

„Na und? Hinter der Mauer da vorne ist ja auch der alte Friedhof."

„Ganz davon abgesehen, dass dort ja keine Beisetzungen mehr stattfinden, sieh dir mal die Reifen an. Ich habe noch nie einen Leichenwagen mit Chromfelgen und Rennbereifung gesehen. Außerdem ist er auch tiefer gelegt."

Er kniff die Augen zusammen, um den eingeschliffenen Schriftzug auf der milchig matten Heckscheibe zu lesen.

Impresa di pompe funebri Di'Mauro – Verona, konnte er entziffern.

„Der kommt aus Verona."

„Kannst du den Commissario heute nicht einmal vergessen? Vielleicht hatten sie eine Überführung und wollen sich nur das Fest hier ansehen."

„Wahrscheinlich hast du ja recht, trotzdem darf ich das doch merkwürdig finden, oder?", brummte er beleidigt.

Silvana hakte sich versöhnlich unter, und langsam bummelten sie weiter an den Buden entlang, vor denen die Menschen Schlange standen. Gelegentlich nahm Marek sogar ein paar Wortfetzen in einem deutschen oder österreichischen Akzent auf.

„Ich hole uns einen Vino caldo. Magst du einen weißen oder lieber einen roten?"

„Ich nehme einen weißen. Der rote erinnert mich zu sehr an den Glühwein in Deutschland, und von dem wurde es mir immer kotzübel."

Sie setzten sich auf die niedrige Mauer, die den Strand von der Straße trennte, ganz in der Nähe des riesigen Scheiterhaufens, und wärmten sich die Hände an den Bechern. Marek hatte eigentlich immer gedacht, Glühwein sei eine urdeutsche Erfindung, aber selbst der schmeckte hier besser. Im Hintergrund hob sich die beleuchtete Chiesa Madonna dell' Angelo vom dunklen Nachthimmel ab, deren Fassade mit hunderten von Glühbirnen eingerahmt war, und, obwohl er absolut kein gläubiger Mensch war, ja sogar Religion in jeglicher Form ablehnte, beschlich ihn, jedes Mal wenn er in die Nähe dieser kleinen Kirche kam, ein seltsames, in ihm selbst ruhendes, warmes Gefühl.

Silvana sah auf ihre Armbanduhr.

„Gleich geht es los. Jeden Moment müssten die Fackeln entzündet werden."

Einige Uniformierte der Polizia Comunale nahmen unterhalb der Mauer Aufstellung um zu verhindern, dass die Schaulustigen, die sich nun immer mehr dorthin drängten, dem Feuer zu nahe kamen. Silvana und Marek waren vorsichtshalber aufgestanden, um nicht von den nachdrängenden Massen von der Mauer geschoben zu werden. Weiter hinten, in Richtung der Kirche, fing ein Chor in Messgewändern an zu singen und plötzlich flammten in der Dunkelheit, unter dem Beifall der Zuschauer, mehrere Fackeln auf, die sich langsam von allen Seiten dem riesigen Holzstoß näherten. Auf ein Kommando hin wurden alle Fackeln gleichzeitig an den unteren Rand des Scheiterhaufens gehalten, der sofort Feuer fing. Anfänglich züngelten kleine Flammen knisternd durch das Holz bis eine riesige Stichflamme den ganzen Haufen unter dem tosenden Beifall der Zuschauer entzündete.

Der Chor hatte seine Darbietung auch beendet und machte sich, völlig durchgefroren, wieder auf den Weg zurück in die Kirche und die jungen Männer, die das Feuer entzünden durften, wurden von ihren Freunden wie Helden gefeiert. Marek hatte seinen Arm um Silvana und sie ihren Kopf auf seine Schulter gelegt.

„Schön, nicht?"

„Mmh", brummte er.

Noch eine Weile sahen sie zu, wie sich das Feuer durch die Tannenbäume fraß, dann mischten auch sie sich wieder unter das feiernde Volk. An einer der Buden gönnten sie sich eine Portion *Salsicce* mit gerösteter Polenta.

***

„Da kommt ja auch Michele."

„Wen hat er denn dabei? Ist das seine neue Freundin?"

„Keine Ahnung, aber das werden wir sicher gleich

erfahren."

Als Michele Ghetti Marek erspäht hatte, steuerte er sofort mit seiner Begleitung auf ihn zu. Ghetti war bei den örtlichen Carabinieri und seit über einem halben Jahr eng mit Marek befreundet. Genauer gesagt, seit dem Frühsommer des vergangenen Jahres, als sie gemeinsam einen verzwickten Mordfall aufklären konnten, und erst im letzten Herbst hatten sie wieder einen komplizierten Fall erfolgreich zum Abschluss gebracht. Daraufhin wurde Ghetti zum Maresciallo befördert.

„Ah, ciao Silvana, ciao Roberto, schön euch hier zu treffen, darf ich euch meine Freundin Isabella vorstellen?"

Marek wollte gerade etwas erwidern, bekam aber gleich den Ellenbogen von Silvana in die Rippen.

„Freut mich Sie kennenzulernen. Ich bin Silvana und der Brummbär hier ist Roberto."

„Freut mich auch", sagte er und rieb sich die Seite.

Eine Weile standen sie beisammen, tranken Wein und unterhielten sich, während sich der aromatische Duft der brennenden Tannen mit dem Geruch gebratener Würste und heißem Wein vermischte.

„… was hältst du davon? Roberto, was ist denn los? Du hörst ja gar nicht zu."

Marek hatte den Kopf leicht in den Nacken gelegt und schnupperte wie ein Hund, der Witterung aufgenommen hat.

„Riecht ihr das nicht? Michele ..."

„Was sollen wir denn riechen? Hier riecht es nach Wurst, nach Wein und nach dem Feuer da hinten."

„Da ist noch etwas, was am Anfang nicht da war. Den Geruch kenne ich zur Genüge. Verdammt Michele, da verbrennt ein Tier oder ..."

Marek sprintete los und versuchte sich einen Weg durch die Massen zu bahnen. Ghetti drückte seiner Freundin den Weinbecher in die Hand und rannte hinterher.

„Roberto, warte, was hast du vor?"

„Wir müssen das Feuer löschen."

„Warte!"

Aber da war es schon zu spät. Marek sprang über die niedrige Mauer auf den Strand und rannte, gefolgt von mehreren Polizisten, die vergeblich versuchten ihn aufzuhalten, auf das Feuer zu. Doch ein paar Meter davor blieb er abrupt stehen und hielt sich die Hand vor das Gesicht. Durch die immens starke Hitzeentwicklung war an ein Näherkommen nicht zu denken.

Die Polizisten, die Marek verfolgt hatten, packten ihn an den Armen und wollten ihn abführen.

„Halt! Lassen Sie ihn gehen, das ist Commissario Marek, er gehört zu mir."

Ghetti hatte mittlerweile auch zu der kleinen

Gruppe aufgeschlossen.

„*Scusi, Maresciallo*, wir dachten ...“

„Schon gut, wir müssen das Feuer löschen! Sofort!“

Die Polizisten sahen ihn ungläubig an.

„Bei allem Respekt, Maresciallo, das kann nicht Ihr Ernst sein.“

„Das ist mein voller Ernst, da drin verbrennt gerade ...“

Weiter kam er nicht. Unter lautem Knistern lösten sich einige der brennenden Äste und rutschten an der Seite herunter in den Sand. Funken schossen in den dunklen Nachthimmel und aus der Gruppe der Zuschauer, die neugierig das Treiben der kleinen Gruppe verfolgt hatten, ertönte ein Schrei.

„Da ist einer drin! Da verbrennt einer!“

Sofort entstand eine Unruhe in der Menge, die jetzt versuchte auf den Strand zu drängen.

Marek schaltete am schnellsten.

„Halten Sie mit Ihren Leuten die Menge vom Strand weg. Keiner kommt mehr hier herunter, klar?“, und zu Ghetti gewandt: „Komm jetzt, Michele, da vorne am Wasser liegt bestimmt irgendetwas, womit wir das Feuer auseinander ziehen können.“

Mit dem Mast eines kleinen Einhandseglers und dem Paddel eines Kajaks versuchten sie den brennenden Haufen auseinander zu ziehen. Immer wieder mussten sie vor der großen Hitze, die ihnen schon die Jacken und die Haare angesengt hatte, zurückweichen. Dann rannten sie wieder zum Wasser, füllten ein Kunststoff-Kajak, das dort überwinterte, schleppten es zurück und konnten so die auf dem Sand verteilten, kleinen Feuer löschen, bis endlich nur noch ein verkohlter Haufen übrig blieb, aus dem beißender, stinkender Rauch aufstieg. Mittendrin lag die verkrümmte, fast vollständig verbrannte Gestalt eines Menschen.

„Verdammte Scheiße!", polterte Marek los und sah sich nach Ghetti um. Dem hatte der Anblick der Leiche so zugesetzt, dass er die Polenta, die er kurz vorher noch genossen hatte, geräuschvoll dem Meer übergab.

„Wenn du ausgekotzt hast, ruf sofort die Spurensicherung an. Die sollen Scheinwerfer mitbringen, und lass im Umkreis von fünfzig Metern alles absperren. Dann schaffst du Dottore Lovati hierher, aber schnell."

Ghetti sah ziemlich unglücklich aus, tat aber alles, was Marek verlangt hatte.

„Warum soll denn Dottore Lovati hierher kommen? Er bekommt die Leiche doch sowieso in die Pathologie geliefert."

„Na, dann streng doch mal deine grauen Zellen an. Wenn eine derart verkohlte Leiche transportiert wird, können wichtige Spuren vernichtet werden, was uns die Arbeit dann extrem erschweren würde. Klar?"

Ghetti sah Marek betreten an.

„Schon gut, Roberto. Ich bin nur noch etwas geschockt. So etwas habe ich noch nie gesehen."

Während Ghetti seine Telefonate erledigte, hielt Marek nach Silvana Ausschau, doch er konnte sie in der Menge der Schaulustigen, die von den wenigen Polizisten kaum noch in Schach gehalten werden konnte, nicht entdecken.

„Haben Sie schon Verstärkung angefordert?", fragte er einen der Männer, die ihn vorhin verfolgt hatten.

„Geht nicht, alle die Dienst haben sind doch schon hier."

„Dann holen Sie eben die Leute, die frei haben. Wenn irgendjemand hier auf dem Strand herumtrampelt, gnade euch Gott!"

Damit ließ er den verdutzten Mann stehen, schwang sich auf die Mauer und drängte sich durch die Menge. Silvana stand an eine der Buden gelehnt und hielt eine Zigarette in ihren zitternden Fingern. Der Schock stand ihr ins Gesicht geschrieben. Als sie Marek erblickte, warf sie die Zigarette weg, kam langsam auf ihn zu und klammerte sich an ihn.

„Bitte, halt mich fest. Das ist so grausam. Wer tut

so etwas?"

Marek kam sich ziemlich hilflos vor. Er strich ihr über das Haar und küsste sie auf die Stirn.

„Ich wollte, ich wüsste es. Aber wir werden es herausfinden."

2

Die Spurensicherung kam und steckte mit ein paar Eisenstangen ein Carré von etwa fünfzig Meter rund um die Feuerstelle ab. Zwischen die Stangen wurde blau-weiß gestreiftes Plastikband gespannt. Die Polizia Comunale hatte die Menge der Schaulustigen mittlerweile auch einigermaßen im Griff.

„Du gehst am besten jetzt nach Hause, *cara.*"

Marek versuchte sich sachte von Silvana zu lösen.

„Ich werde dir später alles berichten, versprochen."

Sie sah ihn dankbar an.

„Gut, aber ich möchte noch ein paar Fotos machen. Mein Redakteur würde es mir nie verzeihen, wenn ich als Zeuge eines solch widerlichen Verbrechens, ohne Fotos ankommen würde."

„Gib mir die Kamera, ich mach das schon. Du solltest dir das besser nicht aus der Nähe ansehen."

Silvana kramte ihre Digitalkamera aus den Tiefen ihrer übergroßen Umhängetasche und drückte sie ihm in die Hand.

„Danke!"

Dann drehte sie sich um und ging, ohne sich noch einmal umzusehen. Marek blickte ihr noch einen Moment lang nach, dabei sah er im Hintergrund einen Leichenwagen in Richtung Piazza Veneto verschwinden.

***

Als Marek zurück an den Ort dieses mysteriösen Verbrechens kam, war die Spurensuche in vollem Gange. Fünfzehn Minuten später, er hatte gerade die Fotos für Silvana gemacht, erschien Dottore Lovati, die unvermeidliche Zigarette im Mundwinkel. Da Caorle über keine eigene Gerichtsmedizin verfügte, wurden alle ungeklärten Todesfälle, von denen es glücklicherweise nicht allzu viele gab, in die Pathologie des Ospedale Civile nach Portogruaro gebracht, deren Chef Dottore Lovati war.

„*Buona sera, Commissario.* Es muss ja etwas sehr Wichtiges sein, wenn Sie mich um diese Zeit von einer Familienfeier wegholen lassen."

Lovati zündete sich mit dem Stummel seiner Zigarette gleich die nächste an.

„Schön, dass Sie kommen konnten, Dottore. Ich hätte Sie nicht darum gebeten, wenn es nicht wirklich wichtig wäre. Aber sehen Sie selbst."

Marek führte ihn zur Feuerstelle, wo Ghetti schon auf sie wartete.

„Santa Madonna, was eine Schweinerei. Der ist ja richtig gut durchgegrillt. Michele, hol mir mal bitte meine Ausrüstung aus dem Wagen. Er steht da oben vor der Kirche."

Ghetti, der die makabren Sprüche des Pathologen überhaupt nicht witzig fand, und dem sich bei der Vorstellung von gegrilltem Fleisch schon wieder der Magen umdrehte, machte sich umgehend auf den Weg, dankbar nicht dabei bleiben zu müssen.

„Verstehen Sie jetzt, Dottore?"

„*Si, naturalmente*. Beim Transport wäre sehr wahrscheinlich einiges zerbröselt. Wo bleibt denn Michele? Wie hält sich denn der Junge? So etwas hat er bestimmt noch nicht gesehen."

„Er war ein wenig blass um die Nase, aber sonst ist er sehr tapfer."

Marek bot Lovati eine Zigarette an, die dieser dankend annahm, und steckte sich selbst auch eine an. In diesem Moment erschien Ghetti und übergab dem Dottore einen großen Aluminiumkoffer.

„Dann ans Werk. Kann ich da hin?", fragte Lovati, während er sich weiße Latexhandschuhe überstreifte, und wies mit einer Kopfbewegung auf die verkohlte Leiche.

„Ja, die Spurensicherung ist dort schon fertig."

***

Marek stand rauchend in angemessener Entfernung und sah bei der Untersuchung der Leiche zu, als Ghetti neben ihn trat.

„Hast du zufällig Isabella gesehen?"

Marek warf seine Zigarettenkippe hinter die Absperrung.

„Nein, tut mir leid. Als ich vorhin oben war, stand Silvana alleine da."

„So ein Mist!", fluchte er. „Wir haben uns erst an Neujahr kennengelernt, und jetzt so etwas."

„Jetzt reg dich mal nicht auf. Wahrscheinlich war ihr kalt, oder langweilig, oder beides und sie ist nach Hause gegangen."

„Hoffentlich ist sie nicht sauer."

„Wieso soll sie sauer sein, wenn du nur deinem Job nachgehst. Sie weiß doch, dass du Polizist bist, oder?"

„Ja, sicher habe ich ihr das gesagt …"

„So ist das nun einmal. Freundinnen oder Ehefrauen von Bullen müssen immer mit so etwas rechnen. Kopf hoch, mein Junge, das wird schon."

Ghetti schien erst einmal beruhigt und Marek widmete seine Aufmerksamkeit wieder der Arbeit des Dottore, der sich kurze Zeit später erhob und zu ihnen herüber kam.

„Und, haben Sie etwas Brauchbares gefunden?"

Lovati steckte sich die nächste Zigarette an und nahm einen tiefen Zug.

„Also, es handelt sich um eine männliche Leiche mittleren Alters. Er war mit Sicherheit schon tot, als man ihn auf den Grill gelegt hat. Er sollte wohl so entsorgt werden. Spuren von Brandbeschleunigern habe ich keine entdeckt. Da die Rückseite stärker verkohlt ist als die Vorderseite und von seiner Lage her, gehe ich davon aus, dass man ihn von der Wasserseite, mit dem Rücken zur Straße in den Scheiterhaufen gesetzt hat. Da sind noch ein paar Dinge, die ich aber erst auf meinem Tisch genauer untersuchen kann, weil ich bei diesem scheiß Licht hier nichts sehe. Ich habe die Stellen in Folie gepackt, damit sie beim Transport nicht zerstört werden. Mehr kann ich im Moment nicht dazu sagen."

„Das ist doch schon ziemlich viel für den Anfang", zeigte sich Marek zufrieden, „aber was sind das für Dinge, von denen Sie sprachen?"

„Kann ich noch nicht genau sagen, aber es könnte sein, dass Sie in dem Haufen irgendwelche Schmuckstücke finden. Vielleicht einen Anhänger. Die Leiche hat eine zerrissene Goldkette um den Hals. Das ist aber jetzt wirklich alles. *Buona notte.*"

„Vielen Dank Dottore, *buona notte.*"

Dottore Lovati nahm seinen Koffer und stapfte durch den Sand davon. Marek blieb grübelnd zurück. Was Lovati sagte, klang einleuchtend. Die Täter, Marek ging davon aus, dass es mehr als einer gewesen sein musste, hatten die Leiche von der Wasserseite her in dem Holzstoß verstaut. Damit waren sie im Dunkeln von der Straße aus kaum zu sehen. Dabei spielte ihnen das Wetter noch in die Karten, denn bei dieser Kälte ging niemand hier nachts spazieren. Silvana sagte, dass die Polizei Streife fuhr, um zu verhindern, dass sich jemand an dem Holzhaufen zu schaffen machte. Mit diesen Herrschaften wird man sich unterhalten müssen. Wahrscheinlich sind sie nur ihre Runden gefahren und im warmen Auto geblieben, sonst hätte ihnen ja etwas auffallen müssen.

„Michele, lass bitte die Feuerstelle noch einmal genau untersuchen."

„Da wurde doch schon alles untersucht."

„Und was hat man gefunden?"

„Nichts."

„Eben, deshalb sollen eure Leute die Stelle noch einmal gründlich untersuchen. Notfalls müssen sie halt jedes Sandkorn einzeln umdrehen."

„Und was versprichst du dir davon? Es ist mitten in der Nacht und die Leute sind müde. Sie haben seit fast einer Stunde den ganzen Strand untersucht."

„Wir sind alle müde, Michele, aber Lovati hat eine Andeutung gemacht, dass wir eventuell ein Schmuckstück finden könnten. Ich habe keine Ahnung, wie er darauf kommt", kam Marek Ghetti's Frage zuvor. „Er hat wohl am Hals der Leiche eine zerrissene Kette gefunden, und wir wollen uns doch nicht nachsagen lassen, dass wir geschlampt hätten, oder?"

„Schon gut", resignierte Ghetti und trabte davon.

Murrend machten sich die Männer der Spurensicherung wieder ans Werk. Einerseits verfluchten sie Marek insgeheim, andererseits hatten sie großen Respekt vor ihm und kannten seine unorthodoxe, aber akribische Arbeitsweise, die im vergangenen Jahr zur Aufklärung der beiden Mordfälle geführt hatte. Langsam arbeiteten sie sich zum Zentrum der Feuerstelle vor. Sorgsam wurde jeder Quadratmeter Sand untersucht.

„Commissario, ich habe etwas gefunden!", rief einer der Männer und hielt einen Arm ausgestreckt in die Höhe.

Marek ließ augenblicklich seine Zigarette fallen und rannte mit Ghetti zur Fundstelle.

„Was haben Sie?"

„Sieht aus wie ein Kreuz."

„Seltsame Form", meinte Ghetti.

Marek betrachtete Kreuz mit wachsendem Interesse. Das Kreuz hatte zwei gleich lange Balken von etwa vier Zentimeter Länge, die sich genau mittig kreuzten. Die vier Enden waren wulstig ausgeformt und mit kleinen Steinen besetzt.

„Jedenfalls ist es kein kirchliches Kreuz."

„Das würde ich so nicht sagen, Michele", entgegnete Marek. „Das hat sehr viel Ähnlichkeit mit dem Tatzen Kreuz des Templerordens, und die Templer waren ja wohl so etwas, wie die Soldaten der katholischen Kirche. Zumindest so lange, bis ihr Chef, der Papst, sie an den französischen König verraten hat."

„Das ist nicht dein Ernst, Roberto!", erwiderte Ghetti ungläubig. „Die Templer gibt es doch schon seit dem Mittelalter nicht mehr."

„Das ist richtig, vor fast genau siebenhundert Jahren wurde der Orden aufgelöst, aber ich habe ja auch nicht behauptet, dass unsere Leiche ein Tempelritter war. Ich habe lediglich gesagt, dass dieses Kreuz Ähnlichkeit mit dem der Templer hat. Außerdem gibt es Menschen, die behaupten, dass es den Orden noch immer geben soll."

„Verschwörungstheoretiker!", meinte Ghetti abschätzig.

„Wie auch immer, wahrscheinlich hatte der Tote das Kreuz nur als Schmuck getragen."

Marek wog das Fundstück in der Hand.

„Dem Gewicht nach würde ich sagen, das ist massives Gold. Hier Michele, steck du es ein. Wir können dann für heute Nacht wohl Schluss machen, aber der Bereich bleibt abgesperrt. Bis morgen, *ciao Michele.* Ach, und beinahe hätte ich etwas vergessen. Du musst dich unbedingt mit den Kollegen unterhalten, die hier Streife gefahren sind. Frag sie einfach, ob sie gut geschlafen haben. *Buona notte.*"

„Mach ich", grinste Ghetti, „*buona notte.*"

Während er die Männer der Spurensicherung entließ und zwei Polizisten zur Bewachung des Tatortes einteilte, hatte sich Marek über die Mauer geschwungen und marschierte in Richtung Piazza Veneto davon. Der Tag, der so verheißungsvoll begonnen hatte, wurde so abrupt durch dieses grausame Verbrechen beendet.

Als er in die Viale Falconera einbog, sah er schon von weitem, dass in Silvanas Wohnzimmer noch Licht brannte. Marek öffnete leise die Wohnungstüre. Die letzten Takte von Gustav Mahlers fünfter Sinfonie drangen zu ihm herüber. Es muss Silvana doch mehr mitgenommen haben als vermutet, wenn sie solch schwere Musik in dieser Situation hörte. Als er das Wohnzimmer betrat, sah er sie zusammengekauert, mit einem Cognac Schwenker in der Hand, auf dem Sofa sitzen. Die Flasche auf dem Tisch vor ihr, war schon fast zur Hälfte geleert. Marek küsste sie sachte auf die Stirn.

„Wie geht's dir?"

Silvana sah ihn an und versuchte zu lächeln, was ihr kläglich misslang.

„Geht schon."

„Möchtest du reden?"

Sie antwortete mit einem kurzen Kopfnicken und trank ihr Glas aus.

„Willst du auch einen? Du weißt ja, wo die Gläser sind."

Marek schenkte sich einen großzügig bemessenen Cognac ein und füllte auch ihr Glas nach. Dann stellte er ihre Kamera auf den Tisch.

„Hier sind deine Fotos. Die sind exklusiv. Dein Redakteur wird zufrieden sein."

„Ich habe ihn vorhin angerufen. Weißt du, was das Arschloch erwidert hat, als ich ihm sagte, dass ich noch keine Fotos hätte? Er fragte mich, was zum Teufel ich dann zu Hause verloren hätte, wenn da draußen solch eine Story warten würde. Dieser Mistkerl!"

„Geh mal nicht so hart mit ihm ins Gericht. Du bist Journalistin und eine Zeitung lebt nun einmal von solchen Geschichten. Er braucht solche Aufmacher."

„Schön, dass du auch noch auf seiner Seite bist", schimpfte Silvana und ihre Augen begannen wütend zu funkeln. „Für dich ist so etwas wohl alltägliche Routine."

„Nein, ist es nicht!", verteidigte er sich. „Einen ähnlichen Fall hatte ich erst einmal in meiner gesamten Laufbahn", was nicht ganz der Wahrheit entsprach, aber er wollte einerseits Silvana beruhigen und andererseits nicht als gefühlloses, abgebrühtes Monster dastehen.

„Und der Fall hier scheint sehr außergewöhnlich zu werden."

„Inwiefern?"

Ihr Interesse schien jetzt doch geweckt und Marek berichtete ihr von dem seltsamen Kreuz, dass sie gefunden hatten.

„Das muss nichts bedeuten, aber ich habe wieder so ein Gefühl im Bauch und dieses Gefühl hat mich noch nie getrogen."

Silvana trank noch einen Schluck Cognac und lehnte sich zurück.

„Wenn ich es nicht selbst miterlebt hätte, würde ich sagen, dass diese Geschichte aus einem schlechten Horrorfilm entliehen ist. Dass irgendwer jemand anderen aus dem Weg räumen will, warum auch immer, kommt ja leider des Öfteren vor, aber dass jemand sich solch eine Mühe gibt, sein Opfer zu beseitigen, will mir nicht eingehen. Der Täter lief doch Gefahr entdeckt zu werden, als er den Toten in dem Scheiterhaufen versteckte. Es muss doch einen Grund gehabt haben, dass er dieses Risiko einging."

„Du hast wohl Recht. Dieser Mord, sofern es denn überhaupt einer war, hat eine andere Dimension. Daher sollten wir auch nichts als abwegig oder unmöglich einstufen."

„So wie dieses Kreuz, welches du für ein Templerkreuz hältst, oder den Leichenwagen, den wir neben der Bühne sahen?"

Marek schlug sich mit der flachen Hand gegen die Stirn.

„Genau, der Leichenwagen! Ich sah ihn wegfahren, als du nach Hause gegangen bist. Ich hätte ihn mir doch genauer ansehen sollen."

„Ach, bin ich jetzt auch noch daran schuld, dass dort am Strand ein Mensch verbrannt wurde?", erwiderte Silvana vorwurfsvoll und schenkte sich wütend noch einen Cognac ein.

„Nein, *cara*, so habe ich das nicht gemeint", versuchte Marek zu beschwichtigen. „Mir fallen nur von Berufs wegen solche Dinge auf, und es hat sich oft gelohnt, ihnen nachzugehen. Findest du es nicht auch seltsam, wie der Wagen zurechtgemacht war?"

„Vielleicht gefällt es den Leuten dieses Bestattungsunternehmens", Silvanas Stimme klang aber alles andere als überzeugt und Marek hörte den leichten Zweifel heraus.

„Aber warum sind diese Leute dann gleich weggefahren, nachdem wir die Leiche entdeckt hatten?"

„Das Fest war ja wohl damit beendet und es gab nichts mehr zu sehen", meinte Silvana, jedoch ohne Überzeugung. Ein letzter Versuch.

„Im Gegenteil! Alle Besucher dieses Festes haben sich danach zum Strand gedrängt, weil die meisten Menschen diese Gaffer-Mentalität besitzen. Nur du, Micheles Freundin und die Fahrer des Leichenwagens sind verschwunden. Isabella und du, weil es euch an die Nieren gegangen ist, aber die Fahrer?

Denen dürfte das ja bei ihrem Job wohl nichts mehr ausmachen, oder?"

Silvan sah gedankenverloren in ihr Glas.

„Tut mir leid, Roberto. Wahrscheinlich hast du ja recht. Was hattest du eigentlich damit gemeint, als du vorhin sagtest: *falls es denn ein Mord war*? Gibt es denn da überhaupt einen Zweifel?"

„Bis jetzt wissen wir ja nur, dass ein Toter verbrannt werden sollte. Dies an sich ist zwar eine Straftat, sofern es nicht offiziell in einem Krematorium geschieht, aber noch kein Mord."

„Wie geht es jetzt weiter?"

„Wir müssen erst einmal den Bericht von Dottore Lovati abwarten, um genaueres sagen zu können. Bis dahin werden wir uns dieses Kreuz einmal etwas näher ansehen. Außerdem soll Michele dieses Bestattungsunternehmen unter die Lupe nehmen. Ich hoffe nur, dass es uns gelingt, möglichst bald die Identität des Opfers herauszufinden, sonst sind wir ziemlich aufgeschmissen."

„Ich bin todmüde, lass uns schlafen gehen, ja?"

Beim Versuch aufzustehen, hatte Silvana leichte Gleichgewichtsprobleme und kippte nach hinten auf das Sofa zurück. Erst im zweiten Versuch konnte sie sich auf den Beinen halten, aber Marek musste sie auf dem Weg bis ins Schlafzimmer stützen.

„War wohl ein Cognac zu viel?", grinste er.

Kaum hatte er Silvana ins Bett gelegt, war sie auch schon eingeschlafen. Er selbst wollte noch etwas über die Geschehnisse von heute Nacht nachdenken und ging zurück ins Wohnzimmer. Aber wie er die Sache auch drehte und wendete, unter welchem Aspekt er sie auch betrachtete, er kam zu keinem Ergebnis. Als ihn die Müdigkeit übermannte, ließ er sich einfach auf das Sofa gleiten, stopfte noch ein kleines Kissen unter seinen Kopf und fiel in einen festen, traumlosen Schlaf.

3

„*Buon giorno, caro.* Möchtest du einen Caffè?"

Diese Worte drangen lieblich an sein Ohr. Marek öffnete die Augen und blinzelte in das grelle Licht der Vormittagssonne, das sich in den Pinien vor Silvanas Terrasse brach und blitzende Lichtreflexe verursachte, die an der Decke und den Wänden abstrakte Muster zeichneten.

„*Buon giorno.*"

Langsam richtete er sich auf; sein Rücken schmerzte höllisch.

„Ich bin wohl auf dem Sofa eingeschlafen."

Dankbar nahm er den Caffè entgegen und trank einen Schluck, um so seine Lebensgeister zu wecken.

„Das lässt sich nicht leugnen", lächelte Silvana. „Warum hast du dich nicht zu mir gelegt, nachdem du mich schon ins Bett gebracht hattest? Habe ich zu laut geschnarcht?"

„Nein, nein, ich wollte nur noch einmal in Ruhe über alles nachdenken. Wie spät ist es eigentlich?"

„Gleich zehn Uhr. Ich muss dann auch in die Redaktion. Die Fotos habe ich heute Früh schon per E-Mail übermittelt. *Ciao Roberto*, bis später."

„Verdammt, schon so spät! Ich muss unbedingt Dottore Lovati anrufen."

„Es hat dich noch niemand gesucht", rief Silvana aus dem Flur, „also keine Panik."

Dann hörte Marek die Tür ins Schloss fallen. Er erhob sich schwerfällig, zündete sich eine Zigarette an und schlurfte in die Küche. Dort schenkte er sich den Rest Caffè ein, setzte sich an den Küchentisch und verfiel ins Grübeln. Erst als er sich die Lippe an der Glut seiner Zigarette verbrannte, wurde er schlagartig wach. Der Filter war bereits angekohlt und es stank nach verbranntem Zellstoff. Angewidert warf er die Kippe ins Spülbecken.

„Scheiße!"

Wütend erhob er sich und wollte zum Kühlschrank gehen, als sein Handy klingelte. Also machte er kehrt und stapfte hinaus in den Flur, wo das Telefon in der Tasche seiner Jacke vor sich hin läutete.

„*Pronto.*"

„*Buon giorno, Roberto*", meldete sich Ghetti.

„Was gibt's?", blaffte Marek ihn an.

„*Scusi*, aber uns allen geht es nach dieser Nacht nicht so gut. Ich dachte nur es würde dich interessieren, dass Dottore Lovati uns sehen möchte."

„Schon gut, ich hab mir nur die Schnauze verbrannt. Ich gehe noch kurz unter die Dusche und bin in zwanzig Minuten bei dir."

***

„Du hattest aber schlechte Laune heute Morgen",

empfing Ghetti Marek, als der zu ihm ins Auto stieg.

„Ich hatte die ganze Nacht noch mit Silvana gesprochen und kaum geschlafen. Sie war ziemlich mitgenommen und hat eine halbe Flasche Cognac getrunken. Aber vorhin ging es ihr wieder besser. Sie ist jetzt in der Redaktion."

„Kann ich ihr nicht verdenken."

„Hast du eigentlich etwas von deiner Freundin gehört?"

„Ja", strahlte Ghetti, „ich habe sie heute Morgen gleich angerufen. Es war ungefähr so, wie du vermutet hattest. Die Sache ging ihr an die Nieren und zu kalt war es ihr auch. Ich habe ihr versichert, dass ich nicht jeden Tag mit solchen Dingen zu tun habe. Das hat sie beruhigt."

***

Auf der Fahrt nach Portogruaro schwiegen beide und hingen ihren Gedanken nach. Marek hatte überhaupt noch keine Vorstellung wohin sie dieser Fall führen würde, von einem Motiv für solch einen bizarren Mord ganz zu schweigen, und selbst dass es ein Mord war stand ja noch nicht einmal fest. Dies alles machte ihn wütend. Geduld hatte noch nie zu seinen Stärken gehört.

„Hast du schon mit den Kollegen gesprochen, die Streife gefahren sind?", fragte er unvermittelt in die selbst auferlegte Stille.

„Ja, aber sie haben nichts gesehen oder gehört. Ich habe die Beiden dann in die Mangel genommen, worauf sie zugaben nur an der Stelle vorbeigefahren zu sein, da es ihnen zu kalt war und sie sich nicht vorstellen konnten, dass jemand bei diesem Wetter etwas an dem Holzstoß manipulieren könnte. Das einzig Positive ist, dass sie sich die Zeiten notiert haben. Dabei fiel ihnen auf, dass gegen zwei Uhr fünfzehn ein Leichenwagen auf dem Parkplatz vor dem Friedhof stand, der eine Stunde zuvor noch nicht da war."

„Und was haben die sonst in dieser ganzen Stunde gemacht?"

„Weiß ich auch nicht. Es ist halt jetzt wie es ist. Wir wissen nun wenigstens ungefähr, wann die Leiche in dem Holzstoß verstaut wurde."

„Na toll", brummte Marek und fing wieder an zu schweigen.

***

In der Pathologie wurden sie schon von Dottore Lovati erwartet, der wie immer die unvermeidliche Zigarette im Mundwinkel hatte. Er war wohl der einzige Arzt, der im Krankenhaus während seiner Arbeit rauchte. Wurde er darauf angesprochen, meinte er nur, seine Patienten hätten sich noch nie darüber beschwert.

„*Buon giorno, Commissario, buon giorno, Michele.*"

„*Buon giorno, Dottore.* Was haben Sie denn Interes-

42

santes für uns?"

Lovati ging voraus in den Obduktionssaal. Auf dem ersten der beiden Edelstahltische lagen, bedeckt von einem blassgrünen Tuch, die verkohlten Überreste von dem, was einmal ein Mensch gewesen war. Als der Dottore das Tuch zurück schlug, wurde es Ghetti übel. Er drehte sich um und musste sich setzen.

„Kein schöner Anblick, mein Junge. Du weißt ja, wo der Schnaps steht. Nimm mal einen kräftigen Schluck."

Während Ghetti die Flasche Grappa aus der Schreibtischschublade nahm und sich einen kräftigen Schluck in ein Wasserglas goss, wandte sich Lovati wieder Marek zu.

„Mein lieber Commissario, die Sache hat mir keine Ruhe gelassen, und so habe ich mich, gleich nachdem man mir das Paket hier abgeliefert hatte, mit dem armen Kerl beschäftigt. Dabei konnte ich ein paar interessante Details feststellen, die das Feuer übrig gelassen hat."

Er reichte Marek ein Vergrößerungsglas.

„Sehen Sie hier am Hals diese feinen Verfärbungen? Das sind Spuren der Halskette, die er trug. So, und nun sehen sie hier am Ringfinger der linken Hand – die gleichen Verfärbungen. Er muss wohl einen goldenen Ring getragen haben."

43

Marek hatte Mühe, die winzigen Spuren zu erkennen.

„Sie sagten: *muss wohl getragen haben*. Heißt das, Sie haben den Ring nicht am Finger vorgefunden?"

„So ist es. Da die linke Seite etwas stärker verbrannt ist, muss der Ring wohl abgefallen sein. Haben Sie ihn denn nicht gefunden? Ich sagte doch, Sie sollten die Brandstelle nochmals genauer untersuchen."

„Haben wir auch, allerdings haben wir nur ein goldenes Kreuz gefunden. Es hing wohl an der zerrissenen Kette."

„Die ist auch interessant."

„Inwiefern?"

„Nun, sie ist aus massivem Gold mit ziemlich großen Gliedern. Muss sehr teuer gewesen sein. So etwas findet man nicht beim Juwelier um die Ecke. Hier sehen Sie."

Lovati steckte sich eine weitere Zigarette an und reichte Marek eine Schüssel.

„Stimmt, sie ist ziemlich schwer."

Marek wog die Kette in seiner Hand.

„Fast wie eine Amtskette, oder etwas Ähnliches. Aber sagen Sie Dottore, war das Feuer so heiß, dass Gold schmelzen kann?"

„Nein, das nicht. Der Schmelzpunkt von Gold liegt bei etwas über eintausend Grad und so ein

Holzfeuer im Freien erreicht selten einmal siebenhundert Grad. Aber an einigen Stellen im Inneren kann es durchaus für kurze Zeit einmal bis zu achthundertfünfzig Grad kommen, und dies würde ausreichen um die Oberfläche des Metalls so weich werden zu lassen, dass es solche feinen Spuren hinterlässt. Und unser Freund hier saß ja inmitten dieses Scheiterhaufens."

Marek rieb sich nachdenklich sein unrasiertes Kinn.

„Dann werden wir wohl heute noch einmal Sand schippen müssen. Vielleicht haben wir ja Glück und finden den Ring. Konnten Sie schon etwas über die Todesursache herausfinden? Der war ja wohl schon tot, als er in den Holzstoß gesetzt wurde."

„Ja, man kann durchaus sagen, dass er dreimal gestorben ist."

„Was? Wie das denn?"

„Sehen Sie hier – zwei Einschüsse direkt ins Herz. Beide tödlich. Und dann hier", Lovati drehte die verkohlte Leiche vorsichtig auf die Seite, „ein Schuss ins Genick. Der Mörder wollte wohl sicher gehen."

„Das sieht ja wie eine regelrechte Hinrichtung aus. Das ist die Handschrift von Profikillern. Haben Sie die Projektile gefunden?"

„Eines habe ich im Rückenbereich gefunden. Die Kugel ist an einem Rippenbogen abgeprallt. Der

45

zweite Schuss von vorne war ein Durchschuss. Er wurde wohl aus sehr kurzer Distanz abgefeuert. Die dritte Kugel steckt noch irgendwo im Kopf. Der Einschusskanal weist vom Nacken schräg nach oben in den Kopf. Das bedeutet, dieser Schuss wurde zuletzt abgegeben, als das Opfer schon am Boden lag. Hier ist das gute Stück."

Lovati hielt Marek eine kleine Plastiktüte unter die Nase, in der sich das leicht deformierte Geschoss befand.

„Neun Millimeter, würde ich sagen. Nichts Außergewöhnliches. Mal sehen, ob die Ballistiker etwas mehr herausbekommen. Hier Michele, die muss ins Labor. Michele ...?"

Der Stuhl, auf dem Ghetti saß, war leer und der junge Maresciallo verschwunden.

„Wo ist er denn? Er saß doch eben noch da."

Der Dottore steckte sich die nächste Zigarette an und grinste.

„Wenn ich mir die Flasche ansehe, hat er wohl einen Schluck zu viel genommen und bei seinem schwachen Magen ist er wahrscheinlich kotzen."

„Diesen Anblick wird er auch noch ertragen lernen. Vielen Dank, Dottore, Sie haben uns wieder einmal sehr geholfen."

„Keine Ursache, Commissario. Immer wieder gerne. Ich stelle Ihnen noch die Unterlagen für eine

46

zahnärztliche Identifizierung zusammen."

***

Im Flur fand Marek Ghetti auf dem Boden kauernd vor, den Kopf in die Hände gestützt. Ein Bild des Jammers. Marek hatte Verständnis für den jungen Polizisten. Er hatte während seiner Zeit beim Morddezernat schon viele Kollegen erlebt, die beim Anblick eines Brandopfers oder einer Wasserleiche umgekippt waren.

„Komm mein Junge, du hast es überstanden. Lass uns fahren."

Der junge Mann erhob sich und trottete hinter Marek her.

„Tut mir leid, Roberto, aber ich verstehe nicht, wie ihr das aushalten könnt. Mir hat sich schon beim bloßen Anblick dieser verkohlten Leiche der Magen rumgedreht, und ihr habt fast mit der Nase darauf gelegen."

„Spaß macht uns das auch nicht, aber Lovati hat interessante Spuren entdeckt, die wir uns angesehen haben. Du wirst das auch noch lernen."

„Was gab es denn so Interessantes?"

„Lass uns erst einmal etwas essen, dann erzähle ich dir alles."

Bei bloßen Gedanken ans Essen wurde Ghetti wieder blass.

„Wie kannst du nur ans Essen denken. Ich bekom-

47

me jetzt keinen Bissen herunter."

„Nichts da, du brauchst jetzt auch etwas in den Magen, *basta*!", wischte Marek alle Einwände Ghettis beiseite.

In einer rustikalen Trattoria in der Altstadt bestellte Marek zwei Portionen *anara al forno* und eine Flasche Merlot aus der Region. Als der würzig duftende Entenbraten serviert wurde, hatte auch Ghetti seinen Ekel überwunden. Schweigend genossen sie dieses köstliche Gericht.

***

Erst später beim Caffè erzählte Marek, was er von Dottore Lovati erfahren hatte und gab Ghetti den Beutel mit dem Projektil.

„Was sagst du dazu?"

„Sieht aus wie eine neun Millimeter. Wir haben die gleiche Munition. Ich bringe sie gleich ins Labor, wenn wir zurück sind."

„Ja, tu das, und danach treffen wir uns am Strand zum Sand schippen. Wir bräuchten ein großes Sieb und Schaufeln, sonst brauchen wir Tage, bis wir den ganzen Bereich abgesucht haben."

„Kein Problem, bringe ich mit. Mein Vater hat so etwas noch in seiner Garage herumstehen. Glaubst du wirklich, dass wir diesen Ring finden, falls es ihn wirklich gibt, und wenn ja, was versprichst du dir davon? Am Ende war alles umsonst."

„Aber dann haben wir es wenigstens versucht. Bisher gibt es doch kaum irgendeinen Anhaltspunkt, mit dem wir etwas anfangen könnten. Mit Ausnahme des Kreuzes, das wir ja auch erst auf Lovatis Hinweis gefunden haben. Also versuchen wir es."

**

Marek saß rauchend auf der niedrigen Mauer, die den noch immer abgesperrten Strandabschnitt von der Straße trennte, und wartete auf Ghetti. Bis zu seiner frühzeitigen Pensionierung war er fünfundzwanzig Jahre beim Morddezernat in Frankfurt tätig, aber er konnte sich nicht daran erinnern, jemals einen ähnlichen Fall bearbeitet zu haben. Mörder, die ihre Opfer durch Verbrennen entsorgen wollten, hatte er zwar einige überführen können, aber dieser Fall hier lag anders. Nicht nur das *Wie* bereitete ihm Kopfzerbrechen, sondern auch, dass diese Geschichte ziemlich mysteriöse Züge annahm. Eine klassische Hinrichtung – Schuss ins Herz, dann Schuss ins Genick. Doch dann wird das Opfer in einem Scheiterhaufen verstaut und was noch seltsamer ist, mit samt einer sündhaft teuren Goldkette mit Anhänger und dem Ring, den sie jetzt noch suchen mussten. Die Killer hatten sich viel Zeit gelassen, also hatten sie offenbar keinerlei Interesse an dem Schmuck, was wiederum auf einen geplanten Auftragsmord schließen ließ. Es war verworren.

***

Als Ghetti kurze Zeit später in einem alten, klapprigen *Fiat Fiorino* vorfuhr, trat Marek seine Zigarette aus und ging zu ihm hinüber, um beim Ausladen zu helfen.

„Wo hast du denn diese Rostlaube her?"

„Die Karre gehört meinem Vater. Er benutzt sie nur, wenn er zum Angeln fährt, oder irgendwelches Baumaterial transportiert."

„Das riecht man", zog Marek die Nase kraus, als Ghetti die Hecktüren öffnete, und zwei Schaufeln und zwei Montageböcke auslud. Dann zerrte er noch einen Holzrahmen von etwa einem Meter Durchmesser, auf den ein relativ feinmaschiger Draht gespannt war, von der Ladefläche.

„Ich denke, das wird reichen."

Marek lud sich das Sieb auf die Schulter, schnappte sich noch eine Schaufel und ging hinunter zum Strand. Ghetti folgte ihm mit den restlichen Utensilien. Während er das Sieb auf die beiden Böcke legte, zeichnete Marek mit der Schaufel Linien in den Sand.

„Was wird das denn?", fragte Ghetti verwundert.

„Das, mein lieber Michele, wird ein Raster, mit dem ich die Fläche, die wir absuchen müssen, in Abschnitte einteile, damit wir hier nicht wahllos alles umgraben."

Abschnitt für Abschnitt schaufelten sie nun den

Sand in das Sieb, doch anfänglich blieb außer verkohlten Holzstücken, Zigarettenkippen und diversen Flaschenverschlüssen nichts von Belang hängen.

„Stopp!", rief Ghetti plötzlich, als Marek gerade eine weitere Ladung Sand ins Sieb geschaufelt hatte. „Ich glaube, ich habe etwas gesehen."

Marek ließ die Schaufel fallen, während Ghetti mit seinen Händen die Rückstände im Sieb durchwühlte, die nicht durch das Gitter gerutscht waren.

„Hier ist er!"

Marek nahm den goldenen Ring, den Ghetti in der Hand hielt und wischte ihn an seiner Hose ab. Dann sah er ihn sich genauer an. Oben auf der Platte befand sich ein erhaben herausgearbeitetes Kreuz, an dem sich irgendetwas hochzuranken schien. Die Balken des Kreuzes waren an den Enden etwas breiter, ähnlich dem goldenen Kreuz, das sie vergangene Nacht fanden, aber sie trafen sich nicht mittig. Auf beiden Seiten des Rings waren sechszackige Sterne eingraviert, die aus zwei ineinandergelegten, gleichseitigen Dreiecken bestanden.

„Was ist das denn? Hast du schon einmal so etwas gesehen?"

„Nein, bestimmt nicht. Sieht ziemlich mysteriös aus."

„Wenn der nicht aus Gold wäre, würde ich auf ein Utensil aus dem Karneval tippen. Ich denke, das

Kreuz und der Ring haben etwas zu bedeuten. Wir müssen nur herausfinden was, dann kommen wir bestimmt ein ganzes Stück weiter. Am besten, du bringst den Ring gleich ins Labor. Die sollen ihn und das Kreuz mit Ultraschall reinigen, damit nichts verkratzt wird."

„Was hältst du davon, wenn wir diese beiden Stücke abfotografieren und an die Presse geben? Vielleicht kann sich jemand an das Kreuz oder den Ring erinnern. Auffällig genug sind sie ja."

„Gute Idee! Ruf mich an, wenn die im Labor damit fertig sind; ich möchte mir die Teile dann noch einmal ansehen."

„Und was machst *du* jetzt?"

„Jetzt räumen wir hier erst einmal auf. Die Absperrung kann auch weg. Dann fahre ich nach Hause und werde mich mit diesen Symbolen auf dem Ring und den Templern befassen."

Ghetti musste lachen.

„Du glaubst doch nicht im Ernst daran, oder?"

„Man weiß ja nie", meinte Marek vieldeutig.

***

Marek ließ seine Jacke achtlos im Flur auf den Boden Fallen und ging in sein Arbeitszimmer. Dort suchte er seine Bücherregale ab, bis er das Passende gefunden hatte. Mit einem umfangreichen Werk über Geheimbünde, einem Band über die Geschichte der

Templer und einem Glas *Vecchia Romana* gegen die Kälte, setzte er sich an seinen Schreibtisch, steckte sich noch eine Zigarette an und begann zu lesen. Die Geschichte der Templer war interessant, aber wenig ergiebig. Es gab zwar Querverweise vom Kreuz der Templer zum Tatzen Kreuz, Prankenkreuz oder Malteserkreuz, aber das wusste er ja alles schon und es brachte ihn auch keinen Schritt weiter. Das Einzige, was er mit Sicherheit sagen konnte, war, dass das goldene Kreuz des Toten so ähnlich aussah und dies war etwas dürftig.

Marek legte das Buch beiseite und nahm sich das Werk über die Geheimbünde vor. Aber wonach sollte er suchen? Um die Suche einzugrenzen, wollte er sich auf Bünde und Orden mit christlichem Hintergrund konzentrieren. Alles andere ignorierte er erst einmal, aber es blieben immer noch genug übrig.

***

Zwei Stunden und ein paar Zigaretten später, klingelte sein Telefon. Marek klappte das Buch zu und rieb sich müde die Augen.

„*Pronto.*"

„Ciao Roberto", meldete sich Ghetti, „ich denke, das solltest du dir ansehen."

„Was, zum Teufel, soll ich mir ansehen?"

„Die haben im Labor das Kreuz und den Ring gereinigt. Sieht alles ziemlich seltsam aus. Ich kann jedenfalls damit nichts anfangen."

„Ich komme gleich rüber."

Da die *Caserma* am anderen Ende der Stadt lag, und er keine Lust verspürte zu laufen, kletterte er in seinen betagten 2CV und fuhr los.

***

Marek saß an Ghettis Schreibtisch und betrachtete das Kreuz. Dann nahm er den Ring und hielt ihn gegen das Licht, um die Abbildung besser sehen zu können. Nach einer Weile legte er beide Stücke nachdenklich zurück.

„Das sind Rosen, Michele."

„Was sind Rosen?"

„Letzte Nacht nahm ich doch an, die vier Enden des Kreuzes seien mit Steinen besetzt; aber das sind keine Steine - das sind Rosenblüten. Wahrscheinlich aus Gold getriebene Rosenblüten und rot emailliert. Und hier auf dem Ring – was sich da an dem Kreuz hochrankt, ist ein Rosenstock."

„Jetzt verstehe ich gar nichts mehr. Was soll das bedeuten?"

„Aber ich beginne langsam zu verstehen. Rosenkreuzer!"

„Könntest du dich eventuell einmal so ausdrücken, dass ein Normalsterblicher dich auch versteht?"

„Vorhin, als du mich angerufen hast, las ich gerade, auf der Suche nach einer Erklärung für diese Zeichen, ein Buch über Geheimgesellschaften. Eines dieser Kapitel befasste sich mit dem Orden der Rosenkreuzer."

Ghetti sah ihn verständnislos an.

„Ein Orden? Du meinst der Tote war ein Mönch oder ein Priester?"

„Nein, nein! Die Mitglieder dieses Ordens waren fast alle weltlich, wie zum Beispiel Claude Debussy, dem man auch eine Mitgliedschaft nachsagte. Das ist eher ein initiatischer Orden, mit vielen Gruppierungen und Abspaltungen, wie die Freimaurer, aus denen ja angeblich die ersten Rosenkreuzer hervorgegangen sein sollen."

„Jetzt wird es aber sehr mysteriös", meinte Ghetti, der das alles nicht begreifen konnte.

Marek nahm noch einmal das Kreuz in die Hand und betrachtete die Rückseite.

„Hier, sieh mal. Da sind drei Buchstaben eingeprägt – *FLO* – und hier sind auch noch Zeichen eingeritzt – könnte IIX oder XII und XIV sein."

„IIX macht keinen Sinn, aber XII könnte eine römische zwölf bedeuten, und dann wäre das zweite Zeichen XIV eine vierzehn."

„Super, mein Junge! Das stimmt. Sieh mal hier - diese Zahlen wurden von Hand eingeritzt, wie eine Notiz oder ein Hinweis auf irgendetwas – aber auf was?"

„Aber das *FLO* ist ordentlich eingeprägt. Das sind vielleicht die Initialen des Toten."

„Könnte sein, aber ich vermute, es bedeutet etwas anderes. Ich mache mir noch Fotos davon."

Marek zog seine kleine Digitalkamera aus der Tasche und fotografierte den Ring sowie Vorder- und Rückseite des Kreuzes.

„Habt ihr schon Bilder an die Presse gegeben?"

„Ja, aber ich glaube, vom Kreuz wurde nur die Vorderseite fotografiert."

„Macht nichts; für eine Identifizierung reicht das auch so. Hoffen wir, dass sich jemand daran erinnern kann, sonst sehen wir ziemlich alt aus. Ich werde jetzt erst einmal nach Hause fahren und nachdenken."

„Dann bis morgen. *Ciao, Roberto*."

„*Ciao, Michele*."

***

Zuerst informierte Marek Silvana über das, was sie heute in Erfahrung gebracht hatten.

„Roberto!", Silvana war außer sich, als er seinen Bericht beendet hatte. „Du glaubst doch nicht im Ernst, was du da gerade erzählt hast! Templer! Rosenkreuzer! Geheime Orden! Was ist los mit dir? Hast du den Verstand verloren? Das können wir auf keinen Fall drucken. Wir machen uns sonst lächerlich und ich fliege hochkant raus."

„*Cara*, nun hör mir doch einmal zu. Ihr braucht

das ja auch nicht zu bringen – obwohl ich an dieser Theorie weiter festhalten werde. Das wichtigste ist, dass ihr die Fotos bringt. Schreiben kannst du dazu, was du willst. Die Fotos habt ihr bekommen?"

Die offiziellen Pressefotos hatte sie erhalten, aber um einen kleinen Vorsprung vor der Konkurrenz zu haben, würde im Moment eine doppelseitige Sonderausgabe erscheinen.

Nachdem das Gespräch beendet war, steckte er sich eine Zigarette an, setzte sich an seinen Schreibtisch und fing an, ausführlich die Abhandlung über den Orden der Rosenkreuzer zu studieren. Einerseits erschien ihm das Ganze zu suspekt um real zu sein, andererseits waren die Hinweise ziemlich eindeutig, wie er fand. Ein Kapitel zog ihn dann so in den Bann, dass er alles um sich herum vergaß – auch den Fall und die Zeit.

***

Es war schon weit nach Mitternacht, als er zufrieden das Buch beiseitelegte.

„Das könnte doch tatsächlich sein", dachte er, „nur glauben wird es uns niemand."

4

Kardinal Kaspiersky, Präfekt der *Congregatio pro Doctrina Fidie*, oder auch Glaubenskongregation des Vatikans, eilte mit nachdenklicher Miene durch endlos scheinende Gänge des *Palazzo del Sant' Uffizio*. Er war nicht nur ein enger Vertrauter des Papstes, sondern auch ein glühender Verteidiger alter, christlicher Werte, die zu bewahren er alles tun würde – und damit meinte er auch *alles*. Seine Position ermächtigte ihn dazu. Wenn der Papst das geistliche Oberhaupt der katholischen Kirche war, dann war er der Oberbefehlshaber der kirchlichen Truppen, oder auch ein neuzeitlicher Großinquisitor.

Der Kardinal stieß die riesigen Flügeltüren seines Büros auf und ließ sich, schwer atmend, in den großen Ledersessel hinter seinem Schreibtisch fallen. Das, was ihm Erzbischof Paolo Bettesti, Mitglied im Aufsichtsrat des *Istituto per le Opere di Religione*, besser bekannt als Vatikanbank, gerade vertraulich mitgeteilt hatte, war alles andere, als erfreulich. Genauer gesagt, konnte daraus eine, für sie und die Kirche, gefährliche Situation entstehen. Er griff nach dem Telefon und wählte die Nummer von Kardinal Nicoletto, seinem Vertrauten in der *Commissione Cardinalizia di vigilanza*, dem sogenannten Wächterrat der Vatikanbank.

„Bettesti hat mir gerade mitgeteilt, dass man das Objekt doch gefunden hat. Es wurde wohl schlampig gearbeitet. Ich war der Meinung, unsere weltlichen Partner wären da etwas professioneller."

„Hat man die Unterlagen?"

„Nein. Glücklicherweise nicht. Aber wir wissen auch noch nicht wo sie sich befinden. Er kann sie überall versteckt haben. Nur eines ist sicher; er hat sie noch nicht weitergegeben, sonst wäre längst die Apokalypse über uns hereingebrochen."

„Was werden Sie jetzt tun?"

„Ich werde entsprechende Schritte einleiten um aufzuräumen. Bleiben Sie also ganz ruhig. Nur bereiten Sie eine mögliche Entfernung Calvaris vor."

Nachdem er dieses Gespräch beendet hatte, wählte er eine Geheimnummer in der Via Carlo Cattaneo.

**

Am nächsten Morgen fuhr eine große Limousine, gefolgt von einem Wagen eines Bestattungsinstituts, in den Hof des Ospedale Civile in Portogruaro. Die beiden Männer, die der Limousine entstiegen, hätte man durchaus für Zwillinge halten können: Der gleiche Kurzhaarschnitt, die gleichen dunklen Anzüge, die gleichen langen, schwarzen Mäntel; nur einer war etwas kleiner und trug eine randlose Brille.

Zielstrebig gingen beide vorbei an der Rezeption

zum Treppenhaus und hinunter zur Pathologie. Als sie den Seziersaal betreten wollten, versperrte ihnen Dottore Lovati den Weg.

„Was wollen Sie denn hier? Unbefugten ist der Zutritt verboten, wie Sie unschwer dem Schild an der Türe dort hinten entnehmen können."

„Sind Sie hier der leitende Pathologe?", fragte der kleinere der beiden unbeirrt.

„Der leitende und im Moment der einzige. Also, was wollen Sie hier?", giftete Lovati die Beiden an, und eine böse Vorahnung beschlich ihn.

„Wir sind hier, um den verbrannten Leichnam abzuholen, den man Ihnen aus Caorle zugestellt hatte."

„Sie holen hier gar nichts ab! Verschwinden Sie, oder ich hole die Polizei!"

Ein letzter Versuch.

„Machen Sie keine Schwierigkeiten, Dottore", sagte der größere der beiden, und hielt Lovati ein Dokument vor die Nase. „*Polizia di Prevenzione* – Staatsschutz. Wir sind vom Innenministerium ermächtigt, wie Sie sehen können. Also übergeben Sie uns bitte unverzüglich den Leichnam."

Dottore Lovati spuckte dem Mann wütend seine Zigarettenkippe vor die Füße, drehte sich Wortlos um und ging in den Kühlraum. Dort öffnete er eines der Fächer, steckte sich eine neue Zigarette an und sah zu, wie die beiden Männer des Bestattungsinstituts, die mittlerweile auch erschienen waren, die verkohlte Leiche in einen Zinksarg luden und wieder verschwanden.

„Es wäre besser, wenn Sie vergessen würden, was Sie eben gesehen haben", meinte der kleinere der Zwillinge, dann gingen auch sie, um eine halbe Stunde später in der *Caserma* der Carabinieri in Caorle aufzutauchen.

***

„*Polizia di Prevenzione*. Wir möchten den Capitano sprechen."

Der Wachhabende salutierte.

„Erster Stock, am Ende des Gangs."

Die beiden Männer klopften zwar kurz an, warteten aber nicht ab, bis sie zum Eintreten aufgefordert wurden, sondern betraten gleich das Büro des Capitano, der solche Störungen überhaupt nicht schätzte und sie entsprechend feindselig ansah.

„Wer sind Sie denn? Was fällt Ihnen ein, hier einfach so hereinzuplatzen. Ich kann mich auch nicht erinnern, einen Termin mit Ihnen vereinbart zu haben."

„Capitano Mambretti? Staatsschutz – wir sind ermächtigt, alle Ermittlungsunterlagen und Asservaten, die den verbrannten Toten vom Dreikönigstag betreffen, zu übernehmen."

Sie legten Mambretti ein entsprechendes Schriftstück auf den Schreibtisch.

„Wenn Sie uns nun bitte umgehend die Unterlagen aushändigen würden."

„Könnten Sie mich bitte dahin gehend aufklären, welches Interesse der Staatsschutz an diesem Toten hat?", fragte Mambretti, als er das Schreiben gelesen und die Richtigkeit der Angaben überprüft hatte.

„Wir bedauern, das können wir Ihnen nicht sagen. Um es noch einmal deutlich zu machen: Sie und Ihre Leute sind ab sofort nicht mehr mit diesem Fall betraut! Also …"

„Na schön", resignierte der Capitano, beugte sich über seinen Schreibtisch und griff nach dem Telefon.

„Ghetti, bringen Sie mir bitte umgehend alle Unterlagen über den Fall des verbrannten Toten … keine Diskussion, Ghetti, und damit meine ich auch *alle,* auch die beiden Fundstücke."

Zwei Minuten später erschien Ghetti mit der angeforderten Akte im Büro seines Vorgesetzten. Als er die beiden Männer vor dem Schreibtisch des Capitano sitzen sah, bekam er eine dunkle Vorahnung, um was es hier ging, und enthielt sich eines Kommentars. Schweigend übergab er die Unterlagen an Capitano Mambretti, salutierte, und verließ schweigend wieder das Büro.

Mambretti hatte sich erhoben und schob den beiden Besuchern die Akte über den Schreibtisch zu.

„Auch wenn es Sie wahrscheinlich nicht interessiert, händige ich Ihnen diese Unterlagen nur unter Protest aus."

Die Beiden waren auch aufgestanden.

„Wir machen auch nur unseren Job, Capitano."

***

Nachdem die Beiden gegangen waren, rief Mambretti Ghetti zu sich in sein Büro.

„Was ich Ihnen nun sage, ist ein Befehl: Ab sofort sind wir von diesem Fall entbunden! Das heißt, dass auch Sie nicht mehr weiter ermitteln; ist das klar?"

„Bei allem Respekt, Capitano ..."

„Kein aber! Die beiden waren vom Staatsschutz und hatten eine Ermächtigung vom Innenministerium. Damit ist doch alles gesagt, oder?"

„Dottore Lovati rief eben bei mir an. Die beiden Männer waren vorher schon bei ihm, und haben die Leiche abgeholt. Was hat das zu bedeuten?"

Mambretti zuckte mit den Schultern.

„Ich habe keine Ahnung und ich fürchte, wir werden es auch nie erfahren. Allerdings kann ich Ihrem Freund leider nicht verbieten, seine Nase weiter in diese Geschichte hinein zu stecken", ergänzte der Capitano augenzwinkernd.

***

Zurück in seinem Büro, rief Ghetti umgehend seinen Freund Marek an, um ihn über die in seinen Augen unglaublichen Ereignisse der letzten Stunde zu informieren.

„Der Staatsschutz! Donnerwetter! Dass es so weit geht, hatte ich nicht gedacht. Obwohl, nachdem was ich gestern Abend noch erfahren habe, dachte ich mir schon, dass es eine andere Dimension annehmen könnte."

„Wie meinst du das denn?"

„Ich habe gestern noch einmal wegen der Symbole auf dem Ring und dem Kreuz recherchiert – der Tote muss ein Rosenkreuzer gewesen sein. Und da ich mich weigere an Zufälle zu glauben, muss seine Mitgliedschaft in diesem Orden etwas mit seinem Tod zu tun gehabt haben – zumindest peripher."

„Und wie kommst du darauf, dass er ein Rosenkreuzer war? So ein Kreuz könnte doch jeder tragen."

„Das Zeichen der Rosenkreuzer ist das Kreuz mit der Rose. Unser Kreuz sieht zwar eher nach einem Templerkreuz aus, ist aber mit Rosenblüten besetzt und auf dem Ring rankt sich ein Rosenstock an einem Kreuz empor. Die sechszackigen Sterne an den Seiten des Rings tauchen auch auf dem *Hermetischen Rosenkreuz* des Ordens der goldenen Morgenröte auf, den es aber angeblich heute nicht mehr gibt. Und nun zu den eingeprägten Buchstaben auf der Rückseite des Kreuzes – *FLO* sind nicht die Initialen des Opfers, sondern stehen für *Fraternitas L.V.X. Occulta* – der

Bruderschaft des verborgenen Lichts. Was sagst du nun?"

„Jetzt verstehe ich überhaupt nichts mehr", meinte Ghetti nach einem Moment des Schweigens. „Was machen wir nun?"

„Ich lasse mich jedenfalls von diesen Wichtigtuern vom Staatsschutz nicht verarschen! Auch wenn ihr offiziell nicht mehr ermitteln dürft – ich gehe der Sache auf den Grund."

„Und wie stellst du dir das vor?"

„Die Pressemitteilungen sind doch erschienen, bevor die beiden James Bond Imitationen hier auftauchten, oder?"

„Ja, und …?"

„Damit ist ja noch eure Telefonnummer für eventuelle Hinweise aus der Bevölkerung angegeben. Du sagst der Telefonzentrale, dass sie alle diesbezüglichen Anrufe an dich weiterleiten sollen. Es hat euch ja niemand befohlen, eventuelle Hinweise an das Innenministerium weiter zu geben. Falls sich jemand melden sollte, informierst du mich über Handy, das werden sie bestimmt nicht abhören, und vernichtest gleich alle Notizen."

„Du glaubst, dass sie die *Caserma* abhören?", fragte Ghetti ungläubig.

„Sicher ist sicher. Bei diesen Brüdern muss man auf alles gefasst sein. Deshalb beenden wir jetzt auch besser das Gespräch, bevor sie die Schaltung aufbauen können. *Ciao, Michele*, bis später."

***

Jetzt hieß es kühlen Kopf bewahren. Wenn sich schon die *DIGOS* einschaltete, die ja eigentlich nur bei terroristischen Aktivitäten oder Landesverrat tätig wird, muss wohl etwas Großes hinter diesem Mord stecken, und mit diesen Leuten war nicht gut Kirschen essen, deshalb musste er ab jetzt so unauffällig wie möglich vorgehen. So schnell waren diese Leute nicht einmal bei der Ermordung *Aldo Moros* vorgegangen. Wobei Marek immer noch der Meinung war, dass der Staatschutz bei Moros Entführung und Ermordung die Finger mit im Spiel hatte und mit dieser Einschätzung war er nicht alleine.

Als Moro im März 1978 auf dem Weg ins Parlament entführt wurde, hatten die Polizei und das Innenministerium schnell die Schuldigen parat, zu schnell. Der Öffentlichkeit wurden die Roten Brigaden als Täter präsentiert. Aber die Drahtzieher wurden verschwiegen. Auf Fotos vom Tathergang ist deutlich zu erkennen, dass keine dreißig Meter neben der Stelle, an der fünf Leibwächter Moros mit hunderten von Schüssen hingerichtet wurden, ein Mann im hellen Trenchcoat und mit Hut seelenruhig am Straßenrand steht und so tut, als würde dies alles nicht geschehen. Für Marek war das heute noch ein

Indiz für die Beteiligung von höheren Stellen des Staates an diesem Verbrechen.

***

Marek zog seine dicke Jacke über, band sich den Wollschal um und machte sich auf den Weg zum Damm entlang des Canale dell' Orologio – wie immer, wenn er in Ruhe nachdenken wollte, und das musste er nun.

Was sie bisher wussten, war nicht sonderlich viel. Jemand hatte auf makabre Weise versucht, eine Leiche zu entsorgen und so einen Mord zu vertuschen. Dass es ein Mord war, daran bestand kein Zweifel, nachdem Dottore Lovati drei Einschüsse gefunden hatte. Alles deutet sogar auf eine Hinrichtung. Was hat der arme Teufel nur gewusst, was er nicht hätte wissen dürfen? Wer oder was war er? Um hierauf eine Antwort zu bekommen, mussten sie auf Hinweise aufgrund der Presseberichte hoffen. Einschüsse! Ghetti hatte doch das eine Projektil zur Ballistik gebracht. Dann hatten es die Typen vom Staatsschutz wohl nicht mitgenommen, ja sie wussten wahrscheinlich nicht einmal von dessen Existenz. Marek rieb sich die Hände. Dann hatten sie wenigstens einen kleinen Vorteil. Er nahm sein Handy aus der Tasche und wählte Ghettis Nummer.

„Hast du schon etwas von der Ballistik gehört?", kam er ohne Vorrede gleich zur Sache. „Das Projektil ist doch noch da, oder?"

„Nein, das hatte ich vergessen."

„Was heißt nein? Heißt das, es ist weg?"

„Das heißt: Nein, ich habe noch nichts gehört, und ja, es liegt noch beim Ballistiker."

„Prima, ich hatte schon befürchtet, der Staatsschutz hätte das Projektil samt Bericht auch kassiert. Dann ruf doch bitte gleich bei der Ballistik an. Sie sollen keinen offiziellen Bericht anfertigen und dir das Ergebnis der Untersuchung nur mündlich mitteilen. Am besten, sie vergessen, dass sie das Ding jemals in der Hand hatten. Ich melde mich später wieder, *ciao Michele*."

Nachdenklich setzte Marek seinen Weg fort. Jetzt konnten sie nur noch abwarten und hoffen, dass der Aufruf in der Presse etwas brachte.

***

Salvatore Gutti legte den Telefonhörer auf und lehnte sich entspannt zurück. Gerade hatte er einen Besichtigungstermin mit einem Ehepaar aus München vereinbart. Sollten die Deutschen das Apartment tatsächlich kaufen, für das sie sich interessierten, könnte er sich über eine stattliche Courtage freuen. So früh im Jahr gibt es eigentlich noch keine Interessenten für Ferienwohnungen. Noch knapp eine Stunde, dann würde er für heute schließen. Gutti legte die Füße auf die Schreibtischkante und schlug den *Gazzettino* auf. Nachdem er den Sportteil gelesen hatte, blätterte er weiter zum Regionalteil. Die beiden Fotos erregten sofort seine Aufmerksamkeit.

„So ein Mist!", brummte er, als er den zugehörigen Aufruf gelesen hatte. Er nahm die Füße vom Schreibtisch, griff nach dem Telefon und wählte die Nummer, die in der Zeitung angegeben war.

„Carabinieri ...."

„*Buon giorno*, ich rufe wegen Ihres Aufrufs in der Zeitung an. Mein Name ist Gutti ...."

„Einen Moment bitte, wir rufen Sie sofort zurück."

Der Mann in der Telefonzentrale notierte die Telefonnummer, und gab sie, wie vereinbart, direkt an Ghetti weiter. Der Maresciallo nahm sein Handy und wählte die Nummer, die er gerade bekommen hatte.

„*Buon giorno, signor Gutti*, ich bin Maresciallo Ghetti. Sie haben Informationen für uns?"

„*Si, signore*. Ich kam erst heute Nachmittag dazu, einen Blick in die Zeitung zu werfen. Wissen Sie, ich lese immer zuerst den Sportteil ..."

In diesem Moment fürchtete Ghetti, sich die Lebensgeschichte des Anrufers anhören zu müssen.

„... und als ich dann den Regionalteil aufschlug, sah ich diese beiden Fotos. An das Kreuz konnte ich mich sofort erinnern. So etwas sieht man nicht alle Tage."

Ghetti klappte seinen Notizblock auf und nahm

einen Stift zur Hand.

„Signor Gutti, könnten Sie mir bitte sagen, wann und wo Sie dieses Kreuz gesehen haben?"

„Ja, das war kurz vor Weihnachten. Da rief ein Mann bei mir in der Agenzia an und fragte, ob ich ihm kurzfristig ein Apartment besorgen könne."

„Sie betreiben eine Agenzia?"

„*Si, Maresciallo*, die Agenzia Duna Rosa in der Via della Meridiana."

„Ist es denn nicht merkwürdig, dass jemand kurz vor Weihnachten noch ein Apartment kaufen will?"

„Das kommt schon nicht sehr oft vor, aber der Mann wollte eine Ferienwohnung für einen Monat mieten."

„Was? Eine Ferienwohnung um diese Jahreszeit, und dann noch so lange? Das ist wirklich seltsam."

„Die Bedingungen, die er stellte, waren auch sehr Merkwürdig. Die Wohnung sollte möglichst unscheinbar sein und der Vermieter sollte im Haus wohnen. Mir war es egal, um diese Zeit verdiene ich nicht sonderlich viel, da kam mir der Mann gerade recht. Am nächsten Tag erschien er bei mir und ich habe ihm dann drei Wohnungen gezeigt. Er hat sich sofort für das Apartment in der Via Eraclea entschieden. Die Vermieter sind alte Leute und wohnen im Erdgeschoss. Es ist ein unscheinbares, altes Haus, aber er wollte nur diese Wohnung."

„Hat er gesagt, warum es ausgerechnet diese Wohnung sein sollte?"

„Ich habe ihn auch gefragt. Er sagte nur, dass er ein paar Wochen in Ruhe arbeiten wolle. Er hat die ganze Miete für vier Wochen und die Courtage sofort im Voraus bezahlt."

„Und wann ist Ihnen das Kreuz aufgefallen?"

„Ah, ja, das Kreuz. Als er den Vertrag unterschrieb. Er hatte es so eilig, dass er sich nicht einmal setzen wollte und als er sich über meinen Schreibtisch beugte, rutschte es ihm aus dem Hemd."

„Und Sie sind sich absolut sicher, dass es dieses Kreuz war?"

„Aber natürlich, Signore, so etwas sieht man nicht so oft! Eine wunderschöne Arbeit; mir sind gleich die roten Rosen aufgefallen."

„Gut, Signor Gutti, dann dürfte ich Sie um die Personalien dieses Mannes bitten. Sie haben doch bestimmt Unterlagen, oder?"

„Selbstverständlich!", Guttis Stimme klang beleidigt. „Bei mir wird immer alles ordnungsgemäß eingetragen. Einen Moment bitte, ich hole mir schnell den Vorgang. So, hier hab ich es: Der Name des Mannes ist Giovanni Bellini, wohnhaft in Rom, Via Germanico 110."

„Haben Sie vielen Dank, Signor Gutti. Sie haben uns sehr geholfen. Wenn Sie mir jetzt nur noch die

Adresse der Ferienwohnung geben könnten."

„Via Eraclea, Nummer vier."

„Danke! Und noch etwas: Sprechen Sie bitte mit niemandem darüber; nur mit mir persönlich."

***

Nachdem das Gespräch beendet war, rief Ghetti noch im Ballistik Labor an.

„Sie haben den Bericht bis morgen auf dem Tisch. Ich kann nicht hexen, und außerdem bin ich zurzeit alleine. Die Kollegen müssen ja schließlich auch einmal Urlaub machen", die Stimme des Ballistikers klang genervt.

„Ich würde Sie ja nicht so drängen, wenn es keinen Grund gäbe; das ist aber hier der Fall. Ich brauche das Ergebnis umgehend! Und noch etwas: Es darf keinen schriftlichen Bericht geben! Sie sollten den Vorgang komplett aus Ihrem Gedächtnis streichen, aber natürlich erst, nachdem Sie mir das Ergebnis mitgeteilt haben."

„Das ist aber ein äußerst ungewöhnliches Anliegen, Ghetti. Wir müssen einen Bericht erstellen, das wissen Sie doch."

„Diesmal aber nicht! Ich kann Ihnen nicht mehr verraten. Nur so viel: Der Staatsschutz mischt in diesem Fall mit und hat uns quasi rausgeschmissen. Muss ich noch mehr sagen?"

„Ach so ist das! Na gut, Ghetti, ausnahmsweise. Es

wird ihnen nicht gefallen."

„Machen Sie es nicht so spannend, Brunello!"

„Das Projektil ist eine neun Millimeter Parabellum und stammt mit ziemlicher Sicherheit aus einer *Beretta 92 FS* – wahrscheinlich aus der *Compact*."

Ghetti stieß einen Pfiff aus.

„Wie kommen Sie darauf, dass es ausgerechnet eine *FS-Compact* war?"

„Weil die einen kürzeren Lauf hat; außerdem sagte ich *wahrscheinlich*. Genauer kann ich es erst nach ein paar Probeschüssen sagen."

„Vielen Dank, Kollege, und zu niemandem ein Wort!"

„Von was reden Sie, Ghetti?"

***

Ghetti musste das eben gehörte erst einmal sacken lassen. Konnte das sein? Vielleicht war es auch nur Zufall. Er zog sein Handy aus der Tasche und wählte Mareks Nummer.

„Ich habe Neuigkeiten", kam er ohne Umschweife gleich zur Sache.

„Na, dann lass mal hören", Marek versuchte, sich seine Anspannung nicht anmerken zu lassen.

„Zuerst rief ein Signor Gutti an. Er besitzt eine Agenzia in der Via della Meridiana. Er hat in der Zeitung das Kreuz gesehen und konnte sich noch sehr gut daran erinnern. Der Mann, der es trug hatte sich kurz vor Weihnachten eine Ferienwohnung bei ihm gemietet."

„Wer zum Teufel mietet sich hier um diese Jahreszeit eine Ferienwohnung?", fuhr Marek dazwischen.

„Warte, es kommt noch besser. Der Mann bestand darauf, dass die Wohnung unauffällig und abgelegen sein sollte, und dass die Vermieter im Haus wohnen müssten. Außerdem hat er die Miete für vier Wochen im Voraus bezahlt. Was meinst du dazu?"

„Klingt schon eigenartig. So auf Anhieb würde ich sagen, der Mann wollte auf Tauchstation gehen. Hast du auch einen Namen?"

„Ja, der Mann hieß Giovanni Bellini, wohnhaft in Rom, Via Germanico 110."

„Da ihr ihn ja nicht mehr überprüfen könnt, lasse ich das von Jakob in Frankfurt machen, falls es dir recht ist."

„Natürlich ist es mir recht, und wenn ich es richtig gedeutet habe, dem Capitano ebenfalls."

Marek musste schmunzeln. Der Capitano konnte es offenbar auch nicht verdauen, dass ihm der Staatsschutz den Fall entzogen hat, und hoffte, dass er inoffiziell in dieser Sache etwas herausfand.

„Und was hast du noch?"

„Den Ballistik Befund – wird dir nicht gefallen."

„Wieso? Spann mich nicht so auf die Folter."

„Es ist, wie vermutet, eine neun Millimeter Luger

Parabellum. Die gleiche Munition, wie sie beim Militär und der Polizei verwendet wird. Der Ballistiker ist sich ziemlich sicher, dass die Kugel aus einer *Beretta 92FS Compact* abgeschossen wurde. Was sagst du nun?"

„Scheiße! Das deutet auf Profis hin. Würde mich nicht wundern, wenn die beiden Geheimdienstkarikaturen, die bei euch waren, so ein Ding in der Tasche hatten."

„Genau das dachte ich auch."

„So, dann gib mir noch die Adresse von dieser Ferienwohnung. Vielleicht finden wir ja da etwas Brauchbares, bevor diese Kreaturen vom Staatsschutz auch dort auftauchen."

„Via Eraclea vier. Pass auf dich auf, Roberto. Ich weiß nicht um was es hier eigentlich geht, aber ich habe das Gefühl, die Jungs von der *DIGOS* schießen zuerst und fragen dann."

„Keine Angst mein Freund, dem alten Marek passiert schon nichts. *Ciao, Michele*."

***

„Ärger?"

Luca, der Besitzer der *Bar Roma*, betrachtet Marek, der gedankenverloren seine Cappuccino Tasse in den Händen drehte.

„Wie? Ach so, ja, sieht danach aus. Aber mehr kann ich dir leider im Moment nicht sagen."

Er trank den letzten Schluck aus, zahlte und machte sich auf den Weg in die Via Eraclea.

Nummer vier war tatsächlich ein äußerst unscheinbares, zweistöckiges Gebäude mit einem verwitterten, hellbraunen Anstrich. An einem Fenster im Erdgeschoss wies ein Schild mit der Aufschrift *affitasi appartamento* darauf hin, dass hier eine Wohnung zu vermieten sei. Marek überlegte kurz, woher die Vermieter wissen konnten, dass ihr Mieter nicht mehr zurückkommen würde, aber wahrscheinlich hing das Schild immer dort. Er betrat den schmalen Hof, der zum Hauseingang führte. Dabei fiel ihm auf, das der Hof am anderen Ende noch einen Ausgang zur Via dei Tribuni hatte. Ob das wohl auch ein Auswahlkriterium für diese Wohnung war?

Neben der Eingangstüre befanden sich nur zwei Klingelknöpfe. Das Namensschild der oberen Klingel war blank; auf dem unteren Schild war in verblichenen Buchstaben der Name Buffile zu lesen. Marek drückte auf den Knopf. Kurz darauf öffnete sich ein Fenster und ein Kopf mit grauen Dauerwellen erschien. Lebhafte, blaugraue Augen sahen ihn fragend an.

„Ja?"

„Signora Buffile?"

„Das bin ich, und wer sind Sie?"

„Mein Name ist Marek. Ich arbeite für die Polizei.

Ich würde mir gerne die Wohnung Ihres Mieters, Signore Bellini, ansehen."

„Was geht Sie die Wohnung von Signore Bellini an? Er hat gesagt, wir sollen niemanden reinlassen. Haben Sie überhaupt einen Ausweis? Kann ja jeder behaupten, er wäre von der Polizei."

„Da haben Sie recht, Signora, aber ich bin pensioniert und bin nur Berater der Polizei, daher habe ich keinen Dienstausweis."

„Dann kommen Sie auch nicht rein!"

Die Dauerwellen verschwanden und das Fenster wurde geräuschvoll geschlossen.

„So ein verdammter Mist!", fluchte Marek. Jetzt musste er wohl oder übel doch Ghetti holen und hoffen, dass der Staatsschutz noch nichts von dieser Wohnung wusste.

Als Ghetti zehn Minuten später erschien, drückte Marek erneut auf den Klingelknopf. Fast augenblicklich erschien Signora Buffiles dauergewelltes Haupt am Fenster.

„Ich hab Ihnen doch schon gesagt ..."

In diesem Moment fiel ihr Blick auf Ghettis Uniform.

„Ist der echt?", fragte sie und wies mit einer Kopfbewegung auf den Maresciallo.

„Sicher, Signora, er hat auch einen Ausweis. Dürfen wir nun die Wohnung sehen?"

„Meinetwegen, Moment noch, ich mache auf."

Damit verschwand ihr Kopf aus dem Fenster, um kurze Zeit später in einem Türspalt wieder aufzutauchen.

„Ich will erst den Ausweis sehen."

„Gerne, Signora."

Ghetti trat vor und hielt ihr seinen Dienstausweis unter die Nase.

„Mein Name ist Michele Ghetti von den örtlichen Carabinieri, und dies hier ist Commissario Marek, der unsere Arbeit unterstützt."

Die Türe wurde nun ganz geöffnet und Signora Buffile ließ die beiden Männer eintreten.

„Warum interessieren Sie sich eigentlich so sehr für die Wohnung von Signore Bellini? Ist irgendetwas mit ihm?"

„Ich würde Ihnen gerne ein paar Fragen stellen, während der Commissario sich oben umschaut. Ist es Ihnen recht?"

„Von mir aus, wenn es sein muss. Ich hole nur noch schnell den Ersatzschlüssel für oben. Signor Bellini ist nämlich gerade nicht da."

Marek war dankbar, dass Ghetti ihm die Frau vom Hals hielt. So konnte er sich ungestört umsehen. Signora Buffile händigte ihm den Schlüssel aus und verschwand dann mit Ghetti in der Wohnküche, nicht ohne ihm noch einen kurzen, skeptischen Blick nachzuwerfen, als er die schmale Treppe nach oben stieg.

Auf den ersten Blick machte die Wohnung einen so sterilen Eindruck, dass er befürchtete, nicht einmal ein Staubkorn zu finden. Den größeren Raum schien Bellini als Arbeitszimmer genutzt zu haben. Auf dem Tisch, der auch als Esstisch diente, lagen fein säuberlich, Kante auf Kante, einige Stapel mit Dokumenten, Computerausdrucken und Zeitungsartikel. Mitten auf dem Tisch stand ein Laptop. In einem Wandregal fand Marek einige internationale Werke über die Päpste des zwanzigsten Jahrhunderts, sowie über Papst Johannes XXIII. und Papst Johannes Paul I. Dies wiederum machte ihn neugierig. Interessiert arbeitete er sich durch die Papierstapel auf dem Tisch. Es handelte sich ausschließlich um Berichte, Artikel und Recherchen über diese beiden Päpste. Nachdenklich durchsuchte Marek noch die anderen Räume. Im Schlafzimmer fand er auf dem Nachttisch noch einige ältere Exemplare des *L´Osservatore Romano,* der Tageszeitung des Apostolischen Stuhls. Die meisten Ausgaben stammten aus den Jahren 1963 und 1978. Er packte die Zeitungen zusammen und nahm sie mit hinüber ins Arbeitszimmer. Den Versuch, auf dem Laptop noch etwas Brauchbares zu finden, musste er schnell aufgeben, denn der Computer war mit einem Passwort geschützt und er hatte keine Ahnung, wie man ein solches Passwort knacken kann.

Bis jetzt hatte er nur Dinge gefunden, mit denen Bellini, wenn er denn tatsächlich so hieß, sich beschäftigte, aber nichts Persönliches. Marek begann systematisch die ganze Wohnung zu untersuchen, aber außer etwas Kleidung im Schlafzimmer und diversen Toilettenartikeln im Bad war nichts zu finden. Er wollte schon aufgeben, als sein Blick auf die Revisionsöffnung der Duschwanne fiel. Die Klammern, welche die Fliese in der Halterung hielten, waren verbogen. Da hatte sich jemand äußerst ungeschickt daran zu schaffen gemacht. Mit Hilfe eines Flaschenöffners, den er sich aus der Küche geholt hatte, bog Marek die Klammern auf und entfernte die Fliese. Vorsichtig tastete er den Hohlraum ab.

„Bingo!", Marek betrachtete den Plastikbeutel, den er unter der Duschwanne herausgezogen hatte. Er enthielt einen italienischen Pass auf den Namen Giovanni Bellini.

„Danke, dass du es uns so einfach machst, Kumpel", murmelte Marek.

Außerdem fand er noch eine Akkreditierung für den Vatikan und einen Dienstausweis für den Verlag des Apostolischen Stuhls. Zuletzt förderte er noch einige kleinformatige Fotos zu Tage. Sie waren auf den ersten Blick ziemlich unscharf. Marek ging ans Fenster um besser sehen zu können.

„Ach du heilige Scheiße!", entfuhr es ihm, als er erkannte, was die Bilder zeigten.

Eilig packte er alles zusammen, was er gefunden hatte und verließ die Wohnung. Ghetti wartete schon unten im Flur.

„Signora Buffile, hier ist der Schlüssel mit Dank zurück. Diese Sachen hier müssen wir mitnehmen; wir benötigen sie für die Ermittlungen. *Arrivederci signora.*"

„Noch eine Bitte Signora", ergänzte Ghetti, „sprechen Sie mit niemandem darüber, dass wir hier waren. Vielen Dank."

„Hast du kein Auto dabei?", fragte Marek, als sie wieder auf der Straße standen. „Soll ich das Zeug hier etwa bis nach Hause schleppen? Zu dir ins Büro können wir den Kram ja schlecht bringen."

„Als du angerufen hast, bin ich die paar Meter schnell zu Fuß gegangen. Warte hier, ich hole schnell meinen Wagen. Was hast du da eigentlich alles mitgenommen?"

„Erkläre ich die später, wenn wir bei mir sind. Nur so viel: Wenn es das ist, was ich glaube, ist das purer Sprengstoff! Unser Freund hatte wohl mit dem Feuer gespielt und sich im wahrsten Sinne des Wortes die Finger verbrannt."

***

„Also, was hast du gefunden?", fragte Ghetti neugierig, als sie zwanzig Minuten später in Mareks Arbeitszimmer saßen.

„Dies hier", Marek deutete auf einen der Stapel, die er auf dem Schreibtisch aufgeschichtet hatte, „dies hier sind alles Berichte über das Leben und Wirken der beiden Päpste Johannes XXIII. und Johannes Paul I., sowie über den Tod der beiden. Das hier sind alles alte Ausgaben des *L´Osservatore Romano,* hauptsächlich aus den Jahren 1963 und 1978."

Marek legte eine kleine Kunstpause ein, um die Spannung zu steigern und um Ghetti, der immer noch verständnislos dreinblickte, ein wenig zu ärgern.

„Was soll mir das jetzt sagen? Was ist daran Sprengstoff?"

„Warte, es kommt noch besser. Unter der Duschwanne habe ich die Papiere unseres Freundes gefunden. Giovanni Bellini ist tatsächlich sein richtiger Name und er war offenbar Journalist beim *L´Osservatore Romano;* zumindest habe ich einen Verlagsausweis gefunden. Außerdem hatte er eine Akkreditierung für den Vatikan."

Wieder eine kurze Pause.

„Dass er etwas mit der Kirche zu tun hatte, vermuteten wir doch schon, als wir das Kreuz fanden."

„Nicht ganz. Wir fanden heraus, dass er die Insignien der Rosenkreuzer trug. Dass unser Freund für, und zuletzt wohl auch gegen die Kirche gearbeitet hatte, ist neu."

„Was bedeutet das nun schon wieder?"

„Hier!"

Marek legte Ghetti die Fotos vor die Nase.

„Was sagst du nun?"

Ghetti starrte auf die Bilder.

„Ist es das, was ich denke?", fragte er ungläubig.

„Genau! Das sind Fotos von toten Päpsten, die noch nicht hergerichtet und aufgebahrt sind. Die dürfte es eigentlich gar nicht geben! Und das ist noch nicht alles. Das sind nämlich nicht irgendwelche Päpste, sondern Papst *Johannes XXIII.* hier, und *Johannes Paul I.* da", Marek tippte mit dem Finger auf die beiden Reihen der Fotos, die er übereinander ausgelegt hatte. „So, und nun bekommen auch die Ausgaben des *L´Osservatore* einen Sinn. Wie du dich erinnern kannst, sind fast alle Ausgaben aus den Jahren 1963 – da starb *Johannes XXIII.* – und 1978, dem Jahr in dem Papst *Johannes Paul I.* gewählt wurde und einen Monat später starb."

Ghetti sah ihn einen Moment lang verständnislos an, doch plötzlich ahnte er, was Marek ihm damit sagen wollte.

„Nein, das ist nicht dein Ernst! Du glaubst doch nicht wirklich, dass an diesen Mordtheorien etwas Wahres dran ist. Bellini schrieb bestimmt an einer

Biografie über diese beiden Päpste, und das alles hier ist das Ergebnis seiner Recherchen."

„Quod erat demonstrandum! Ich denke, wir sollten in diesem Fall nichts ausschließen. Wegen einer Papstbiografie wurde noch niemand ermordet. Außerdem gibt es ja schon Dutzende davon."

„Ich bleibe dabei, dass dies eine sehr verwegene Theorie ist."

„Verwegen vielleicht, aber nicht ganz abwegig. Sieh dir mal die Gesichter auf den Fotos genauer an. Hier zum Beispiel bei Johannes Paul. Angeblich wurde er im Bett sitzend, und mit einem Lächeln im Gesicht, von einer Nonne aufgefunden. Diese Version passt aber höchstens zu seinem Beinamen *der lächelnde Papst*, ist aber sonst völlig absurd."

„Wieso ist das absurd?", unterbrach ihn Ghetti.

„Wenn du lächelst, sind fast alle Gesichtsmuskeln angespannt, und das sind eine Menge. Nach dem Eintritt des Todes erschlaffen aber die Muskeln; ein Lächeln wäre da nicht mehr zu sehen gewesen. Frag mal Dottore Lovati, der kann dir das besser erklären. So, und nun sieh dir mal das Foto hier an. Was siehst du darauf?"

Ghetti nahm das Bild und hielt es unter die Schreibtischlampe.

„Na ja, von einem Lächeln kann da tatsächlich nicht die Rede sein, im Gegenteil, der Mund steht unnatürlich offen und scheint auch bläulich verfärbt zu sein."

„Wenn die Muskeln erschlaffen, steht der Mund meistens offen, aber die Verfärbung könnte auf eine Vergiftung schließen lassen", ergänzte Marek. „Ich denke Bellini war einer ganz heißen Sache auf der Spur und hat sich im wahrsten Sinne daran verbrannt."

„Wenn das stimmt, sind wir alle nicht mehr sicher. Was hast du jetzt vor?"

„Ich muss unbedingt wissen, was auf diesem Computer drauf ist. Das Ding ist aber mit einem Passwort geschützt und bei euch können wir ja niemanden damit beauftragen. Ich werde ihn zu Jakob nach Frankfurt schicken, der knackt das Passwort, bevor du guten Tag gesagt hast."

5

Kardinal Kaspiersky knallte den Telefonhörer auf die Gabel. Er war außer sich vor Wut. Gerade hatte man ihm berichtet, dass eine Zeitung im Veneto Fotos von Gegenständen dieses Journalisten veröffentlicht hatte. Die Repubblica hatte einen Leitartikel zum Thema *„Der Bankier Gottes"* in ihrer neuesten Ausgabe. Das hätte nie passieren dürfen. Diese Idioten würden mit ihrer stümperhaften Arbeit noch alles gefährden. Wenn die staatlichen Institutionen nicht in der Lage waren diese Angelegenheit im Interesse der heiligen Mutter Kirche zu erledigen, dann muss es die Kirche eben selbst tun. Einen Moment lang saß er mit gefalteten Händen an seinem Schreibtisch und überlegte, dann wählte er wieder die Geheimnummer in der Via Carlino Cattaneo.

„… halten Sie sich bereit. Nähere Anweisungen erhalten Sie auf dem üblichen Weg."

***

„Ciao, Silvana, ich wollte dich fragen, ob wir heute Abend essen gehen? Ich habe auch ein paar Neuigkeiten."

„Für Neuigkeiten gehe ich sogar mit dir essen."

„Ach so, sonst nicht? Das werde ich mir merken", tat Marek beleidigt. „Also um acht Uhr?"

„Sagen wir halb neun. Bis dann, *ciao Roberto.*"

Nachdem er den Hörer aufgelegt hatte, wollte er den Bellinis Laptop verpacken, um ihn nach Frankfurt zu schicken, doch fand er weder einen geeigneten Karton, noch geeignetes Füllmaterial. Aber wo sollte er jetzt so etwas herbekommen? Da fiel ihm ein, dass der kleine Supermarkt vorne an der Piazza Piave auch Haushaltsartikel führte, und wenn die Geschirr oder Gläser geliefert bekommen, war das bestimmt gut verpackt. Sofort machte er sich auf den Weg, in der Hoffnung, dass nicht alles schon entsorgt war.

Er hatte Glück und bekam alles, was er brauchte. Gleichzeitig hatte er das Gefühl als Gegenleistung etwas kaufen zu müssen. Man geht ja nicht einfach in einen Laden und sagt: „Guten Tag, ich hätte gerne die Verpackung, aber nicht die Ware." Also nahm er noch zwei Flaschen Wein mit. Wein konnte man immer gebrauchen.

Wieder zu Hause verpackte er den Rechner mit äußerster Sorgfalt. Gerade wollte er den Karton verschließen, als ihm noch ein Gedanke kam. Er nahm zwei Fotos aus den Unterlagen Bellinis, steckte sie in einen Briefumschlag und legte sie zu dem Computer in das Päckchen. Dann rief er seinen Freund Jakob in Frankfurt an. Jakob Jung war nicht nur ein Freund, einer der wenigen, die er Zeit Lebens hatte, er war auch ein forensisches Genie, ohne das er viele seiner Fälle, während seiner Zeit beim Morddezernat in Frankfurt, nicht hätte aufklären können.

„Hallo Jakob, Robert hier. Ein schönes, neues Jahr, wünsche ich dir. Wie geht's? Hast du die Feiertage gut überstanden?"

„Was ist los? Du rufst doch nicht einfach so an, um dich nach meinem Wohlergehen zu erkundigen. In was bist du jetzt schon wieder reingeschlittert?"

„Das ist nicht fair", tat Marek zerknirscht, „aber wo du gerade danach fragst, wir haben hier einen äußerst heiklen Fall."

„Dachte ich es mir doch", unterbrach ihn sein Freund.

„Ich schicke dir einen Laptop und ein paar Fotos. Der Rechner ist mit einem Passwort geschützt und ich muss unbedingt wissen, was darauf abgespeichert ist."

„Dann frag doch einfach den Eigentümer."

„Das ist ja das Problem, den hat jemand gegrillt."

„Robert, Robert, wo du auftauchst, gibt es immer Probleme. Wie lange bist du jetzt da unten? Ein Jahr?"

„Fünfzehn Monate."

„Na, dann etwas über ein Jahr und schon der dritte Mordfall. Du ziehst das Unheil magisch an. Warum gebt ihr den Computer nicht einfach bei euch ins

Labor? Da wird es doch wohl irgendjemanden geben, der so ein läppisches Passwort knacken kann."

„Das ist das nächste Problem. Wir können hier gar nichts mehr offiziell machen. Der Staatsschutz hat sich eingeklinkt und hat die Leiche und alle Unterlagen beschlagnahmt. Außerdem haben sie der Polizei hier untersagt, sich weiter mit dem Fall zu beschäftigen."

„Ach du scheiße! Und wie, bitte schön, kommst du an den Computer?"

„Es gibt halt Sachen, die diese Anfänger vom Staatsschutz nicht wissen", lachte Marek.

„Na, dann pass bloß auf dich auf. Ich möchte dich nicht in einer Holzkiste da unten abholen müssen."

„Danke dir, mein Alter. Und sieh dir bitte die Fotos genau an. Ich möchte wissen, ob es aus pathologischer Sicht Auffälligkeiten bei den abgebildeten Toten gibt. Ach, und noch etwas. Könntest du bitte alles über einen Giovanni Bellini, wohnhaft in Rom, Via Germanico 110 herausfinden? Wie gesagt, die Polizei hier darf es ja nicht mehr."

„In Ordnung. Ich melde mich. Mach's gut."

***

Ein Blick auf die Uhr sagte ihm, dass er sich beeilen musste. Silvana hasste es, im Restaurant auf ihn warten zu müssen.

Als Marek außer Atem in die Trattoria stürzte, war

von Silvana noch nichts zu sehen. Das Lokal war für diese Jahreszeit recht gut besucht, aber glücklicherweise war sein Lieblingstisch noch frei. Kaum hatte er sich gesetzt, erschien Rosangela Ricetto, die Padrona, wie immer mit frischer Dauerwelle und geblümtem Kittel.

„*Buona sera, Roberto.* Bist du heute alleine?"

„*Ah, buona sera, Rosa.* Silvana wird gleich kommen. Was kannst du denn heute empfehlen? Ich sterbe fast vor Hunger."

„Ich mache euch eine schöne *terrina e involtini.* Was sagst du?"

„Klingt verlockend. Und als Vorspeise?"

„Braucht ihr nicht – die *terrina* reicht. Dazu mache ich euch einen schönen Salat."

„Abgemacht. Mir läuft schon das Wasser im Mund zusammen."

„Wäre dir ein *Dolcetto di Dogliani* dazu recht?"

„Wunderbar! Und wenn es geht, vorher wenigstens ein paar Oliven und *Grissini*, damit ich etwas zu knabbern habe, bis Silvana kommt."

„Bekommst du", lachte Rosa, „ ich möchte ja nicht, dass du mitten in meinem Lokal verhungerst."

Als Silvana mit fast dreißigminütiger Verspätung erschien, verschwand Rosa sofort in der Küche um das Essen zu holen. Ihr Roberto hatte jetzt genug Hunger gelitten.

„*Ciao caro*, tut mir leid, aber in der Redaktion war die Hölle los. Hast du schon bestellt?"

„Rosa hatte Mitleid mit mir und hat was Besonderes zubereitet."

„Du Armer, dir geht's ja so schlecht. Hast du bei ihr wieder die mütterlichen Instinkte geweckt? Ich darf dich daran erinnern, dass ich normalerweise immer auf dich warten muss."

Marek überhörte diesen Vorwurf geflissentlich.

„Was war denn in der Redaktion los?", wechselte er das Thema.

„Zwei Typen vom Staatsschutz tauchten heute am späten Nachmittag bei uns auf und nahmen alle Unterlagen über den Toten aus dem Feuer mit. Alle Fotos, die Notizen, einfach alles!", Silvanas Stimme klang verzweifelt. „Was ist da los, Roberto?"

„Beruhige dich erst einmal ... ah, da kommt ja unser Essen."

Die Padrona stellte eine große Platte mit der köstlich duftenden Kalbfleischpastete und goldbraun gebratenen Kalbsrouladen auf den Tisch, in ihrem Schlepptau eine Kellnerin, die den Salat brachte.

„Danke Rosa, das sieht ja fantastisch aus."

„*Buon appetito!*"

„Was heißt hier beruhigen? Die haben uns alles, was wir zu diesem Fall zusammengetragen hatten, einfach weggenommen. Was hat der Staatsschutz überhaupt damit zu tun? Das letzte Mal, als die in Erscheinung getreten sind, war damals, als Aldo Moro ermordet wurde und bei dem Bombenanschlag auf den Bahnhof in Bologna. Damals hatte die Cossiga Administration auch gleich die Schuldigen parat bis sich später herausstellte, dass diese Dreckskerle auch ihre Finger im Spiel hatten. Die sind gefährlich, Roberto."

„Du hast doch bestimmt die Fotos vom Tatort noch auf deiner Speicherkarte und alle anderen Informationen bekommst du von mir."

„Das ist ein heißes Eisen. Knapp ein Jahr nach Moros Ermordung, wurde der Kollege Carmine Pecorelli erschossen. Er hatte über den Fall ausführlich berichtet und den Begriff der *strategia della tensione* geprägt, wonach italienische und ausländische Geheimdienste an der Ermordung beteiligt gewesen sein sollen – und auch die *Propaganda due*. Verstehst du nun, dass ich Angst habe?"

„Pecorelli war doch angeblich selbst Mitglied der *Propaganda due*."

Silvanas Stimme nahm einen leicht hysterischen Tonfall an. Ihre Angst war fast greifbar.

„Ja, aber er war wohl nicht mit dem neuen Kurs einverstanden und wurde durch seine Reportage zum Risiko."

„Aber die P2 gibt es doch jetzt nicht mehr, oder?"

„Richtig, aber es soll eine neue Gruppierung, die *Propaganda dre*, geben."

„Ich hatte jedenfalls keine Ahnung, dass der Staatsschutz so weit gehen würde. Aber bei dem, was ich bisher herausgefunden habe, würde mich das nicht wundern. Die waren nämlich nicht nur bei euch, sondern haben heute Vormittag bei Dottore Lovati die Leiche abgeholt. Kurz darauf erschienen sie in der *Caserma* und haben da alle Ermittlungsunterlagen, einschließlich dem Kreuz und dem Ring beschlagnahmt. Michele darf offiziell nicht mehr ermitteln. Der Fall liegt jetzt ausschließlich bei der *DIGOS*. Aber was die noch nicht wissen, ist das, was ich weiß."

Marek wischte mit einem Stück Weißbrot seinen Teller sauber und spülte mit einem Schluck Wein nach. Silvana sah ihn dabei mit offenem Mund erwartungsvoll an.

„Das war köstlich."

Satt und zufrieden lehnte er sich auf seinem Stuhl zurück, während sich eine Zornesader auf Silvanas Stirn zeigte.

„Willst du mich jetzt hier unaufgeklärt verhungern lassen? Was hast du herausgefunden?", fuhr sie ihn an.

„Möchtest du auch einen Grappa, *cara*?"

„Du bist unmöglich!", schimpfte Silvana und Marek sah ein, dass er den Bogen nicht überspannen durfte, denn sie konnte sehr nachtragend sein. Trotzdem bestellte er zuerst einmal Caffè und Grappa. Das musste sein.

„Ist ja gut, *cara*, du sollst ja alles erfahren. Zuerst habe ich anhand des Kreuzes und des Rings herausgefunden, dass der Tote ein Rosenkreuzer gewesen sein musste."

„Das ist doch wohl nicht dein Ernst, oder? Ein Rosenkreuzer …?", Silvana fing an zu lachen. „Du hast wohl zu viele Mystery-Romane gelesen."

„Das ist mein voller Ernst. Zugegeben, man könnte sich diesen Schmuck auch im Internet bestellen, aber erstens nicht in dieser Qualität und zweitens habe ich eindeutige Indizien dafür gefunden, dass meine Theorie stimmt."

„Und die wären?", Silvana klang immer noch nicht überzeugt.

„Auf dem Ring waren an den Seiten zwei sechszackige Sterne in der Form zweier übereinandergelegter Dreiecke eingraviert. Exakt die gleiche Darstellung befindet sich auf dem *Hermetischen Rosenkreuz* des Ordens der goldenen Morgenröte. Außerdem waren auf der Rückseite des Kreuzes die Buchstaben *FLO* eingraviert."

„Das könnten auch die Initialen des Besitzers sein", warf Silvana ein, aber ihre Stimme klang nicht mehr so überzeugt.

„Das dachte Michele anfänglich auch, aber erstens haben wir den Namen des Toten, und zweitens habe ich mich intensiv mit den Rosenkreuzern beschäftigt. Die drei Buchstaben stehen für *Fraternitas L.V.X. Occulta* – der Bruderschaft des verborgenen Lichts."

„Das klingt alles ziemlich mysteriös. Wer war dieser Mann, und warum wurde er auf so grausame Art getötet?"

„Er war schon tot, als er in diesen Holzstoß gesetzt wurde. Man hat ihn vorher mit drei Schüssen hingerichtet; zwei ins Herz und dann ein Genickschuss. Sein Name war Giovanni Bellini aus Rom. Er hatte hier in Caorle kurz vor Weihnachten eine Ferienwohnung angemietet und für vier Wochen im Voraus bezahlt. Der Eigentümer einer Agenzia hat das Kreuz in der Zeitung wiedererkannt. Wir haben die Wohnung durchsucht und einige interessante Unterlagen und einen Laptop gefunden. Wie es aussieht, war der Mann ein Kollege von dir beim *L´Osservatore Romano*. Außerdem hatte er wohl freien Zutritt zum Vatikan. Zumindest habe ich eine Akkreditierung gefunden."

Marek trank sein Glas aus und bestellte sich noch einen Grappa.

„Ich erkenne noch keine Zusammenhänge. Was hat das Alles mit seinem Tod zu tun?", fragte Silvana, die sich von Mareks Bericht eher verwirrt, als informiert fühlte.

„Das kommt noch. Ich habe in dieser Wohnung neben einigen Werken über bestimmte Päpste, eine Reihe alter Ausgaben des *Osservatore* gefunden. Fast alle aus den Jahrgängen 1963 und 1978."

Marek sah seine Freundin erwartungsvoll an, und sie ihn auch.

„Ja, und weiter?"

„Sagt dir das nichts?"

„Nein, sollte es das?"

„1963 starb Papst Johannes XXIII. und 1978 Papst Johannes Paul I., und jetzt halte dich fest – in der Wohnung fand ich einige Fotos von den beiden Päpsten. Nicht irgendwelche, sondern illegale Fotos von den Beiden auf dem Sterbebett."

„Roberto, es tut mir leid, aber ich sehe da immer noch keinen Zusammenhang mit seiner Ermordung. Wenn er Journalist bei diesem Kirchenblatt war, kann er doch irgendwie an diese Fotos gekommen sein. Das ist vielleicht nicht ganz legal, aber deswegen bringt man ja schließlich niemanden um."

„Und was, wenn ich dir sage, dass diese Bilder den bisherigen Verlautbarungen des Vatikan zum Tod dieser beiden Päpste völlig widersprechen?"

Silvana glotzte ihn einen Moment lang mit offenem Mund an, unfähig etwas zu erwidern. Ihr Gehirn wollte das nicht wahrnehmen, was sie gerade gehört hatte, ihr Verstand alles verdrängen, nur ihre journalistische Neugier hielt das Thema fest.

„Willst du damit etwa andeuten ... nein, Roberto, das kann nicht sein."

„Wenn ich es dir sage – die Bilder zeigen pathologische Auffälligkeiten. Um sicher zu gehen, schicke ich einige mit dem Laptop zusammen zu Jakob, nach Frankfurt. Ich habe schon alles eingepackt und bringe es morgen zum Kurierdienst."

„Weißt du eigentlich, was du da sagst? Wenn der Mann umgebracht wurde, weil er solch einer Geschichte auf der Spur war, dann hätten die ganzen Verschwörungstheoretiker Recht. Das würde die Kirche in ihren Grundfesten erschüttern. Kein Wunder, dass der Staatsschutz so vehement versucht, alles an sich zu reißen."

„Was hat der Staatsschutz eigentlich mit dem Vatikan zu tun?"

„Die italienischen Geheimdienste kooperieren mit dem vatikanischen Geheimdienst, genau wie die CIA und andere auch. Der Vatikan hat, während Papst Pius XII. offiziell gegen Hitler Stellung bezogen hat und sogar einen Fernexorzismus durchgeführt haben soll, über seinen Geheimdienst mit allen Kriegsparteien kooperiert, auch mit dem Naziregime. Kurz vor Ende des Krieges bekamen Nazigrößen vom Vatikan Bescheinigungen, die ihnen die Ausreise nach Südamerika ermöglichten. Die Rattenlinie führte mitten durch den Vatikan".

„Was für ein mieses Geschäft. Es passt aber alles zusammen. Der Typ Waffe, mit der Bellini erschossen wurde, wird von der Polizei und dem Militär benutzt. Irgendwie hat jemand von den Recherchen Wind bekommen, ihn aufgestöbert und aus dem Verkehr gezogen. Danach wollten sie alle Spuren beseitigen, was ihnen aber nicht ganz gelungen ist, und ich werde herausfinden, wer dahinter steckt."

„Roberto, mir ist nicht wohl bei dem Gedanken, mit wem du dich da anlegen willst. Ich habe Angst! Kannst du es nicht einfach lassen?"

„Ich kann einfach nicht zulassen, dass der Staat und die Kirche vor meinen Augen das Recht beugen und ungestraft davonkommen. Aber ich mache mir auch keine großen Illusionen, dass alle Beteiligten ihre gerechte Strafe bekommen."

„Dickkopf! Dann pass wenigstens auf dich auf, hörst du?"

„Versprochen, *cara*."

„Dann lass uns gehen. Kommst du mit zu mir?"

„Wärst du sehr böse, wenn ich nicht bleibe? Ich will morgen gleich früh zum Kurierdienst am Flughafen, das Päckchen abschicken."

„Geht schon in Ordnung. Ich bin auch ziemlich fertig und werde bestimmt gleich einschlafen."

„Ich begleite dich noch bis zu dir."

***

Hand in Hand schlenderten sie schweigend durch die Altstadt in Richtung Viale Falconera.

Nachdem Silvana in ihrer Wohnung verschwunden war, ging Marek nachdenklich zur Via Roma, wo er seine Ente abgestellt hatte. Ob er sich da wirklich nicht zu viel zumutete? Vielleicht hatte Silvana doch recht und er sollte auf ihre weibliche Intuition hören.

6

Marek wachte am nächsten Morgen sehr früh auf, lange bevor sein Wecker ihn mit seinem ekelhaften Gepiepse aus dem Schlaf reißen konnte. Er hatte ziemlich unruhig geschlafen. Ständig ging er im Traum irgendwelche Horrorszenarien durch, die diesen mysteriösen Fall betrafen. Gestern Abend hatte er noch überlegt, ob Silvana mit ihrer Warnung vielleicht doch Recht hatte, und er lieber die Finger davon lassen sollte. Aber konnte er diese Verbrecher in Designeranzügen und Talar ungestraft davonkommen lassen? Nein! Marek wäre nicht Marek, wenn er *die* damit durchkommen lassen würde. Aber wer sind eigentlich *die*? Mit wem hatte er es hier zu tun? Die beiden Figuren vom Staatsschutz waren nur Marionetten, doch wer hielt die Fäden in der Hand? Die *DIGOS* war nicht die CIA, die machten bestimmt nur die Drecksarbeit für jemanden, die graue Eminenz im Hintergrund.

Marek nahm die Caffettiera vom Herd und schenkte sich eine Tasse ein. Gedankenverloren rührte er den Zucker hinein und steckte sich eine Zigarette an.

„Der Begriff *Eminenz* ist vielleicht gar nicht verkehrt", dachte er laut. Der Tote hatte mit Sicherheit

Verbindungen zu höchsten Kirchenkreisen, und wenn er mit seinen Recherchen recht gehabt haben sollte, wären diese Kreise am wenigsten erfreut gewesen. Es stand immerhin nicht weniger als ihre Existenz auf dem Spiel. Der Kaiser schickt seine Soldaten aus. Schwer zu glauben, aber was hatte ihm Silvana gestern alles über den vatikanischen Geheimdienst erzählt. Dieser Spur würde er auch nachgehen.

Marek drückte seine Zigarette im Aschenbecher aus, nahm eine ausgiebige Dusche, kleidete sich rasch an, nahm das Päckchen, das er im Flur bereit gelegt hatte, und verließ das Haus. Seine treue, alte Ente sprang schon beim zweiten Versuch an und auf der Rückfahrt würde wahrscheinlich auch schon die Heizung funktionieren.

Auf der Fahrt zum Aeroporto Marco Polo, dem Flughafen Venedigs, beschäftigte Marek vorwiegend die Frage, wie er es, als kleiner Pensionär, mit zwei Geheimdiensten aufnehmen sollte, und vor allen Dingen ihnen einen Mord nachweisen. Er kam zu dem Entschluss, erst einmal abzuwarten, was die Untersuchung des Laptops ergab. Vielleicht brachte sie neue Hinweise. Er hatte ja Zeit. Hier war es nicht so, wie bei einem gewöhnlichen Mordfall, bei dem der Zeitfaktor eine große Rolle spielt. Es war eher wie ein Schachspiel. Die Figuren waren verteilt und jede

Seite wartete auf den nächsten Zug des Gegners. Seine Gegner hatten versucht, ihn mit einem Überraschungsangriff gleich aus dem Spiel zu nehmen. Mittlerweile werden sie gemerkt haben, dass der Zug misslungen ist.

„Jetzt kommt mein nächster Zug", dachte er, als er am Flughafen ausstieg und das Büro des Kurierdienstes betrat. Er gab sein Päckchen ab, zahlte ein, für seine Begriffe, kleines Vermögen und erhielt dafür die Zusage, dass das Päckchen schon am nächsten Tag ausgeliefert würde. Jetzt konnte er nur noch warten und hoffen, dass auf dem Rechner etwas Verwertbares zu finden ist.

Zufrieden stieg Marek in seine Ente, schob eine Kassette von Led Zeppelin ins Kassettenfach des alten Radios, und kurvte vom Parkplatz. Nach ein paar Minuten meldete sich der Hunger und ihm fiel ein, dass er ja nichts gefrühstückt hatte. In Caposile hielt er vor einem kleinen Supermarkt und erstand ein mit Mortadella und Käse belegtes Panino, das er genüsslich verspeiste.

Die Straße hinunter nach Jesolo, auf der es in den Sommermonaten kaum ein Fortkommen gab, war wie ausgestorben. Marek liebte diese Strecke. Auf der rechten Seite, hinter einem mit Schilfrohr gesäumten Kanal, lag die Lagune im winterlichen Dunst. Die weit gestreckte Wasserfläche, aus der überall kleine und kleinste Inselchen herausragten, auf denen sich eine Unzahl von Möwen niedergelassen hatte, wirkte in diesem Licht wie ein großer, glänzender See aus Quecksilber. Er genoss diese romantische Stimmung, während er langsam nach Süden fuhr. Den Lastwagen, der dicht zu ihm aufgeschlossen hatte, bemerkte er erst, als er, mehr zufällig, in den Rückspiegel sah. Das schwere Fahrzeug fing an in Schlangenlinien zu fahren und ihn zu bedrängen.

„Warum überholt der Idiot nicht?", dachte Marek. „Ist doch Platz genug."

Er klappte sein Fenster hoch und streckte den Arm heraus, um den Lastwagen vorbei zu winken. In diesem Moment gab dessen Fahrer Gas, prallte auf die Ente und schob sie vor sich her. Mit lautem Knall sprangen zwei Pneus von den Felgen, die dann quietschend und Funken sprühend auf dem Asphalt schleiften. Marek konnte den Wagen nicht mehr kontrollieren.

„Verdammte Scheiße!", war das letzte, was er noch herausbrachte, dann stellte sich die Ente quer, überschlug sich mehrfach, rollte auf der linken Seite der Straße über die Leitplanke, die steile Böschung hinab und blieb am Rand eines Feldes liegen. Der Lastwagen hielt kurz an um gleich darauf mit hoher Geschwindigkeit davon zu fahren, während ein Vorderrad des Wagens, das einsam in die Luft ragte, sich noch quietschend drehte. Sonst war alles plötzlich wieder still.

Marek hatte gehört, dass man im Augenblick des Todes sein Leben an sich vorbeiziehen sieht. Doch er sah nichts. Nicht einmal das berühmte weiße Licht, welches den Sterbenden zu sich zog. Nur Dunkelheit und Stille umfingen ihn.

***

Enrico Dozetti war Professor für Anthropologie an der Universität in Padua. Vor ein paar Jahren erwarb er einen alten, baufälligen Hof mit etwas Land direkt an der Lagune. In Liebevoller Kleinarbeit restaurierte er das Gebäude, das den Namen *Ca' Maria* trug, sagte der Stadt ade und zog aufs Land. Hier lebte er nun mit seinen beiden Mischlingshunden Castor und Pollux.

Da sich am Morgen schon ein paar Sonnenstrahlen am sonst dunstigen Himmel gezeigt hatten, beschloss Dozetti mit seinen Hunden einen längeren Spaziergang durch die noch brachliegenden Felder zu unternehmen. Er hatte das Gefühl zu sehen, wie die Natur nach diesem ungewöhnlich harten Winter langsam erwachte. Tief sog er die frische Luft in die Lungen und sah seinen Hunden zu, die übermütig herumtollten. Plötzlich blieben die Tiere stehen und blickten aufmerksam in Richtung der Straße, welche die Felder von der Lagune trennte. Dozetti sah ebenfalls in

104

diese Richtung und vernahm aus der Ferne ein krei-
schendes Geräusch, erkennen konnte er aber nichts.
Dann war wieder alles still. Die Hunde wollten sich
aber nicht beruhigen, sahen abwechselnd nach ihm
und in die Richtung, aus der das Geräusch gekommen war, und trippelten aufgeregt hin und her.

„Vielleicht ein Unfall?", dachte Dozetti.

„Castor, Pollux, sucht!", ließ er seine Hunde los,
die sofort davon stürmten. Er beeilte sich zu folgen,
hatte sie aber bald aus den Augen verloren. Kurz
darauf vernahm er ihr aufgeregtes Bellen. Als er endlich, völlig außer Atem, seine Hunde erreichte, sah er
sie aufgeregt um einen großen Blechhaufen herum-
tänzeln, der bei näherem Hinsehen, wohl einmal ein
Auto gewesen sein musste.

„Wenn der Wagen vorhin erst hier herunterge-
stürzt ist, dann war der Fahrer bestimmt noch darin",
dachte Dozetti, „aber so wie der Wagen aussieht,
kann das keiner überlebt haben."

Trotzdem beeilte er sich, das Wrack zu untersuchen. Das Auto lag schräg an die Böschung gelehnt,
auf dem, was früher einmal das Dach war. Das Falt-
verdeck war zerrissen und lag einige Meter weiter.
Dozetti suchte eine Stelle, von der er in das Wagen-
innere sehen konnte. Die Fahrertür war geknickt wie
Pappe und hatte sich in dem völlig verbogenen Rahmen verkeilt, aber von der anderen Seite konnte er,

wenn er sich auf den Boden legte, einen Blick hinein werfen. Er hielt die Luft an. Im Inneren dieses Schrotthaufens lag eine reglose Gestalt. Das einzige Geräusch, das er vernehmen konnte, kam von einem einsam in die Luft ragenden Vorderrad, das sich quietschend im Wind drehte. Obwohl von der regungslosen Gestalt keinerlei Lebenszeichen mehr zu vernehmen war, zog er eilig sein Handy aus der Tasche und rief einen Rettungswagen und anschließend die Polizei. Selbst etwas zu unternehmen, war ihm in Anbetracht des Zustandes des Unfallfahrzeugs zu riskant. Dozetti rief seine Hunde, setzte sich oben an der Straße auf die niedrige Leitplanke und wartete.

***

Kardinal Kaspiersky sah streng in die Gesichter der fünf Männer, die an dem runden Besprechungstisch in seinem Büro versammelt waren.

„Meine Herren, auf Ihren Rat hin, hatte ich die weltlichen Institutionen mit der Lösung unseres Problems beauftragt. Eines Problems, das zumindest uns schweren Schaden zufügen kann, schlimmsten Falls jedoch die heilige Mutter Kirche in ihren Grundfesten erschüttern könnte. Ich brauche nicht zu erwähnen, dass die Kirche sich keinen Skandal mehr leisten kann, egal in welcher Richtung. Daher hätte unser Problem schnell und sauber gelöst werden müssen. Ich habe aber das Gefühl, unsere weltlichen

Verbündeten haben versagt. Sicher, das Corpus Delicti wurde beseitigt, aber dabei wurde eine Spur hinterlassen, die so breit ist wie der Tiber. Ein weiteres Versagen lasse ich nicht zu! Dazu kommt noch die Tatsache, dass die entsprechenden Unterlagen, Sie wissen alle, welche ich meine, noch nicht gefunden werden konnten. Daher hatte ich unsere Brüder vom *sodalitium pianum* hinzugezogen und mit der endgültigen Erledigung dieser leidigen Angelegenheit beauftragt. Bis dato habe ich aber noch keine Erfolgsmeldung erhalten. Vielleicht weiß ja einer von Ihnen etwas."

Die Fünf sahen sich an, aber keiner wagte den Blick zu heben.

„Nun, was ist? Ich höre."

„Sagen Sie es ihm schon, Padre", ließ sich Kardinal Nicoletto vernehmen.

Pater Jonathan Morton, ein Jesuit, der als Kontaktmann zum päpstlichen *sodalitium pianum*, dem Vatikanischen Geheimdienst fungierte, den es offiziell eigentlich gar nicht geben sollte, räusperte sich.

„Man hat mir berichtet, dass alles Mögliche getan wurde. Das Problem, welches uns noch hätte gefährlich werden können, wurde beseitigt. Wir müssen jetzt nur noch die Unterlagen finden, wobei uns ja jetzt niemand mehr dazwischen funken kann. Ich denke die Sache ist jetzt sauber. Wir haben alles unter

Kontrolle."

Kardinal Kaspiersky stützte seine Fäuste auf die Tischplatte und erhob sich.

„Sind wir jetzt sicher?", dröhnte seine Stimme durch den Raum.

Pater Morton fühlte sich unbehaglich. Alle Blicke waren auf ihn gerichtet. Er holte tief Luft.

„Wir haben ...", wollte er gerade mit einer ausführlichen Erklärung beginnen, doch als er in das Gesicht des Kardinals blickte, kam nur noch ein „... si, eminenza" heraus.

Kaspiersky setzte sich wieder hin und sein Gesicht nahm einen versöhnlicheren Ausdruck an.

„Das hoffe ich Padre, auch in Ihrem Interesse. Meine Herren, ich muss Ihnen nicht noch einmal erklären, dass vom Gelingen dieser Operation, das Wohl unserer heiligen Mutter Kirche abhängt. Wir können uns keinen Fehlschlag mehr leisten. Da draußen sitzen schon die Geier, und warten darauf uns verspeisen zu können."

„Geier sind auch Geschöpfe unseres Herrn", dachte Pater Morton, getraute sich aber nicht, noch irgendeine Bemerkung zu machen.

7

Silvana Rafaeli saß mit rotgeränderten, verweinten Augen auf einem Stuhl im Gang der Notaufnahme des Ospedale in Jesolo, während Maresciallo Ghetti nervös den Flur auf und ab marschierte.

Vor knapp einer Stunde hatte Ghetti sie in der Redaktion des *Gazzettino* angerufen und ihr das mitgeteilt, was er schon wusste. Ihr Freund Marek hätte einen schweren Verkehrsunfall gehabt und sei in die Notaufnahme nach Jesolo gebracht worden. Über seinen Zustand konnte er nichts sagen. Sie war auf ihrem Stuhl zusammengesackt und hatte gerade noch mitbekommen, dass Ghetti sie abholen wollte.

***

Ghetti war mit Blaulicht und Sirene los gefahren und hatte den Alfa auf Höchstgeschwindigkeit gebracht. Dabei war es ihm völlig egal, dass er nicht dienstlich unterwegs war.

Als er mit Silvana in die Notaufnahme kam, wurde ihnen von einer Schwester mitgeteilt, dass man Signor Marek zur Untersuchung gebracht hätte, und sie bitte im Gang Platz nehmen sollten. Sobald man näheres wüsste, würde der Dottore sie informieren.

***

Während Ghetti immer noch hin und her wanderte, und sich mit der rechten Faust in die linke Handfläche schlug, dachte Silvana daran, wie oft sie diesen dickköpfigen und sturen Deutschen, den sie so sehr liebte, gebeten hatte, die Finger von diesem Fall zu lassen. Dass es ein normaler Verkehrsunfall war, glaubte sie nicht und Ghetti wahrscheinlich auch nicht. Nur würde er ihr das nicht sagen wollen.

Sie nahm sich gerade ihr letztes Papiertaschentuch aus der Packung, um ihren nicht enden wollenden Tränenstrom zu trocknen, als am Ende des Ganges sich eine Türe öffnete und ein junger Arzt erschien. Er trug seinen zerknitterten Kittel offen und hatte ein Stethoskop lässig um den Hals gehängt.

„Gehören Sie zu Signor Marek?"

Silvana erhob sich mit weichen Knien von ihrem Stuhl und war auf alles gefasst.

„*Si, Dottore*, er ist mein Lebensgefährte und dies ist Signore Ghetti von der Polizei in Caorle. Er ist ein Freund."

„Also ich muss schon sagen, ihr Freund und Lebensgefährte ist ein harter Hund. So etwas habe ich noch nicht erlebt. So wie sein Wagen aussah, hätte er eigentlich keine Überlebenschance gehabt, aber", beeilte er sich zu sagen, als er sah, dass Silvana die Luft anhielt, „aber er hat außer zwei gebrochenen Rippen, ein paar Prellungen und Abschürfungen und einer leichten Gehirnerschütterung nichts abbekommen."

Diesmal waren es Tränen der Erleichterung, die Silvana in die Augen schossen. Auch Ghetti war die Freude anzusehen.

„Wann können wir zu ihm?"

„Eigentlich gleich. Wir mussten ihn nur ruhig stellen."

„Wieso das denn?", fragten Silvana und Ghetti unisono.

Der junge Arzt musste lächeln.

„Nun, er wollte sofort seine Sachen haben und nach Hause fahren. Er hatte sogar schon nach einem Taxi gefragt. Als ich ihm sagte, dass er noch einen oder zwei Tage zur Beobachtung hier bleiben müsse, wurde er regelrecht wütend. Wie gesagt, so etwas habe ich noch nicht erlebt."

„Dann ist er wieder der Alte", sagte Ghetti schmunzelnd, „denn so ist er immer."

Als sie mit dem Arzt gemeinsam das Krankenzimmer betraten, wollte Marek sich gleich im Bett aufrichten, sank aber mit schmerzverzerrtem Gesicht wieder zurück auf das Kissen. Sein Kopf war so verbunden, dass es aussah, als würde er einen Turban tragen, und in seinem Gesicht zeigten sich einige Schrammen und bläuliche Flecken. Sein rechter Arm war vom Handgelenk bis zum Ellenbogen bandagiert.

„*Ciao, Silvana, ciao Michele*. Ihr müsst mich hier raus holen. Ich muss das Schwein finden, das meine arme Ente auf dem Gewissen hat! Wenn ich den erwische, ziehe ich ihm bei lebendigem Leib die Haut in Streifen ab!"

„Sehen Sie", meinte Ghetti, als er den fragenden Blick des Arztes sah, „das ist es, was ich meinte. Er ist gerade dem Tod von der Schippe gesprungen und macht sich Gedanken um sein altes Auto."

„Was ist denn eigentlich passiert, Roberto? Ich bin fast gestorben vor Angst."

Marek wollte sich schon wieder aufrichten, doch Silvana drückte ihn sanft zurück ins Kissen.

„Ich war doch heute Morgen am Flughafen und habe das Päckchen, ihr wisst schon welches, bei einem Kurierdienst aufgegeben. Auf dem Rückweg bin ich, da das Licht so schön war, an der Lagune entlang gefahren. Plötzlich sah ich im Rückspiegel einen Sattelschlepper, eigentlich war es nur die Zugmaschine, der mir schon fast im Auspuff steckte. Ich wollte ihn vorbeiwinken, in diesem Moment rammte er mich und schob mich mit hoher Geschwindigkeit vor sich her. Dann stellte die Ente sich quer und hob ab. Das nächste, an was ich mich erinnern kann, waren zwei Hunde und die Sanitäter, die sich über mich beugten. Das ist alles."

„Das sieht aber verdammt nach Absicht aus", ließ

sich nun Ghetti vernehmen. "Konntest du zufällig das Fabrikat erkennen?"

„Wie hätte er denn in dieser Situation etwas erkennen können?", mischte sich Silvana ein.

„Ein roter *IVECO* - älteres Modell."

„Er ist halt immer noch ein Bulle", grinste Ghetti, als er Silvanas verblüfften Gesichtsausdruck sah.

„Und du redest schon genau so wie er."

„So, jetzt hört mir mal zu!", meldete sich Marek wieder zu Wort. „Ihr besorgt mir jetzt sofort meine Klamotten und fahrt mich nach Hause, und du Michele, versuchst etwas über den Laster herauszufinden. Werkstätten anrufen, Zulassungen überprüfen und so weiter, das ganze Programm. Dann brauche ich ein Telefon, ich muss Jakob warnen."

„Es wäre aber besser, wenn du wenigstens noch eine Nacht zur Beobachtung hier bliebest, und anrufen könnten wir auch", versuchte es Ghetti ein letztes Mal, wohl wissend, dass es keinen Zweck haben würde.

„Nichts da! Denk doch mal nach! Wenn die schon wussten, dass ich am Flughafen war und mich verfolgten, werden sie mich auch hier finden. Nur hier bin ich denen ausgeliefert. Die werden auch gewusst haben, was ich am Flughafen wollte, frag mich nicht woher, deshalb muss ich Jakob anrufen. Außerdem kann Jakob kein Wort Italienisch und ihr kein

113

Deutsch."

Silvana sah Ghetti fragend an.

„Was meint er damit?"

„Das soll er dir besser selbst erzählen. Es geht hier um unseren Fall."

Silvana erinnerte sich an ihr gestriges Gespräch beim Abendessen, als sie sich über die Geheimdienste unterhielten.

„Nein, das glaubst du doch nicht im Ernst, oder?"

„Hast du 'ne andere Erklärung?"

***

Kurz darauf unterschrieb Marek ein Formular zur Entlassung auf eigenes Risiko, und verließ humpelnd und von Ghetti gestützt, das Krankenhaus.

„Wo haben sie meine Ente hingebracht?", fragte Marek plötzlich.

„Da ist nicht viel mehr übrig, als ein Klumpen Blech, Roberto."

„Trotzdem, ich möchte mich wenigstens von ihr verabschieden."

Ghetti schnürte es den Hals zu und Silvana musste mit den Tränen kämpfen. So rau und hart, wie er sonst immer war, so einfühlsam und gefühlsbetont zeigte er sich jetzt in diesem Moment. Ghetti wendete den Alfa und fuhr zu einem Abstellplatz der Polizei von Jesolo. Dort ließen sie Marek aussteigen und blieben im Wagen zurück. Als Silvana den blauen

Schrotthaufen sah, konnte sie ihre Tränen nicht mehr zurückhalten. Das dort überhaupt jemand lebend herauskam, grenzte schon an ein Wunder, und das Marek nur verhältnismäßig leichte Verletzungen davon getragen hatte, umso mehr. So wie er jetzt dort vor dem stand, was einmal sein heiß geliebtes Auto war, einem blauen Blechhaufen, hatte es den Anschein, als stünde er tatsächlich in einem letzten Zwiegespräch vor dem Grab eines Freundes.

Als Marek sich nach einigen Minuten wieder zu ihnen umdrehte, und langsam auf den Polizeiwagen zuging, hatte sein Gesicht einen harten, fast versteinert wirkenden Ausdruck angenommen.

„Fahr uns bitte zu mir", bat er Ghetti, als er eingestiegen war.

„Es wäre besser, wenn du eine Weile bei mir bleibst", warf Silvana ein, „du musst dich ausruhen, und bei mir kann ich mich besser um dich kümmern."

„Ich kann mich noch genug ausruhen, wenn ich tot bin, aber jetzt muss ich schnellstens in meine Wohnung! Ich habe da einen leisen Verdacht."

Mareks Worte duldeten keinen Widerspruch, das wusste auch Silvana, die seufzend aufgab. Als sie eine halbe Stunde später in der Via Gramsci vorfuhren, blieb sie auf ein Zeichen Mareks im Wagen sitzen. Nur Ghetti eilte ihm hinterher. Vor seiner Wohnungstüre gab Marek Ghetti ein Zeichen, sich still zu verhalten und seine Pistole zu ziehen. Die Tür war nur angelehnt und das Schloss wies feine Spuren einer Manipulation auf. Auf ein Zeichen hin, öffnete Ghetti vorsichtig die Türe und schlüpfte in geduckter Haltung in den Flur und von dort aus ins Wohnzimmer. Obwohl er unbewaffnet und obendrein auch noch verletzt war, hielt es Marek nicht mehr. Als er sah, dass Ghetti in Richtung Wohnzimmer verschwunden war, stürmte er in sein Arbeitszimmer und blieb wie angewurzelt stehen.

„Michele, du kannst kommen!", rief er. „Es ist niemand mehr da. Ich weiß, wer das war. Die haben wahrlich keine Zeit verloren."

In dem Raum sah es aus, wie nach einem Bombenangriff. Papiere, Fotos, Bücher und Zeitungen waren überall auf dem Boden verstreut. Eines der Bücherregale lag quer im Raum und das Polster seines Schreibtischsessels war aufgeschlitzt.

„Drüben in deinem Wohnzimmer sieht es genauso aus. Ich hole die Spurensicherung. In der Zwischenzeit kannst du schon mal eine Aufstellung machen, was gestohlen wurde."

„Das können wir uns sparen."

„Wie? Was können wir uns sparen?"

„Na, den ganzen Zauber. Ist doch klar, was hier passiert ist und wer das war. Deshalb wollte ich gleich zu mir fahren. Wie ich schon sagte, hatte ich den Verdacht, dies hier so vorzufinden. Die haben höchstens meine Aufzeichnungen und die Sachen mitgenommen, die wir aus Bellinis Wohnung hatten. Und meinen Laptop haben sie geklaut. Spuren haben die mit Sicherheit keine hinterlassen. Moment ...", Marek ging in sein Schlafzimmer und kam kurz darauf mit einem Karton in der Hand zurück, „... hier, das Ding hätte ein gewöhnlicher Dieb ganz sicher mitgenommen."

In dem Karton, den Marek Ghetti unter die Nase hielt, befand sich seine *Smith and Wesson* Kaliber vierundvierzig Magnum, samt einer Schachtel Patronen.

„Da hast du wohl recht", meinte Ghetti.

„Ich hoffe, ihr habt nichts dagegen, wenn ich den jetzt bei mir trage? Nur zum persönlichen Schutz."

„Nein, es muss ja niemand erfahren, und wenn du nicht gerade jemanden damit zerlegst, wird es das ja auch nicht."

„Ich ziehe mir nur schnell etwas anderes an, die Klamotten hier haben ziemlich gelitten."

Damit verschwand er im Schlafzimmer. Kurz darauf erschien er wieder, lud die Trommel des Revolvers voll und steckte sich noch eine Hand voll Patronen in die Tasche. Den Verband hatte er entfernt. So konnte Ghetti die Verletzungen an Mareks Kopf sehen, der mittlerweile das Aussehen eines Farbkastens angenommen hatte. Marek achtete nicht darauf. Er zog die Lade seines Schreibtisches auf, entnahm ihr ein Clip-Holster, befestigte es an seinem Gürtel und steckte den schweren Revolver hinein.

„So, ich bin so weit."

In Anbetracht der Umstände, klang das in Ghettis Ohren fast schon fröhlich, aber er wusste nur zu gut, dass jetzt der Jagdinstinkt seines Freundes geweckt war und man sich ihm von nun an am besten nicht mehr in den Weg stellte, sofern einem seine Gesundheit etwas bedeutete. Er würde keine Ruhe geben, bis er zumindest denjenigen gefunden hatte, der seine Ente in einen unförmigen Haufen Blech verwandelt hatte. Seine Verletzungen könnte er noch verzeihen, aber das nicht.

„Was willst du denn ohne deine Unterlagen anfangen?", fragte Ghetti zaghaft. „Und die Fotos sind ja wohl auch weg."

„Ganz so blöd, wie ich im Moment wahrscheinlich aussehe, bin ich nun auch wieder nicht. Nachdem die Karikaturen vom Geheimdienst bei euch, bei Dottore Lovati und sogar bei Silvana in der Redaktion aufgetaucht sind, hatte ich so etwas befürchtet und Vorsorge getroffen", grinste Marek, so gut es eben ging.

„Von den wichtigsten Unterlagen habe ich Sicherungskopien gemacht und auf der Speicherkarte meines Fotoapparates abgespeichert, auf der ja sowieso auch noch alle Fotos sind. Von den Ausgaben des *L'Osservatore*, die für diesen Fall wichtig sind, habe ich die entsprechenden Artikel eingescannt und auch auf die Karte gespeichert. Ist schon toll, was auf so einen kleinen Chip alles drauf passt."

„Und wo ist die Karte jetzt?"

„Na im Foto ...", begann Marek seinen Satz, um sich gleich darauf mit der flachen Hand auf die Stirn zu schlagen, was er augenblicklich und mit schmerzverzerrtem Gesicht bereute.

„... und den haben sie auch geklaut?", wollte Ghetti Mareks angefangenen Satz beenden.

„Nein, der ist in meiner Umhängetasche."

„Dann ist es ja gut."

„Nix ist gut!", tobte Marek. „Die Tasche war in meinem Auto! Und wo ist sie jetzt?"

„Wenn sie nicht mit dir im Ospedale war, wird sie noch im Auto liegen. Es sei denn ..."

„Sag besser nichts mehr!", unterbrach ihn Marek, schnappte sich seine Lederjacke und marschierte los. Die Wohnungstüre warf er einfach hinter sich ins Schloss. Wozu abschließen? Wer da unbedingt rein will, kommt auch rein, wie man sehen konnte.

***

Als Marek sich auf den Beifahrersitz des Alfas fallen ließ, und Silvana seinen Kopf ohne den schützen-

119

den Turban sah, kamen ihr wieder die Tränen.

„Bitte nicht, *cara mia*. Das sind nur Äußerlichkeiten. Mir geht's gut."

Sie sah Ghetti an, der kurz mit dem Kopf nickte, holte tief Luft und hoffte, dass dem auch wirklich so war.

„Wo fahren wir eigentlich hin und was war bei euch da oben los?", fragte Silvana, als Ghetti das Blaulicht und die Sirene eingeschaltet hatte und mit hoher Geschwindigkeit aus der Stadt in Richtung Eraclea jagte.

„Wir müssen Robertos Umhängetasche finden. Sie ist wahrscheinlich noch in seinem Auto."

Und Marek berichtete ihr in knappen Worten, was sie in seiner Wohnung vorgefunden hatten. Dann zog er sein Handy aus der Tasche und rief seinen Freund Jakob Jung in Frankfurt an.

„Hallo Jakob, Robert hier … danke, mir geht's bestens, und dir? Prima … du, ich habe dir per Kurier die Sachen geschickt, über die wir schon gesprochen hatten. Wenn du das Päckchen bekommst, lass bitte zuerst die Fotos verschwinden – ja, erkläre ich dir gleich – und dann untersuchst du sofort den Computer. Danach beseitigst du alle deine Spuren darauf und stellst ihn einfach irgendwo hin, wo er den Eindruck erweckt, er warte noch darauf, untersucht zu werden, klar? Tu es einfach bitte, du könntest eventuell Besuch vom BND oder einem ähnlichen Klub bekommen. Wenn dem so ist, dann tust du so, als wüsstest du von nichts."

„Robert, jetzt halt endlich einmal die Luft an! Was ist da los? Staatsschutz, BND und was kommt sonst noch alles?"

„Tust du es einfach, wenn ich dir sage, dass die heute versucht haben, mich aus dem Weg zu räumen?"

Kurzes Schweigen.

„Verdammt nochmal, Robert, ruf mich morgen an."

Auf Jakob war Verlass.

Als sie kurze Zeit später auf den Abstellplatz in Jesolo einbogen, war gerade ein Mann dabei, die Ente, oder besser das, was von ihr übrig war, mit einem Kran auf seinen Abschleppwagen zu verladen. Ghetti hielt mit quietschenden Reifen an und wirbelte dabei mächtig Staub auf.

„Lassen Sie das wieder runter!", schrie er den verdutzt dreinblickenden Mann an.

„Was soll das? Ich hab ordnungsgemäß dafür bezahlt."

„Das ist mir egal! Lassen Sie sie sofort wieder runter. Da ist noch wichtiges Beweismaterial drin."

„Sie?", fragte der Mann und glotzte Ghetti dumm an.

„Ja, Sie! Das war meine Ente, aber das verstehen Sie nicht", mischte sich Marek ein.

Da fing der Mann plötzlich an zu grinsen und entblößte dabei seinen fast zahnlosen Oberkiefer.

„Ente, was? Klar, kenn ich. Hab ich schon im Fernsehen gesehen. Da sind früher die langhaarigen Kiffer mit rumgefahren. Stimmt's?"

„Du solltest besser auch mal einen durchziehen", raunzte Marek ihn an, „dann würdest du nicht mehr so eine gequirlte Scheiße blubbern. So, und nun lass das runter, oder soll ich dir helfen?"

„Ich würde an ihrer Stelle sofort tun, was der Commissario gesagt hat", beeilte sich Ghetti zu sagen, bevor sein Freund ernst machen würde, „und zwar ganz vorsichtig."

Der Mann gab auf, schwenkte den Kran wieder zurück und ließ langsam, wie ihm geheißen, das was einmal Mareks geliebter 2CV war, wieder auf den Boden ab.

„Was hast du dafür bezahlt?", fragte Marek.

„Zwanzig."

Marek kramte aus seiner Hosentasche ein paar verknitterte Geldscheine hervor.

„Hier hast du vierzig. Und nun verschwinde!"

Der Mann murmelte so etwas wie *„grazie"*, schwenkte den Kran ein, stieg in seinen klapprigen Abschleppwagen und fuhr los, ohne sich noch einmal umzusehen.

Derweil hatte sich Marek schon dem Schrotthaufen zugewandt, und versuchte die verbogene und eingeklemmte Fahrertüre zu öffnen.

„Hast du ein Brecheisen im Auto?", rief er Ghetti zu.

„Nein, das nicht, aber vielleicht geht's hiermit."

Ghetti hatte einen hydraulischen Wagenheber aus dem Kofferraum geholt, den er nun zwischen Tür und Rahmen zu klemmen versuchte. Vergeblich! Das Blech, das man im Normalzustand spielend leicht verbiegen konnte, war dermaßen verkeilt, dass es kaum ein paar Millimeter nachgab.

„So geht das nicht. Wir müssen das ganz herumdrehen", meinte Ghetti.

Marek nickte nur kurz und hatte sich schon gegen den Blechhaufen gestemmt, der auch fast umgehend nachgab und auf die Seite rollte. Hier hatten sie Glück und konnten mit Hilfe des Wagenhebers die hintere Tür aufstemmen. Marek wollte sofort seinen massigen Oberkörper in die Öffnung zwängen, doch da die Rückbank aus ihrer Verankerung gerissen war, kam er nicht sehr weit. Da entdeckte er zwischen den verbogenen Sitzschienen der Vordersitze einen Lederriemen, der zu seiner Tasche gehörte.

„Ich hab sie", hörte Ghetti ihn rufen, „aber ich komme nicht dran."

„Lass mich mal", meinte Ghetti, als Marek wieder heraus gekrochen kam, „ich bin nicht so dick."

„Noch so ein Spruch, und du frühstückst drei Wochen aus der Schnabeltasse!", knurrte Marek.

Ghetti grinste, tat aber so, als habe er nichts gehört und zwängte sich in den Blechhaufen, um kurz darauf mit der Tasche in der Hand wieder aufzutauchen.

„Da ist das gute Stück, und wie es scheint, hat es den Unfall besser überstanden als du, zumindest äußerlich."

„Ja, mach dich nur lustig!", maulte Marek und hielt sich seine Seite.

„Mit zwei gebrochenen Rippen zwängt man sich ja auch nicht da rein. Jetzt fahren wir wieder ins Ospedale und du lässt dich nochmal untersuchen."

„Nein! Mir geht's gut. Sie lieber einmal nach, ob die Kamera heil geblieben ist."

Ghetti kramte die kleine Digitalkamera aus der Tasche, schaltete sie an, und überprüfte alle Funktionen.

„Glück gehabt! Funktioniert alles."

„Wenigstens das", knurrte Marek erleichtert. „Jetzt rufst du mal bitte die Spurensicherung an. Die sollen sofort hier erscheinen."

„Was sollen die denn hier?", fragte Ghetti verwundert.

„Ist mein Wagen untersucht worden?"

„Nein, warum auch?"

„Weil da Lackspuren von dem Laster dran sind, verdammt! Ich will das Ergebnis noch heute."

Ghetti, dem sein Versäumnis sichtbar peinlich war, rief sofort an, und eine halbe Stunde später erschien auch ein Wagen mit zwei Polizeitechnikern.

Silvana, der es im Wagen mittlerweile zu langweilig geworden war, hatte angefangen, alles zu fotografieren.

„Und nun?", fragte Ghetti, als die Spurensicherung abgeschlossen war.

„Und nun fährst du uns bitte zu mir nach Hause. Ich muss meine Wohnung aufräumen und Silvana wird mir bestimmt dabei helfen wollen. Du versuchst in der Zwischenzeit schon einmal etwas über den Sattelschlepper herauszufinden. Such erst die kleinen Speditionen und Werkstätten ab, sagen wir im Umkreis von fünfzig bis sechzig Kilometern um Jesolo."

„Das sind ja dann Hunderte."

„Lass das die örtlichen Polizeistationen machen. Es geht ja hier schließlich um einen schweren Verkehrsunfall mit Fahrerflucht, oder?"

Ghettis Gesicht hellte sich wieder auf. Er hatte schon befürchtet, Hunderte von kleinen Werkstätten zwischen Mestre und Portogruaro abklappern zu müssen.

***

Als Ghetti die beiden wieder in der Via Gramsci absetzen wollte, drückte ihm Marek die Kamera in die Hand.

„Hier, nimm sie mit, mach noch eine Kopie von der Speicherkarte und verstecke sie an einem sicheren Ort. Man kann ja nie wissen."

„Gut, mache ich. Sobald ich etwas über den Lastwagen habe, melde ich mich. *Ciao, Roberto, ciao Silvana.*"

***

„*Mama mia!*", entfuhr es Silvana, als sie das Chaos in Mareks Wohnung sah. Mittlerweile war es dunkel geworden und die eingeschaltete Deckenbeleuchtung verstärkte noch den Eindruck über das ganze Ausmaß der Verwüstung. Bis spät in die Nacht hinein mühten sie sich, wieder ein wenig Ordnung herzustellen.

„Die halbe Einrichtung ist ja hinüber. Hier kannst du unmöglich bleiben. Komm mit zu mir."

„Ich bin zu müde, um durch die ganze Stadt zu laufen. Morgen besorge ich mir einen fahrbaren Untersatz."

„Aber du kannst doch nicht auf der aufgeschlitzten Matratze schlafen."

„Die können wir umdrehen. Ich kaufe morgen eine neue."

Widerwillig ergab sich Silvana in ihr Schicksal, auf einer zerschnittenen Matratze schlafen zu müssen, aber alleine lassen wollte sie Marek auf keinen Fall.

***

Kardinal Kaspiersky wanderte, gleich einem wilden Tier im Käfig, in seinem Büro auf und ab. Hatte ihm nicht dieser Jesuit versichert, dass Alles in Ordnung sei? Nichts war in Ordnung! Auf nichts und niemanden war Verlass. Es tauchten immer neue Schwierigkeiten auf. Jetzt hatte er zwar *seine* Leute auf das Problem angesetzt und sie hatten zumindest schnell und prompt reagiert, aber nicht mit dem gewünschten Ergebnis. Solange dieser Mensch frei herum lief, waren sie noch immer in Gefahr. Jetzt hatte er Order gegeben, alle verbleibenden Möglichkeiten auszuschöpfen, um das Problem zu beseitigen. Das barg zwar die Gefahr, dass man eventuell seine Kontakte bis zu ihm zurückverfolgen konnte, aber das Risiko musste man jetzt eingehen. Es ging schließlich um das große Ganze. Er wartete nur noch auf die telefonische Bestätigung, dass die Operation anlief, um die Sache endgültig zum Abschluss zu bringen.

8

Michele Ghetti saß schon sehr früh am nächsten Morgen in seinem Büro. Gerade hatte er den Laborbericht über die Lackspuren an Mareks Wagen, oder was davon übrig war, erhalten. Es handelte sich tatsächlich um eine Farbe, die bis vor einigen Jahren vorwiegend bei Zugmaschinen der Marke *IVECO* Verwendung fand. Das würde bedeuten, dass es sich bei dem Gesuchten Fahrzeug um ein älteres Modell in Originallackierung handelt, was die Suche zwar nicht bedeutend, aber immerhin etwas erleichterte. Sofort gab er die Fahndung an alle größeren Polizeistationen zwischen Treviso und Portogruaro heraus.

Dann fiel ihm ein, dass Marek ihn gebeten hatte, etwas über diesen ominösen Leichenwagen herauszufinden, der seinem Freund in der Nacht zu *Epiphania* in der Salita dei Fiori aufgefallen war. Er suchte in seinem Notizbuch nach dem Namen des Bestattungsunternehmens, den Marek ihm genannt hatte. Anschließend suchte er im Internet nach dieser Firma, um sicher zu gehen, dass sie überhaupt existierte. Doch es handelte sich offenbar um eines der renommiertesten Unternehmen dieser Branche in Verona. Ghetti hatte schon sein *telefonino* in der Hand, um dort anzurufen, als er plötzlich innehielt. Was sollte er sagen? Welche Fragen sollte er stellen? Wenn jemand in dieser Firma tatsächlich etwas mit diesem Fall zu tun haben sollte, wäre er auf jeden Fall gewarnt. Er schalt sich einen Dummkopf, dass er beinahe diesen Fehler begangen hätte und steckte das Handy wieder in die Tasche.

„Es ist wohl besser, wenn ich mir den Laden selbst ansehe", dachte er, „aber dann nicht in Uniform."

***

Als die Kopfschmerzen nicht mehr auszuhalten waren, beschloss Marek aufzuwachen. Sein Schädel fühlte sich an, als hätte er ein Fass vom billigsten Fusel gesoffen. Langsam drehte er sich zur Seite. Seine gebrochenen Rippen schmerzten höllisch. Der Platz neben ihm war leer. Silvana war offenbar schon gegangen und wollte ihn, in ihrer fürsorglichen Art, nicht aufwecken. Langsam richtete er sich auf. Ein stechender Schmerz schien seinen Oberkörper zu lähmen und das Blut pochte in seinen Schläfen. Langsam, wie in Zeitlupe, erhob er sich und schlurfte in die Küche. Da er jegliche Art von herkömmlichen Medikamenten ablehnte, blieben ihm nur noch ein paar Aspirin um seine Kopfschmerzen zu bekämpfen. Die hatten zwar auch nichts mit Homöopathie zu tun, aber irgendjemand hatte ihm erzählt, dass Aspirin das Blut verdünnen würde, was für ihn als starken Raucher von Vorteil sei. Also löste er zwei Tabletten in einem Glas Mineralwasser auf, kippte den gesamten Inhalt auf einmal hinunter und verzog angewidert das Gesicht. Anschließend befüllte er seine Caffettiera und stellte sie auf den Herd.

„Verdammt! Schon halb elf", fluchte er, nach einem Blick auf seine Armbanduhr.

Auf dem Küchentisch fand er eine Mitteilung von Silvana. Sie sei in der Redaktion. Er solle sich keine Gedanken machen, schön brav zu Hause bleiben und sich auskurieren. Das könnte ihr so passen. Zu Hause bleiben, während diese Schweine noch frei herumliefen? Niemals! Marek schenkte sich eine Tasse Caffè ein und steckte sich eine Zigarette an. Die schmeckte wenigstens noch. Was Ghetti wohl trieb? Von dem hatte er auch noch nichts gehört. Der hätte sich ja auch schon einmal melden können. Mit Caffè und Zigarette wanderte er in sein ramponiertes Arbeitszimmer, nahm das Telefon und wählte Ghettis Handynummer.

„Wo treibst du dich rum?", polterte Marek gleich los, als Ghetti sich gemeldet hatte.

„*Buon giorno, Roberto*, ich wollte dich so früh nicht wecken", Ghetti ignorierte den Wutausbruch seines Freundes. „Du hast gestern genug abbekommen und brauchst etwas Ruhe."

„Ich brauche keine Ruhe! Ich will diese Schweine haben, die meiner Ente und mir das angetan haben!"

„Beruhige dich wieder. Ich …"

„Ich will mich nicht beruhigen!", unterbrach ihn Marek sofort.

„Solltest du aber", zeigte sich Ghetti unbeeindruckt, „ich habe nämlich das Ergebnis der Laboruntersuchung heute Früh bekommen. Du hattest recht. Es handelt sich um den Originallack von älteren *IVECO*-Modellen."

„Wenigstens etwas", zeigte sich Marek versöhnlich. „Dann gib gleich die Fahndung raus."

„Schon geschehen. Im Moment bin ich gerade auf dem Weg nach Verona, um mir das Bestattungsunternehmen anzusehen. Das gibt es tatsächlich."

„Warum hast du mich nicht abgeholt?"

„So wie du aussiehst? Falls die etwas damit zu tun haben, wüssten sie gleich Bescheid, und um deiner Frage zuvor zu kommen – nein, ich habe keine Uniform an."

Marek war mit dem Gehörten einigermaßen zufrieden und steckte sich noch eine Zigarette an.

***

Ghetti parkte seinen Fiat Punto am Straßenrand und stieg aus. Schräg gegenüber lag das Bestattungsunternehmen *Di' Mauro*. In dem großen Hof, vor einem zweistöckigen Gebäude, standen einige silbergraue Leichenwagen, auf deren Türen das Logo des Unternehmens zu sehen war. Daneben parkten auch

131

mehrere zivile Fahrzeuge. Unter anderem ein großer, schwarzer Mercedes, auf dessen vorderen Kotflügeln Standarten angebracht waren. Ghetti konnte aber auf die Entfernung nicht erkennen, um welche es sich handelte. Langsam, die Hände in den Jackentaschen vergraben, schlenderte er näher, bis er einen Blick auf die Fahrzeuge werfen konnte. Die Leichenwagen, zwei Kombis und ein Kleinbus, zeigten keinerlei Auffälligkeiten, wie die von Marek geschilderten. Der schwarze Mercedes war schon interessanter. Die Standarten gehörten dem Bischof von Verona. Kümmerte sich seine Eminenz schon höchst persönlich um Beerdigungen?

So kam er aber nicht weiter. Er musste mehr erfahren und dazu blieb ihm nichts anderes übrig, als der Firma einen Besuch abzustatten. Ein Grund würde ihm schon noch einfallen.

Ghetti betrat den Ausstellungsraum und wurde sofort von der gediegenen, Ruhe ausstrahlenden Atmosphäre eingefangen. Leise tönte das *Air* von *Bach* aus unsichtbaren Lautsprechern und an den Wänden ringsum standen Särge, die wahrscheinlich für den normalen Verblichenen nicht erschwinglich waren. Kein Wunder, wenn schon der Bischof zu den erlauchten Kunden zählt. Kaum hatte Ghetti den Gedanken ausgedacht, als sich eine Türe an der rückwertigen Wand öffnete, und drei geistliche Würdenträger, hofiert von einem kleinen, grauhaarigen Mann mit randloser Brille, heraustraten. Für ihn, Ghetti, hatten sie keinen Blick übrig. Erst als er seine hohen Besucher mit einem: „Sie können sich wie immer auf mich verlassen", hinaus begleitet hatte, wurde der kleine Mann gewahr, dass sich noch jemand im Raum befand. Mit einer fahrigen Bewegung rückte er seine Brille zurecht und musterte seinen Besucher.

„*Buon giorno*, womit kann ich Ihnen dienen? Haben Sie sich schon umgesehen?"

Ghetti hatte das Gefühl mit diesen Fragen schon hinaus komplimentiert zu werden.

„Sie müssen entschuldigen", redete der Mann weiter, „ich bin alleine und habe nicht allzu viel Zeit. Sie haben ja gesehen, wer gerade hier war."

„Ach so", dachte Ghetti, „selbst beim Tod gibt es Klassenunterschiede." Aber den Gefallen, jetzt einfach zu gehen, wollte er diesem arroganten Kerl nicht tun.

„Ja, ich habe mich schon umgesehen, aber nicht das gefunden, was wir suchen."

„Das tut mir aufrichtig leid. Was suchen Sie denn spezielles?"

„Ein Freund ist bei einem Unfall verstorben ..."

„Unser herzlichstes Beileid!", unterbrach ihn der Mann, der mittlerweile eine fast demütig wirkende Haltung angenommen hatte, aber nervös sein Gewicht von einem Fuß auf den anderen verlagerte.

„… und er war ein ausgesprochener Rennsport-Fan", redete Ghetti einfach weiter, als hätte er nichts gehört und nichts Bemerkt. „Und da hatten wir, also seine Freunde, gedacht, es wäre bestimmt in seinem Interesse, wenn sein Sarg in einem sportlich zurechtgemachten Wagen zum Friedhof gefahren werden würde."

Der Mann blickte auf einmal sein Gegenüber argwöhnisch an und seine Körperhaltung straffte sich.

„Ich fürchte, ich kann Ihnen nicht ganz folgen."

„Na, ich meine so einen Leichenwagen mit Sportfelgen, breiten Reifen und ein bisschen tiefer gelegt. Das hätte ihm gefallen."

„Tut mir leid, aber so etwas haben wir nicht. Wenn Sie mich nun bitte entschuldigen würden."

„Dann würde ich gerne Signore Di'Mauro sprechen. Man hat mir nämlich versichert, dass Sie solch einen Wagen hätten. Ich bin extra deswegen hierher gefahren."

Der Mann, der sich schon abgewandt hatte, blieb stehen und sah Ghetti scharf an.

„Den gibt es nicht mehr. Ich habe das Geschäft nach seinem Tod vor acht Jahren übernommen."

„Und Sie sind?", ließ Ghetti nicht locker.

„Salvatore Battista."

„Und Sie sind sicher, dass Sie uns nicht so einen

Wagen besorgen können?"

„Ich bin sicher, junger Mann. Und jetzt entschuldigen Sie mich, ich habe zu tun."

„Na, da kann man wohl nichts machen. *Arrivederci signor Battista.*"

Ghetti drehte sich um und verließ den Laden, dabei entging ihm, dass der Gesichtsausdruck des Mannes plötzlich sehr ernste Züge annahm, als er ihm noch einen kurzen Moment lang nachblickte, bevor er in seinem Büro verschwand.

***

Battista nahm den Telefonhörer in die Hand und wählte eine Nummer.

„Ich bin's, Battista. Es gibt Arbeit. Der Bischof war gerade bei mir. In Rom ist man sehr unzufrieden. Deine Leute haben geschlampt und eben war noch jemand hier, der nach dem Wagen gefragt hat. Nein, nicht in diesem Zusammenhang, aber wer weiß, wir müssen sicher sein. Regle das ein für alle Mal! Habe ich mich klar ausgedrückt? Gut, aber es dürfen keine Spuren zu uns führen! Du gibst mir sofort Bescheid, wenn alles erledigt ist."

Battista legte den Hörer auf und blickte nachdenklich ins Leere.

9

Marek saß an seinem Küchentisch und starrte aus dem Fenster auf die Bäume, welche die Straße auf dieser Seite säumten. Sie sahen karg, krank und mitgenommen aus. Ob ihnen der lange, harte Winter zugesetzt hatte?

Aber so fühlte er sich jetzt gerade auch – alt, krank und mitgenommen. Warum, zum Teufel, musste er seine Nase auch überall hineinstecken? Eigentlich war das ja alles ganz anders geplant, als er sich entschloss hierher nach Caorle zu ziehen. Er hatte ein friedliches, ruhiges Plätzchen gesucht, wo er friedlich und ruhig leben und seinen Interessen nachgehen konnte. Aber er war halt immer noch in seinem tiefsten Inneren Polizist. Und in diesem Fall würde er auch nicht eher ruhen, bis er die Leute gefasst hatte, die beinahe sein Leben ausgelöscht, aber zumindest einen Teil davon unwiederbringlich zerstört hatten.

Seit diesem Anschlag, und als solchen begriff er diesen Vorfall, hatte er fast nichts mehr zu sich genommen. Nicht einmal seine geliebten Cornetti mochten ihm schmecken. Hin und wieder trank er ein Glas Wasser, aber auch nur, um den trockenen, pelzigen Geschmack in seinem Mund los zu werden, den er immer öfter verspürte.

Er saß einfach da, fast schon lethargisch, und starrte aus dem Fenster. Was hätte er auch anders tun können? Sein Kopf und die Rippen schmerzten höllisch. Er war vorerst zur Untätigkeit verdammt, musste darauf hoffen, dass Ghetti einen Ansatzpunkt liefern konnte.

Marek wusste nicht, wie lange er schon so da gesessen hatte, als Ghetti sich meldete.

***

„Ich komme gerade aus Verona zurück …"

„Hast du den Leichenwagen gefunden?", unterbrach ihn Marek sofort.

„Nein, das nicht, aber mit diesem Laden stimmt etwas nicht. Ich habe mit dem Inhaber gesprochen und ihm eine Geschichte aufgetischt. Als ich das Thema auf einen solchen Wagen brachte, wurde er plötzlich verschlossen und komplimentierte mich hinaus."

„Wäre auch zu schön gewesen", Marek klang enttäuscht. „Was ist mit dem Lastwagen?"

„Auch noch nichts, aber ich gebe dir natürlich sofort Bescheid, wenn ich etwas erfahre."

Nachdem er das Gespräch beendet hatte, verfiel er wieder für einen Moment in diesen lethargischen Zustand. Doch plötzlich hob er seinen Kopf. Ein Ausdruck alter Entschlossenheit zeigte sich auf seinem Gesicht. So schnell würden sie den alten Marek nicht klein kriegen. So schnell nicht! Er erhob sich, zog seinen Mantel über, wickelte sich den Schal um den Hals und verließ das Haus. Tief sog er die kühle Luft in die Lungen und schlenderte ohne festes Ziel die Viale Santa Margherita entlang.

***

Ghetti war gleichermaßen verärgert und frustriert. Verärgert, weil es bislang immer noch keinen Hinweis auf den Lkw gab, der seinen Freund Marek fast ins Jenseits befördert hatte; frustriert, weil ihm als Polizist die Hände gebunden waren. Im Falle des Attentats auf Marek durfte er ja wenigstens noch die Mittel des Polizeiapparates ausschöpfen, zumindest solange die Sache als Unfall mit Fahrerflucht behandelt wurde.

Er war auf dem Weg nach Salute di Livenza. Seine Schwester Chiara, die dort wohnte, hatte Geburtstag und er wollte es sich nicht nehmen lassen, ihr persönlich zu gratulieren.

Ghetti musste schmunzeln, als er in Ottava Presa auf der rechten Straßenseite seine sehr unauffälligen Kollegen ausmachte, die dort ein Geschwindigkeitsmessgerät installiert hatten. Er rollte langsam vorbei und winkte den Kollegen zu. Sekunden später brachte er seinen Wagen mit einer Vollbremsung zum Stehen. Was er aus den Augenwinkeln gesehen hatte, wollte er nicht glauben. Seine Kollegen hatten ihren

Streifenwagen im Hof einer etwas heruntergekommenen Werkstatt abgestellt und in einem der offenstehenden Tore konnte er eine ältere, rote Zugmaschine der Marke *IVECO* ausmachen.

Ghetti setzte seinen Wagen zurück, was ihm die Schimpfkanonaden einiger Autofahrer einbrachte, die ihm unvermittelt ausweichen mussten, und fuhr auf den Parkplatz vor der Werkstatt.

„Das kann ja wohl nicht wahr sein!", polterte er gleich los, als einer der beiden Polizisten auf ihn zukam.

„Die gesamte Polizei zwischen Treviso und Portogruaro sucht nach einer Werkstatt mit einem roten *IVECO* und ihr stellt euer Messgerät direkt davor auf, ohne uns Bescheid zu sagen! Habt ihr den Lkw und den Laden wenigstens überprüft?"

Der Polizist sah betreten auf seine Schuhspitzen.

„Nein, Maresciallo, wir waren heute ausschließlich für die Geschwindigkeitskontrolle eingeteilt."

Ein wenig Trotz schwang in der Stimme mit, was Ghetti nicht verborgen blieb.

„Ach so, und fürs Denken werdet ihr wohl nicht bezahlt, oder was?", blaffte Ghetti ihn an, wohl wissend, dass er diesen Leuten nicht direkt weisungsbefugt war, da sie zur Kommandantur in San Stino di Livenza gehörten. Aber das war ihm jetzt egal.

„Sie fahren jetzt unverzüglich nach Caorle in die

Via Gramsci, holen Commissario Marek ab und bringen ihn hierher. Wissen Sie, wo das ist?"

Der Polizist nickte.

„Subito!", bekräftigte Ghetti seinen Auftrag, als der Mann weiter zögerte.

Dieser wollte noch etwas erwidern, ließ es dann aber bleiben, stieg in seinen Streifenwagen und fuhr davon.

Ghetti hoffte inständig, dass niemand etwas von dem Zirkus mitbekommen hatte und rief Marek an, um ihm mitzuteilen, was sich gerade ergeben hatte und dass er gleich abgeholt würde. Dann näherte er sich vorsichtig der Werkstatt. Falls es sich um das gesuchte Fahrzeug handelte, wollte er nicht noch mehr Aufsehen erregen, bevor Marek eintraf.

Vom Betreiber der Werkstatt keine Spur. Ghetti betrat die Garage und sah sich den Lastwagen genauer an. An der Stoßstange und im unteren Bereich des Kühlergrills waren Schrammen und Kratzspuren zu erkennen. Die meisten davon schienen neueren Datums zu sein. An der unteren linken Seite der Stoßstange fand er Taubenblaue Lackspuren. Ghettis Herz begann wie wild zu pochen. Er würde jede Wette eingehen, dass dies der gesucht Wagen war. Ein metallenes Geräusch, so, als ob ein größerer Schraubenschlüssel auf den Betonboden gefallen sei, schreckte ihn auf. Es war offenbar doch jemand in der

Werkstatt. Schnell trat er den Rückzug an und setzte sich in seinen Wagen um auf Mareks Eintreffen zu warten.

Mindestens ein dutzend Mal sah Ghetti das Messgerät aufblitzen, bis sich endlich vom Ortseingang her der Streifenwagen näherte. Er hielt direkt hinter seinem Wagen und Marek stieg langsam aus. Eigentlich quälte er sich regelrecht aus dem Alfa, aber er ließ sich nichts anmerken. Ghetti war ebenfalls ausgestiegen und setzte Marek kurz ins Bild. Danach instruierte er den Kollegen, der Marek abgeholt hatte, dafür zu sorgen, dass niemand, aber auch wirklich niemand ohne seine Zustimmung das Grundstück verlassen darf. Als er sich dann nach Marek umdrehte, war der schon in der Garage bei dem roten Lastwagen angekommen und untersuchte die Fronseite mit den Unfallspuren. Ghetti eilte ihm nach.

„Da! Siehst du das?", deutete Marek mit dem ausgestreckten Finger auf die blauen Farbpartikel. „Ich wette eine Jahrespension, dass dies der Laster ist, der mich die Böschung hinuntergeschoben hat."

„Ja, das habe ich vorhin auch schon gesehen. Deshalb ließ ich dich holen."

Marek erhob sich stöhnend und hielt sich die Seite.

„Ist jemand hier?"

„Gesehen habe ich niemanden, aber gehört. Links ist noch eine Garage, aber die war bis eben leer.

Rechts sind noch zwei geschlossene Tore, sehen wir da mal nach."

Durch eine Verbindungstüre gelangten sie in einen anderen Werkstattraum. Mitten in der Werkstatt stand ein älterer Mercedes mit offener Motorhaube. Ein Mann in einem völlig ölverschmierten roten Overall hing fast mit seinem ganzen Oberkörper über dem Motorraum. Als er seine beiden Besucher bemerkte, schreckte er auf und stieß sich dabei den Kopf an der Haube. Fluchend hielt er sich die schmerzende Stelle auf seinem, von einem wirr abstehenden Haarkranz gesäumten Glatzkopf. Erst jetzt nahm er Ghettis Uniform wahr und sein Blick verdüsterte sich.

„Verdammt! Was wollen Sie denn hier? Ich bin seit fünf Jahren sauber, ehrlich. Sie können alles absuchen. Es gibt keine geklauten Karren mehr. Könnt ihr mich nicht mal in Ruhe lassen?"

Ghetti überhörte das Gejammer.

„Ist der rote Lkw Ihnen?"

„Ja, aber ehrlich erworben. Hatte 'nen kapitalen Motorschaden. Hab ich günstig gekriegt. Ich kann Ihnen die Papiere zeigen."

„Das interessiert uns nicht. Wir sind nicht vom Raub. Benutzen Sie ihn auch?"

Als der Mann hörte, dass sich seine beiden Besucher nicht für seine Vergangenheit interessierten, zeigte sich ein Grinsen auf seinem Gesicht. Dabei entblößte er eine Reihe brauner und schwarzer Zahnstummel.

„Ja, ab und zu bekomme ich einen Auftrag. Dann hole ich irgendwo einen Aufleger ab und bringe ihn woanders hin. Man muss ja von was leben und die Werkstatt wirft nicht so viel ab. Aber was wollen Sie eigentlich von mir?"

Ghetti ignorierte die Frage.

„Wie heißen Sie?"

„Zandi. Luciano Zandi."

Ghetti notierte sich den Namen. Der Mann wurde zusehends unsicher. Er zog einen schmutzigen Lappen aus der Tasche und wischte sich den Schweiß von der Stirn und als er sah, dass Marek und Ghetti langsam auf ihn zukamen, wich er zurück.

„Und wo waren Sie gestern mit dem Laster unterwegs?", bohrte Ghetti weiter.

„Nirgendwo, ich war den ganzen Tag hier. Ich hatte seit drei Wochen keine Tour mehr."

„Kann das jemand bezeugen?"

„Sehe ich so aus, als ob ich mir Angestellte leisten könnte? Ich war alleine hier. Was soll das Ganze?"

„Ich will Ihnen sagen wo Sie waren. Sie haben gestern Vormittag auf der Straße zwischen Venedig und Jesolo ein Auto von hinten gerammt, die Böschung hinuntergeschoben und anschließend Fahrerflucht begangen. Sie bekommen eine Anzeige wegen des Unfalls mit Fahrerflucht und schwerer Körperverletzung."

Der Mann glotzte erst Ghetti mit offenem Mund an, dann wanderte sein Blick zu Marek, der auf Reichweite näher gekommen war.

„Nein, nein! Das könnt ihr mir nicht anhängen. Ich habe damit nichts zu tun. Das war ein anderer Lkw. Ich war gestern den ganzen Tag hier."

„Signor Zandi, wir haben an Ihrem Laster eindeutige Lackspuren von dem Wagen gefunden, den Sie gerammt haben. Leugnen ist zwecklos."

Ghetti war erstaunt darüber, wie ruhig sich sein Freund Marek bisher verhalten hatte. Normalerweise hätte er den Mann schon kreuz und quer durch die Werkstatt geprügelt. Stattdessen stand er ruhig, fast teilnahmslos da und hörte der Befragung zu. Marek trat noch einen kleinen Schritt nach vorne. Zandi wollte zurückweichen, stieß aber an den Mercedes und Marek nahm die übel riechenden Ausdünstungen dieses schmierigen Kerls wahr.

„Signor Zandi, der Mann der in dem Auto saß, dass Sie gerammt haben, war Commissario Marek und der steht gerade vor Ihnen. Soll ich Sie mit ihm mal zehn Minuten alleine lassen?"

Zandi riss die Augen auf.

„Nein, das könnt ihr nicht machen!", jammerte er.

144

In diesem Moment packte Marek den Mann am Overall und zog ihn zu sich heran.

„Dann mach endlich das Maul auf, sonst bist du wegen versuchten Mordes dran!"

„Ich war's nicht, ehrlich", jammerte Zandi.

Marek schüttelte ihn und stieß ihn zurück gegen den alten Mercedes.

„Es war dein Laster. Wenn du es nicht warst, wer dann?"

Zandi hob beschwichtigend die Hände.

„Gut, gut, ich erzähle es euch."

„Wir hören."

„Also, vorgestern kamen so zwei Typen, feine Pinkel mit Anzug, und fragten mich, ob ich den Laster vermieten würde. Sie boten mir zweitausend Euro. Das verdiene ich nicht einmal im ganzen Monat. Erst habe ich abgelehnt, da sagten sie, dass ich nochmal tausend bekommen würde, wenn sie den Laster zurück bringen. Da ich ja ohnehin keine Tour hatte, nahm ich das Geld. Der eine von denen fuhr dann mit dem Lkw und der andere mit dem Wagen, mit dem sie gekommen waren. Gestern Mittag brachten sie mir die Karre zurück. Wegen der paar Kratzer bekam ich nochmal tausend extra. So war das, ich schwöre."

„So war das also", wiederholte Ghetti. „Was hatten die beiden für einen Wagen?"

„Einen schwarzen Citroen C6. Tolles Teil."

„Sie haben nicht zufällig das Kennzeichen notiert?"

„Doch", erwiderte Zandi stolz, holte einen zerknüllten Zettel aus der Tasche und gab ihn Ghetti.

„Ein römisches Kennzeichen."

„Das würde zu dem passen, was wir bisher wissen", meinte Marek. „Hol die Spurensicherung, die sollen den Laster gründlich untersuchen. Obwohl ich kaum Hoffnung habe, etwas zu finden."

„Signor Zandi, der Wagen ist vorerst beschlagnahmt."

„Und wann bekomme ich ihn wieder?"

„Wenn die Untersuchungen abgeschlossen sind. Sie hören von uns."

***

„Was hältst du davon?", fragte Ghetti als sie draußen auf dem Parkplatz auf das Eintreffen der Kriminaltechniker warteten.

Marek zündete sich eine Zigarette an und inhalierte tief.

„Ich fresse einen Besen mit Stiel, wenn der Mordanschlag nicht von ganz oben befohlen wurde."

„Du meinst also wirklich, dass der Staatschutz dahinter steckt?"

„Staatsschutz, Geheimdienst, Innenministerium, Vatikan … was weiß ich. Unser Freund Bellini muss wohl einen ganzen Haufen Leute sehr nervös gemacht haben. Da muss noch wesentlich mehr dahinter stecken, als das, was wir bisher wissen."

10

Jakob Jung vergewisserte sich, dass er alleine im Labor war. Dann stellte er das Päckchen auf seinen Schreibtisch und schnitt eilig das Klebeband auf. Unter einem Haufen zerknüllter italienischer Zeitungen fand er den Laptop und einen Briefumschlag. Er stellte den Rechner auf den Tisch, legte den Umschlag daneben, stützte sich mit beiden Händen auf die Schreibtischkannte und starrte eine Weile auf das, was sein Freund Marek ihm geschickt hatte. Auf was hatte er sich da wieder eingelassen? Auf was ließ *er* sich gerade ein? Egal! Er musste seinem Freund helfen und das würde er tun, solange es sich irgendwie bewerkstelligen ließ.

Wenn das stimmte, was Marek am Telefon sagte, würde er bald Besuch bekommen. Also war Eile geboten. Da er in der kurzen Zeit, die ihm wahrscheinlich nur zur Verfügung stand, es niemals schaffen konnte, die gesamte Festplatte zu untersuchen, hatte er eine externe Festplatte mit fünfhundert Gigabyte gekauft. Das dürfte reichen, um die Platte des Laptops zu kopieren. Doch zuerst musste er das Passwort knacken. Dies gestaltete sich schwieriger als angenommen, trotz seiner, von ihm selbst für solche Zwecke entwickelten Software. Da hatte sich wohl jemand sehr viel Mühe gegeben, damit das, was auf dem Rechner versteckt ist, auch geheim bleibt.

Nach fast zehn Minuten war es dann soweit – der Rechner gab sein Geheimnis preis. Schnell schloss er die externe Festplatte mit einem USB-Kabel an und fing an alle relevanten Dateien des Laufwerks zu überspielen. Die Verpackung stopfte er in den Papierkorb. Dann nahm er den Umschlag zur Hand. Zögernd betrachtete er einen Moment lang das unbeschriftete Kuvert. Auf pathologische Anomalien sollte er achten, hatte Marek gesagt.

„Na dann", seufzte er, öffnete den Umschlag und entnahm ihm zwei kleinformatige Fotos. Sein Verstand weigerte sich zu glauben, was er da sah. Die beiden Toten, die auf den Bildern zu sehen waren, mussten hohe geistige Würdenträger gewesen sein, so wie sie in ihren Sterbebetten lagen. Er kramte in seiner Schreibtischschublade nach einer Lupe und betrachtete die Fotos genauer.

„Verdammt!", entfuhr es ihm, der eine war doch der Papst, der im gleichen Jahr wie Kennedy starb. Er war damals noch ein kleines Kind und seine Mutter hatte fürchterlich geweint, als die Nachricht im Radio kam. Ja, das war er mit Sicherheit! Dann war der Andere vielleicht auch ein Papst? Aber dann dürften diese Fotos gar nicht existieren. In was war Marek da verstrickt? Ihm wurde warm und er wischte sich mit dem Ärmel seines weißen Kittels den Schweiß von der Stirn. Die Bilder mussten verschwinden. Eilig steckte er sie in den Umschlag zurück. Er würde sie zu Hause genauer unter seiner Leuchtlupe betrachten. Das Kuvert verstaute er in seiner Brieftasche.

In der Zwischenzeit war auch die Datenübertragung abgeschlossen. Schnell löschte er alle Spuren vom Rechner, die auf seine Nutzung hinweisen konnten. Jung sah sich in seinem Labor um. Falls er tatsächlich Besuch bekäme, wäre es besser die Festplatte verschwinden zu lassen. Aber wo? In Gedanken malte er sich aus, wie der BND mit einer ganzen Armee über sein Labor herfallen und alles auseinandernehmen würde. Sein Blick fiel auf den Aktenschrank. Er nahm einen Ordner heraus, schob die Festplatte hinein und stellte ihn wieder zurück. Einigermaßen zufrieden betrachtete er sein Werk. Den Laptop postierte er sehr auffällig auf einem Sideboard neben der Türe.

***

Keine fünfzehn Minuten später flog die Türe auf und zwei Männer in Anzug und Mantel traten ein. Professionell musterten sie mit gezielten Blicken den ganzen Raum. Jung drehte sich erschrocken um.

„Wer zum Teufel sind Sie denn? Was wollen Sie hier?"

Einer der Männer trat einen Schritt vor.

150

„Bundeskriminalamt. Sie haben ein Päckchen aus Italien erhalten?"

Jung war jetzt gewarnt. Hatte der alte Marek wieder einmal recht gehabt.

„Ich wüsste nicht, was Sie das anginge", erwiderte er vorsichtig.

Der Mann zog ein Blatt Papier aus seiner Tasche und hielt es Jung vor die Nase, während der andere der beiden Besucher sich noch immer schweigend im Hintergrund hielt.

„Die ist eine Verfügung der Staatsanwaltschaft die uns berechtigt, den Inhalt des Päckchens zu konfiszieren. Erklärungen können wir keine abgeben. Das unterliegt alles der höchsten Geheimhaltungsstufe. Also, wo ist der Rechner?"

„Woher kennen Sie den Inhalt des Pakets?"

„Wir wissen so einiges, aber ich sagte Ihnen ja bereits – keine weiteren Erklärungen. Und nun machen Sie uns keine Schwierigkeiten. Wir haben es eilig."

„Hinter Ihrem Kollegen auf dem Sideboard."

Der zweite Mann, der bisher geschwiegen hatte, drehte sich um, nahm den Laptop an sich und hielt die Hand an die Lüftungsschlitze. Jung hoffte inständig, dass sich das Gerät mittlerweile wieder abgekühlt hatte.

„Haben Sie sich schon angesehen, was darauf ist?"

„Wann denn? Ich habe es ja vor ein paar Minuten

erst ausgepackt."

„War sonst noch etwas dabei?"

Jung fing langsam an zu schwitzen.

„Nein, das war alles."

„Na schön", sagte der erste Mann, „dann können Sie uns ja auch sicher die Verpackung aushändigen."

„Da hinten im Mülleimer."

Doch der Mann machte keine Anstalten und streckte ihm nur die Hand entgegen. Widerwillig ging Jung zum Papierkorb, zog den Karton heraus, stopfte das Füllmaterial hinein und warf ihn dem Mann zu, der ihn geschickt auffing.

„In Ihrem eigenen Interesse vergessen Sie das alles am besten sofort wieder", sagte er noch, dann drehten sich die beiden um und verschwanden.

Jakob Jung musste sich erst einmal setzen. Seine Knie waren weich wie Pudding. Mit einem Taschentuch wischte er sich den Schweiß von der Stirn.

„Das war knapp", dachte er, dann nahm er das Telefon zur Hand.

***

In Mareks Wohnung waren immer noch die Spuren der Verwüstung zu sehen, die seine ungebetenen Besucher hinterlassen hatten. Sein ganzer Körper schmerzte und die Kopfschmerzen wurden fast unerträglich. Er hatte sich offenbar wieder zu viel zugemutet. Gerade hatte er sich auf seine Matratze fallen lassen, um etwas Entspannung zu finden, als sein Telefon klingelte. Mühsam richtete er sich wieder auf und schlich zu seinem Schreibtisch.

„Pronto!"

„Du hattest recht", kam sein Freund Jakob Jung gleich zur Sache. „Hier waren gerade zwei Figuren vom Bundeskriminalamt. Die kamen einfach hereingeschneit, hielten mir ein Schreiben der Staatsanwaltschaft unter die Nase, verlangten den Laptop samt Karton und verschwanden."

Marek vergaß augenblicklich seine Schmerzen.

„Du konntest doch hoffentlich vorher mal reinschauen, oder?"

„Du machst mir Spaß. Ich habe das Ding doch kurz vorher erst bekommen."

„Scheiße, scheiße ...", jammerte Marek enttäuscht, doch sein Freund unterbrach ihn sofort: „Jetzt lass mich doch erst einmal ausreden. In Anbetracht der Tatsache, dass du mir diesen, oder einen ähnlich hohen Besuch prophezeit hattest, habe ich natürlich Vorsorge getroffen und alle Dateien der Festplatte kopiert. Außer den Systemdateien und der Anwendungssoftware. Dafür war keine Zeit."

Marek hatte das Gefühl, ein tonnenschwerer Felsbrocken wäre ihm gerade vom Herzen gefallen.

„Jakob, du bist der Größte!"

„Ja, ja, beruhige dich wieder. Aber da ich mit dem

Inhalt wahrscheinlich nichts anfangen kann, würde ich dir die Kopie gleich zuschicken. Ist dir das recht?"

Marek wollte schon antworten, als ihm bewusst wurde, dass man mittlerweile schon erfahren hatte, dass er noch am Leben war und wohl bereits anfing ihn zu überwachen, wer auch immer dahinter stecken mochte.

„Schicke es am besten an Michele. Meine Post wird wahrscheinlich schon überwacht."

Marek gab Jakob die Adresse der *Caserma* durch. Gerade als er den Hörer auflegen wollte, fiel ihm noch etwas ein: „Sag mal Jakob, hast du dir die Fotos schon ansehen können?"

„Nur ganz kurz, aber ist es das, was ich denke, dass es ist?"

„Ich glaube schon."

„Verdammt! Ich habe es befürchtet. Genaueres kann ich dir vielleicht morgen sagen. Glaubst du, der Mord und der Anschlag auf dich wurden deshalb verübt?"

Marek dachte kurz nach.

„Könnte mit ein Grund sein. Bis morgen."

Je mehr er darüber nachdachte, umso überzeugter war er, dass noch mehr hinter dieser Geschichte stecken musste. Aber was war es? Vielleicht ergab die Auswertung der Festplatte neue Anhaltspunkte.

11

Nachdem sich das Wetter die letzten drei Tage von seiner schönen Seite gezeigt hatte, wollte Antonio Baudi zusammen mit seinem Sohn Luigi nachsehen, ob seine, am südwestlichen Rand der Lagune gelegene, alte, Reed gedeckte und unter Denkmalschutz stehende Fischerhütte den extrem harten Winter einigermaßen unbeschadet überstanden hatte. Die Baudis bewohnten einen kleinen Hof am südlichen Rand von Brussa, einer kleinen Ansiedlung mitten im Niemandsland am Rande der Lagune von Caorle. Baudi zog die alte, olivgrüne 61er Vespa aus dem Geräteschuppen neben dem Haus und versuchte sie zu starten. Beim dritten Versuch fing der Motor an zu knattern und eine Qualm Wolke hüllte ihn ein. Er bedeutete seinem Sohn aufzusteigen, dann fuhren sie die Strada Provinciale, die einzige Straße, die nach Süden führte, in Richtung Lagune. Kurz vor der Brücke, die über einen Wasserarm zum Valle Vecchia führte, gabelte sich die Straße und sie bogen nach rechts ab. Baudi genoss die frische, kühle Luft, auch wenn die Temperaturen selbst tagsüber noch um den Gefrierpunkt lagen. Doch plötzlich stutzte er und verringerte die Geschwindigkeit. Ein paar hundert Meter weiter vorne, dort wo die Straße endete, stand ein relativ großes Auto. Was hatte das hier verloren? Langsam rollte er näher. Der Wagen war ein Kombi, wahrscheinlich ein ausländisches Fabrikat und offenbar ausgebrannt. Baudi hielt an, bockte die Vespa auf und befahl seinem Sohn sich nicht von der Stelle zu rühren. Langsam ging er auf den Wagen, oder was noch davon übrig war, zu. Als er in das Innere blickte, zuckte er erschrocken zurück. Auf den vorderen Sitzen saßen zwei, bis zur Unkenntlichkeit verbrannte Menschen. Hastig rannte er zu seinem Sohn zurück.

„Luigi, Luigi, hast du dein *telefonino* dabei?"

„Ja, was ist denn los, Papa?"

„Ruf die Polizei, schnell. In dem Auto sind zwei Tote."

Der Junge zog sein Handy aus der Tasche und wählte mit zittrigen Fingern die Notrufnummer.

***

Zwanzig Minuten später raste ein Alfa der Carabinieri heran und kam in einer Staubwolke zum Stehen. Maresciallo Ghetti und zwei weitere Polizisten stiegen aus.

„Signor Baudi? Mein Name ist Ghetti. Sie haben den Wagen so vorgefunden?"

„Ja."

„Was wollten Sie denn hier draußen?"

„Na ja, das Wetter ist einigermaßen und da wollte

ich mit meinem Sohn Luigi nach unserer Hütte sehen. Könnte ja sein, dass durch den vielen Schnee das Dach kaputt gegangen ist."

„Wo ist denn Ihre Hütte?"

„Noch ein paar hundert Meter den Weg hier herunter."

„Danke Signor Baudi. Wenn Sie noch bitte dem Brigadiere ihre Personalien geben würden."

Ghetti wandte sich ab und wollte gerade zu dem ausgebrannten Fahrzeug gehen, als ihm noch etwas einfiel.

„Signor Baudi", rief er, „kommen um diese Jahreszeit öfter Leute hierher, sagen wir, um nach Ihren Hütten zu sehen?"

„Nein, eigentlich nicht. Erst ab März wieder. Aber bei diesem Winter werden sicherlich noch mehr Kollegen nach dem Rechten sehen wollen."

„Danke", damit entließ er Baudi und fing an das Wrack zu inspizieren. In diesem Moment traf der Wagen der Spurensicherung ein und direkt dahinter Dottore Lovati.

Der Geruch nach verbranntem Fleisch und verschmortem Kunststoff lag noch immer in der Luft. Ghetti hielt sich Mund und Nase zu, als er den Kopf durch die geborstene Seitenscheibe steckte. Doch so sehr er sich zusammen nahm, es half nichts, ihm wurde übel.

„Verdammt! Schon wieder so eine Schweinerei."

Ghetti zuckte zusammen und stieß sich den Kopf am Türrahmen. Er hatte Lovati nicht kommen gehört.

„Müssen Sie mich so erschrecken, Dottore?", jammerte er und rieb sich den schmerzenden Hinterkopf.

„*Scusi*, mein Junge. Ich hatte vergessen, dass du so schreckhaft bist", lachte Lovati und zündete sich eine Zigarette an. „Dann wollen wir mal sehen, was wir da haben."

Ein paar Minuten später tauchte der Oberkörper des Pathologen wieder aus dem Seitenfenster auf.

„Und?", fragte Ghetti gespannt.

„Also, zuerst solltest du mal den Commissario anrufen", meinte Lovati und steckte sich die nächste Zigarette an. „Ich glaube nämlich, dass diese Grillparty hier mit eurem Fall zusammen hängt."

„Was? Wie kommen Sie darauf?"

„Nun, die beiden Figuren da drin wurden erst von hinten erschossen, wahrscheinlich im Wagen, und dann abgefackelt. In einem Leichenwagen, wie passend."

„Leichenwagen?", fragte Ghetti erstaunt.

„Sag nur, das ist dir nicht aufgefallen? Wo hast du nur deine Augen, mein Junge. So, und nun sieh zu, dass ich die beiden sofort auf den Tisch bekomme, bevor mir wieder jemand vom Staatsschutz meine Arbeit klaut. *Ciao Michele*."

Ghetti war bedient. Wie konnte ihm das passieren. Er hätte doch sehen müssen, dass es sich um einen Leichenwagen handelt, zumal sie einen solchen Wagen suchten. Mechanisch zog er sein Handy aus der Tasche und rief seinen Freund Marek an.

„Ja, natürlich Roberto, ich schicke dir einen Wagen vorbei und lasse dich abholen. Bis gleich."

***

Als Marek eine gute halbe Stunde später eintraf, waren die beiden Leichen bereits abtransportiert und die Leute von der Spurensicherung packten ihre Gerätschaft zusammen. Nur Ghetti wanderte hin und her um nicht einzufrieren.

Marek quälte sich aus dem Fond des Alfas und marschierte sofort auf den ausgebrannten Wagen zu.

„Und?", fragte ihn Ghetti, als er das Wrack eingehend inspiziert hatte.

„Kein Zweifel, Michele, das ist der Wagen, den ich am Abend des Dreikönigsfeuers an der Salita dei Fiori gesehen habe. Habt ihr die Motor- und Fahrgestellnummer?"

„Sind beide herausgefeilt."

„Mist! Aber euer Labor wird sie ja wohl rekonstruieren können, oder?", fragte Marek mit einem leisen Zweifel in der Stimme.

„Ich hoffe es, falls man uns den Schrotthaufen nicht gleich wieder abnimmt."

„Komm, lass uns einen Caffè trinken. Du siehst aus, als könntest du etwas Warmes gebrauchen. Dann fahren wir zu Lovati. Bin gespannt, was er für uns hat. Deine Leute sollen auf jeden Fall hier warten, bis der Wagen abgeholt wurde."

***

Einige Minuten später, als sie bei Caffè und Cornetti in einer kleinen Bar in Lugugnana saßen, berichtete Ghetti noch einmal ausführlich, was er bisher an Informationen über diese seltsame Geschichte gesammelt hatte.

„... und Dottore Lovati ist der Meinung, dass die beiden Insassen zuerst durch einen Schuss in den Hinterkopf getötet und dann mit dem Wagen verbrannt wurden", schloss er und lehnte sich zurück.

Marek knabberte lustlos an seinem Hörnchen, legte es dann wieder auf den Teller und hielt sich seine schmerzende Seite.

„Da dies mit ziemlicher Sicherheit der Leichenwagen ist, den ich an jenem Abend gesehen hatte und die beiden Insassen auf die gleiche Weise hingerichtet wurden wie dieser Journalist, ist es ja wohl klar, dass beide Fälle miteinander zu tun haben, oder sehe ich das falsch?"

„Nein, das dürfte wohl eindeutig sein."

„Komm, lass uns sehen, was Lovati für uns hat", meinte Marek und wollte sich von seinem Stuhl erheben, als sein Handy klingelte. Schwerfällig ließ er sich wieder darauf zurückfallen.

„*Pronto.*"

„Nix pronto. Ich bin's", meldete sich sein Freund Jakob. „Ich habe mir die Fotos angesehen."

„Und …?", drängte Marek.

„Vielleicht lässt du mich auch mal ausreden. Also ich würde sagen, dass beide Personen eindeutige Merkmale einer Vergiftung aufweisen. Ich werde die Fotos über mein Programm bearbeiten und vergrößern, dann kann ich eventuell noch genaueres sagen. Ich wollte dich nur vorab schon einmal informieren, da ich ja deine Neugier zur Genüge kenne."

„Danke Jakob, du bist ein Genie!"

***

Dottore Lovati erwartete die beiden schon im Flur der Pathologie.

„Um es kurz zu machen", empfing er die sie ohne Vorrede, „die Männer wurden jeweils durch einen Genickschuss getötet. Es ist zwar aufgrund der Verbrennungen schwer zu sagen ob es aufgesetzte Schüsse waren, aber ich würde meinen, dass sie in dem Fahrzeug saßen, als sie erschossen wurden. Die Projektile sind vorne wieder ausgetreten, was auf eine sehr kurze Distanz schließen lässt. Die Kugeln müssten also noch im Wagen sein."

Marek ließ einen lauten Seufzer hören.

„Die Beiden waren etwa dreißig bis vierzig Jahre alt. Die Zähne weisen kaum Behandlungsmerkmale auf, so dass eine Identifizierung relativ schwierig sein dürfte. Aber etwas habe ich noch. Bei einem der Opfer konnte ich am rechten Oberarm noch eine Tätowierung erkennen."

Marek wurde hellhörig.

„Was für eine Tätowierung?"

„In gotischer Schrift die Buchstaben *SISDE* und darunter die Zahl 284. Hier haben Sie ein Foto davon."

„Danke, Dottore. Es sieht wohl so aus, dass irgendjemand versucht aufzuräumen und alle Zeugen dieses Falls zu beseitigen. Zum Glück macht er das sehr schlampig. So haben wir vielleicht eine kleine Chance etwas Licht ins Dunkel zu bringen. Jetzt müsste ich nur noch wissen, was das bedeutet."

„Ah, gibt es doch etwas, was Sie nicht wissen, Commissario", lachte Lovati. „*SISDE* war die frühere Bezeichnung des italienischen Inlandsgeheimdienstes, dessen Aufgaben nach der Reform von der *AISI* mit übernommen wurden. Aber nach wie vor untersteht dieser Verein, wie auch der Staatsschutz dem Ministerpräsidenten und dem Innenministerium."

Marek und Ghetti sahen sich erstaunt an.

„Na, das macht Sinn. Da dreht wohl jemand am ganz großen Rad und hat kein Interesse daran, dass wir etwas herausfinden. Deshalb wissen die auch immer genau Bescheid und versuchen alle Zeugen zu beseitigen."

„Das erklärt auch die Waffen", ergänzte Ghetti, zog sein Handy aus der Tasche und fragte bei der Spurensicherung an, ob sie die Projektile gefunden hätten.

„Und?", fragte Marek, der sich inzwischen bei Lovati verabschiedet hatte.

„Nichts", meinte Ghetti. „Sie nehmen sich nochmal den vorderen Bereich des Wracks vor, aber wir sollten uns nicht so viel davon versprechen."

„Du hast recht. Lass uns zurück fahren."

Marek war unendlich müde und niedergeschlagen. Der Anschlag auf ihn hatte offenbar nicht nur körperliche Spuren hinterlassen. Er hatte Sehnsucht nach seinem Bett. Andererseits wollte er sich nicht eingestehen, dass er mit diesem Fall zu scheitern drohte; dass er möglicherweise überfordert war.

**

Ghetti hatte Marek vor dessen Wohnung abgesetzt und war noch einmal in die *Caserma* gefahren, um zu sehen, ob es irgendetwas Neues gab.

Marek schleppte sich müde in sein Schlafzimmer und ließ sich einfach auf seine Matratze fallen. Kurz darauf war er fest eingeschlafen.

Er träumte, er läge an einem weißen Sandstrand

und hörte irgendwo aus der Ferne liebliches Glockengeläut. Doch das Geläut änderte seinen Ton und war plötzlich nicht mehr so lieblich. Er wachte auf. Der Sandstrand entpuppte sich als der weiße Bezug seines Bettes und das Glockengeläut als der penetrante Klingelton seines Handys. Marek wischte sich mit der Handfläche über die Augen, doch es blieb Realität. Mühsam suchte er in seinen Taschen nach dem Telefon.

„Michele, was gibt's?"

„Ich habe Neuigkeiten zu dem Kennzeichen."

„Welches Kennzeichen?", fragte Marek verwirrt, dessen Hirn sich noch im Tiefschlafmodus befand.

„Das Kennzeichen der Männer, die den Lkw gemietet hatten."

Jetzt war Marek mit einem Schlag wach.

„Und? Wer sind die Mistkerle?"

„Tut mir leid, Roberto, aber das Kennzeichen unterliegt der höchsten Geheimhaltungsstufe."

„Wie? Was bedeutet das denn schon wieder?"

„Das bedeutet, der Wagen gehört dem Geheimdienst, dem Staatsschutz oder sonst einer hohen Regierungsstelle. Da kommen wir nicht ran. Nicht einmal mit einem richterlichen Beschluss und schon gar nicht in unserer Situation."

„Verdammt! Hätte ich mir fast denken können. Aber warum geben die sich solch eine Mühe um

Zeugen aus dem Weg zu räumen? Was zum Teufel hat der arme Bellini herausgefunden, das diesen Leuten so gefährlich werden könnte? Die Geschichte mit den Päpsten erscheint mir immer unwahrscheinlicher. Der ungeklärte Tod zweier Päpste, die bereits vor über dreißig, beziehungsweise vor fast fünfzig Jahren gestorben sind, kann nicht die Ursache für eine derart brutale Vorgehensweise sein. Da hat der Vatikan in der Vergangenheit schon andere Dinge ausgesessen. Da steckt etwas anders dahinter."

„Und was sollte das deiner Meinung nach sein?", fragte Ghetti etwas verwirrt.

„Weiß ich doch auch noch nicht, aber wir werden es herausfinden. Wir müssen ab jetzt nur noch vorsichtiger sein."

„Ich kann jetzt schon nicht mehr schlafen. Ich sehe hinter jedem Busch einen potenziellen Mörder, der nur darauf wartet, mich zu erschießen."

„Beruhige dich mal wieder. Du hast ja nichts zu befürchten, da euch der Fall ja entzogen wurde. Aber da fällt mir ein, dass ich ja noch keinen fahrbaren Untersatz habe. Kannst du mich morgen Vormittag abholen? Du kennst ja sicher einen Händler, der einen nicht gleich übers Ohr haut, oder?"

„Na klar, aber morgen ist Sonntag. Ich bin dann am Montag gegen zehn Uhr bei dir. *Ciao Roberto.*"

„*Ciao.*"

.

12

Pünktlich um zehn Uhr hielt Ghetti am Montagmorgen vor Mareks Wohnung. Marek, der sein Kommen vom Küchenfenster aus beobachtet hatte, trank seinen Caffè aus, zog seine Jacke über und ging nach unten.

„Buon giorno, Roberto", begrüßte Ghetti seinen Freund, in dessen Gesicht sich zu den Blau- und Grüntönen jetzt noch ein leichtes Gelb dazu gesellte.

„Buon giorno", brummte Marek, als er sich in Ghettis Auto gezwängt hatte. „Wo fahren wir hin?"

„Nach Portogruaro. Da gibt es mehrere Autohändler ..."

„... die dich über den Tisch ziehen wollen", unterbrach ihn Marek.

„Nein, auch in Italien gibt es ehrliche Geschäftsleute. Außerdem sind das Vertragshändler", erwiderte Ghetti etwas beleidigt und fragte sich, warum sein Freund so Misstrauisch war.

„Na, dann bin ich mal gespannt. Eine gut erhaltene Ente werde ich wohl nicht finden."

Ghetti musste schmunzeln.

„Nein, das glaube ich eher nicht. Hast du überhaupt schon eine Vorstellung davon, was du haben möchtest?"

„Jedenfalls nicht so eine Sardinenbüchse wie diese Karre hier. Charakter muss es haben und kosten soll es auch nicht so viel. Ich bin schließlich ein armer Pensionär."

„Das ist ja schon mal was", lachte Ghetti und bog kurz vor San Stino di Livenza auf die S.S.14 in Richtung Portogruaro ein. „Aber so schlecht ist mein Auto doch auch nicht. Es sieht gut aus, ist bequem, schnell und dabei sparsam. Was willst du mehr?"

„Da brauche ich einen Schuhlöffel zum Einsteigen. Vergiss es."

Ein paar Minuten später tauchte schon das westliche Gewerbegebiet von Portogruaro auf und kurz darauf stellte Ghetti seinen Wagen auf dem Parkplatz eines großen Autohändlers ab. Alleine auf dem Platz vor dem Ausstellungsraum standen mehrere Dutzend Gebrauchtwagen verschiedener Marken.

„Die Neuwagen sind im Gebäude und hinten hat er noch einmal einen Platz mit Gebrauchtwagen. Da wird ja dann wohl für dich etwas dabei sein. Nur eine Ente hat er nicht."

Marek brummte irgendetwas Unverständliches und begann, mit Ghetti im Schlepptau, die Reihen der dort abgestellten Fahrzeuge abzuschreiten. Bei den meisten Wagen ging er einfach achtlos vorbei, bei einigen hielt er kurz an, warf einen Blick in den Innenraum, schüttelte den Kopf und marschierte weiter.

„Nichts für mich dabei", stellte Marek fest, nachdem er den letzten Wagen begutachtet hatte. „Und nun?"

„Nun gehen wir mal in die Neuwagenausstellung", seufzte Ghetti. „Vielleicht findest du ja dort etwas nach deinem Geschmack."

Als sie den Raum voller, auf Hochglanz polierter Karossen betraten, kam sofort ein eifriger Verkäufer auf sie zu, begrüßte sie überschwänglich und komplimentierte sie sogleich zum Prunkstück der Ausstellung – einem schwarzen Maserati Quattroporte.

„Ist das nicht ein Prachtstück? V6 Motor mit 410PS, 285km/h Spitze und in 5 Sekunden von 0 auf 100. Der ist wie für Sie geschaffen, junger Mann. Ich kann Ihnen auch einen Preis machen, bei dem Sie nicht nein sagen können. Für schlappe hunderttausend Euro ist er Ihnen. Wie wäre es mit einer Probefahrt? Reinsetzen und wohl fühlen."

Der Mann redete scheinbar ohne Luft zu holen bis Ghetti ihn unterbrach.

„Nicht ich suche ein Auto, sondern mein Freund hier …"

„… und der will keine Rakete auf Rädern, die mich auch noch vier Jahrespensionen kosten würde", ergänzte Marek ungehalten. „Komm, wir gehen."

Sprach es, drehte sich um, stapfte zum Ausgang

und ließ einen um Fassung ringenden Verkäufer sprachlos zurück.

„Musst du immer so unhöflich sein?", fragte Ghetti, als sie wieder im Hof standen.

„Wieso unhöflich? Wenn jemand unhöflich war, dann doch dieser gelackte Typ! Der hat ja nicht einmal gefragt, was wir suchen, oder ob er uns etwas zeigen darf, sondern hat uns gleich zu diesem Rennwagen geführt. Außerdem hat er dich als potenziellen Kunden auserkoren und mich ignoriert. Ich war ihm wohl nicht fein genug. Also erzähl mir nichts von Höflichkeit."

„Dann sieh dir doch wenigstens noch die Wagen auf dem hinteren Platz an", wechselte Ghetti, mit einer Portion Resignation in der Stimme, das Thema.

Auf dem hinteren Parkplatz waren noch einmal dutzende von Gebrauchtwagen aneinander gereiht und Ghetti hoffte inständig, dass wenigstens einer davon Mareks Gnade finden möge. Doch nach ein paar Minuten wurde diese Hoffnung zerschlagen. Kopfschüttelnd und mit einem missmutigen Gesichtsausdruck kam sein Freund von seinem Rundgang zurück.

„Nichts für ...", begann Marek, als sein Blick auf die hinterste Ecke des Werkstadthofs fiel. Neben einem Stapel alter Reifen stand ein grünes Etwas, das seine Aufmerksamkeit erregte.

„Komm mit, ich glaube, ich habe etwas entdeckt."

„Was ist das denn?", fragte Ghetti irritiert, als sie vor einem dunkelgrün lackierten, ziemlich heruntergekommenen kleinen Geländewagen standen, den er nicht einmal zuordnen konnte und dessen kantige Formen liebevoll von Marek gestreichelt wurden.

„Das, mein Lieber, ist Kult! Ein Lada Niva. Der wird schon seit über dreißig Jahren fast unverändert gebaut. Ein echter Russe. Der würde mir gefallen."

„Das ist nicht dein Ernst, Roberto. Hier stehen über hundert Spitzenmodelle mit allen technischen Innovationen herum und du entscheidest dich für diesen Schrotthaufen?"

„Ich brauche keine technischen Spielereien wie ABS und ESP oder Warnlämpchen, die wie ein Weihnachtsbaum leuchten, wenn man mal durch ein Schlagloch gefahren ist. Ich will ein ehrliches Auto mit Charakter. So wie meine Ente und das hier ist so etwas. Jetzt muss ich nur noch jemanden finden, der mir das Ding verkauft."

Mareks Blick schweifte über den menschenleeren Hof bis er vor der Werkstatt eine Gestalt in einem blauen Overall entdeckte, die mit einem Oldtimer beschäftigt war.

„Entschuldigen Sie, wer könnte mir über die Preise Auskunft geben?"

Der Mann wischte sich seine öligen Hände an ei-

170

nem Lappen ab.

„Nur zu, was möchten Sie wissen?"

„Ach, Sie können das auch?"

„Sicher, mir gehört der Laden hier. Nur immer im Büro zu sitzen ist mir zu langweilig. Deshalb restauriere ich Oldtimer."

Der Mann war Marek sofort sympathisch.

„Was soll denn der Lada dort hinten kosten?"

„Der? Wollen Sie den etwa haben? Den wollte ich eigentlich schon verschrotten, weil sich niemand dafür interessierte. Den hat mal ein Weinbauer hier stehen lassen. Der hatte sein Gut verkauft und wollte nach Padua ziehen. Er hat sich bei uns eine Limousine gekauft und dafür habe ich den Lada halt in Zahlung genommen."

Der Mann überlegte einen Moment.

„Sagen wir zweitausend? Dafür machen wir noch einen Ölwechsel, eine Inspektion, polieren das Gefährt auf Hochglanz, lassen das Auto zu und ein CD-Radio baue ich Ihnen auch noch ein."

„Abgemacht", strahlte Marek und schüttelte dem Mann die Hand. „Wann kann ich ihn abholen?"

„Morgen Abend kurz vor neunzehn Uhr. Bis dahin dürfte alles erledigt sein. Lassen Sie bitte nur noch Ihre persönlichen Daten bei der Kollegin an der Rezeption."

Marek bedankte sich noch einmal und ging zufrieden davon. Ghetti aber war bedient. Das war wieder eine Seite seines Freundes, die er so schnell nicht verstehen würde.

***

Nachdem er Marek zu Hause abgesetzt hatte, fuhr Ghetti direkt in sein Büro wo man ihm mitteilte, dass er sich dringend bei Brunello in der Ballistik melden solle.

„Na endlich, Ghetti. Die Kriminaltechniker haben mir zwei Projektile geschickt, die sie aus einem verbrannten Leichenwagen geholt hatten. An was, zum Teufel, arbeitet ihr da gerade? Erst darf ich keinen Bericht schreiben und dann bekomme ich Kugeln aus einem Leichenwagen. Wie passend."

„Ich kann es Ihnen noch nicht sagen, auch wenn ich es gerne würde. Glauben Sie mir das bitte."

„Na gut. Also, die Projektile sind reichlich mitgenommen, aber ich konnte sie doch mit einer hohen Wahrscheinlichkeitsquote bestimmen. Es handelt sich dabei um neun Millimeter Luger Geschosse, die mit einer Pistole eines Tschechischen Fabrikats abgefeuert wurden. Ich tippe auf eine CZ der 75er Reihe. Genaueres kann ich Ihnen aber erst nach ein paar Probeschüssen sagen."

Ghetti wusste im ersten Moment nicht sehr viel mit dem Gehörten anzufangen.

„Diese Waffe kenne ich nicht. Gibt es die häufig?"

172

„Eigentlich schon. Sie ist zuverlässig und recht günstig. Aber wie gesagt, weitere Infos nach dem Beschuss."

„Danke, Brunello. Sie sind der Größte."

***

„So ein Mist", brummte Marek, als Ghetti ihm die Neuigkeiten berichtete. „Diese Waffe ist Massenware und bringt uns nicht weiter. Wir können jetzt nur davon ausgehen, dass da eventuell noch eine zweite Gruppe involviert ist, was die Sache nicht einfacher macht."

„Wie meinst du das?", fragte Ghetti, dem die Gedankengänge seines Freundes wieder einmal schleierhaft waren.

„Ich sehe das so: Der Mord an Bellini wurde von den zwei Vögeln im Leichenwagen im Auftrag einer höheren Stelle, wie zum Beispiel dem Geheimdienst, verübt. Das Tattoo, das Lovati bei der einen Leiche fand, weist ja auch darauf hin. Der Auftraggeber könnte, nach den Erkenntnissen, die wir aus den Unterlagen Bellinis haben, in Vatikanischen Kreisen zu suchen sein. Die Beiden wiederum wurden, da sie ihren Job nicht zur Zufriedenheit der Auftraggeber erledigt hatten, als unliebsame Zeugen von einer anderen Gruppierung beseitigt. Diese Leute könnten auch für den Anschlag auf mich verantwortlich sein. Da will offenbar jemand hinter sich aufräumen."

„Und wer sollte das sein? Dazu braucht man Beziehungen bis in die höchsten Regierungskreise."

„Ein paar Organisationen kämen dafür in Frage. Zum Beispiel die Mafia, die saß ja hier schon immer in der Regierung, die *Propaganda due*, in deren Mitgliederlisten auch einflussreiche Politiker auftauchen, oder ein anderer Geheimdienst, wie möglicherweise der des Vatikan."

„Das glaube ich nicht", meinte Ghetti, nach einem Moment des Schweigens. „Die *Propaganda due* gibt's doch schon länger nicht mehr…"

„…wird behauptet", unterbrach ihn Marek.

„…und mit deinem Verdacht gegen die Kirche versündigst du dich. Der Vatikan kann mit solchen Verbrechen nichts zu tun haben. Roberto, das ist die heilige Kirche!"

„Dein Glauben in Ehren, Michele, aber im Namen der heiligen Kirche wurden in ihrer Geschichte schon mehr Menschen getötet, als im zweiten Weltkrieg."

***

Ghetti lehnte sich nachdenklich in seinem Bürosessel zurück. Die Vermutungen Mareks klangen ungeheuerlich. Er, der er eine streng katholische Erziehung genossen hatte, weigerte sich einfach zu glauben, was er gerade gehört hatte. Man hatte ihn doch schon in der Schule gelehrt, dass die Lehren der Kirche unanfechtbar sind, dass die Kirche selbst über jeden Zweifel erhaben ist. Andererseits wusste er aber auch, dass Marek solche Anschuldigungen nicht einfach so in den Raum stellte, sondern sie das Ergebnis fundierter Überlegungen und Recherchen waren. Wie sollte er jetzt damit umgehen? Er beschloss seinem Freund zwar weiterhin zu helfen, aber inhaltlich die Sache erst einmal distanziert zu betrachten. Um sich abzulenken widmete er sich seiner üblichen Polizeiarbeit und vertiefte sich in die zahlreichen Akten, die sich auf seinem Schreibtisch angesammelt hatten. Da gab es noch den nicht aufgeklärten Einbruch in das vor kurzem eröffnete Spielcasino, ein gestohlenes Fahrrad, ein handgreiflicher Ehestreit mit Körperverletzung und die eingeworfene Scheibe im Kebab Haus.

13

Marek erwachte für seine Verhältnisse schon relativ früh am Morgen. Wahrscheinlich, weil er vergessen hatte, die Rollläden herunter zu lassen. Die Kopfschmerzen hatten nachgelassen und auch seine gebrochenen Rippen behinderten ihn kaum noch. Alles in allem fühlte er sich recht gut. Langsam stieg er aus dem Bett, oder was davon noch übrig war, schlurfte in die Küche, befüllte die Caffettiera und stellte sie auf den Herd. Als die Maschine blubbernd meldete, dass der Caffè fertig ist, goss er sich eine Tasse des schwarzen Gebräus ein, rührte einen Löffel Zucker hinein, steckte sich eine Zigarette an und setzte sich ans Küchenfenster. Es versprach wieder ein schöner Tag zu werden und Marek freute sich schon fast kindlich, als er daran dachte, dass er ja am Abend seinen Lada abholen konnte.

Nach einer ausgiebigen Dusche kleidete er sich an, wickelte den Schal um den Hals, setzte seine Mütze auf und machte sich auf den Weg zur Pasticceria. Seit dem Anschlag hatte er heute zum ersten mal wieder Appetit und so erstand er eine ganze Tüte Cornetti mit Cremefüllung.

***

Als Ghetti von dem morgendlichen Einsatz - sie

hatten zwei Verdächtige im Fall des Casinoeinbruchs verhaftet - in die *Caserma* zurückkehrte, händigte ihm der wachhabende Brigadiere ein Päckchen aus, das von einem Kurierdienst für ihn abgegeben worden war. Zuerst wusste Ghetti damit nichts anzufangen, doch als er den Absender sah, rannte er sofort in sein Büro und ließ einen verdutzt dreinblickenden Kollegen zurück. Eilig riss er den Karton auf und entnahm ihm eine in mehrere Lagen Wellpappe gewickelte, kleine Festplatte. Seine Neugier war so groß, dass er sie am liebsten gleich an seinen Computer angeschlossen hätte. Aber was war, wenn ihr internes Netzwerk und damit auch sein Computer bereits überwacht wurden, wie Marek vermutete? Das Risiko war zu groß. Ghetti nahm sein Handy aus der Tasche und wählte die Nummer seines Freundes.

***

Marek saß an seinem Küchentisch, sah aus dem Fenster und schob sich gerade den Rest seines dritten Hörnchens in den Mund, als sein Telefon klingelte.

„Was gibt's, Michele?", nuschelte er kauend, als er auf dem Display sah, wer ihn so früh am Morgen beim Frühstück störte.

„*Buon giorno, Roberto.* Wie ich höre, schmeckt es dir wieder und gleich wird es dir noch besser gehen."

„Wieso? Habt ihr den Lkw-Fahrer geschnappt?"

„Das leider nicht, aber dein Freund hat die Fest-

177

platte geschickt. Ich habe sie gerade ausgepackt."

„Ich wusste, dass es heute ein schöner Tag werden wird. Bring das Ding gleich hier her. Ich habe auch noch ein paar Cornetti für dich. Ach so, mein Laptop wurde ja geklaut."

„Kein Problem, ich bringe meinen von zu Hause mit."

***

Eine Stunde später saßen sie in Mareks Arbeitszimmer. Beide waren von einer Spannung ergriffen, die man förmlich im Raum fühlen konnte. Während Marek die Festplatte mit dem beiliegenden USB-Kabel an den Laptop anschloss, knabberte Ghetti an einem Cornetto und wunderte sich, welche Mengen von diesem süßen Gebäck sein Freund vertilgen konnte, ohne dass es ihm schlecht wurde.

„Walte deines Amtes."

Marek schob Ghetti den Rechner vor die Nase. Nachdem der sich angemeldet und das Laufwerk aufgerufen hatte, starrten beide gespannt auf den Bildschirm.

Neben den ganzen Programmordnern, die Jakob Jung der Einfachheit halber einfach mit kopiert hatte, erschien eine ganze Reihe von Dateiordnern, die alle mit Buchstaben und Zahlen benannt waren.

„P.C.1, P.IOR.1, was soll das bedeuten?", fragte Ghetti.

„Keine Ahnung, aber hier sind noch ein paar Bilddateien. Fangen wir doch damit an."

Ghetti klickte die erste Datei an und es öffnete sich ein leicht verwackeltes Foto auf dem zwei Männer zu sehen waren, die sich auf einer Parkbank unterhielten. Das Bild wurde offenbar mit einem großen Teleobjektiv aufgenommen.

„Was ist jetzt das?", fragte er leicht enttäuscht. Insgeheim hatte er auf eine spektakuläre Enthüllung gehofft.

Marek kratzte sich sein unrasiertes Kinn.

„Den Glatzkopf rechts, den kenne ich. Das ist doch Calvari."

„Wer ist Calvari?"

„Liest du in der Zeitung nur den Sportteil, um es mit Silvanas Worten auszudrücken? Calvari ist der Präsident der Vatikanbank und der steht ja gerade im Verdacht wieder in krumme Geschäfte verwickelt zu sein. Aber wer ist der Andere? Sieht aus, als wäre es ein Geistlicher. Zeig mal das nächste Bild."

Das Foto zeigte die gleichen Männer, nur aus einer anderen Perspektive.

„Den habe ich auch schon in der Zeitung gesehen. Wenn mich nicht alles täuscht, ist das sogar ein Kardinal. Ich muss Silvana fragen. Sie weiß bestimmt, wer das ist. So gibt das alles einen Sinn."

Ghetti war völlig verwirrt. Wieder einmal konnte

er den verschlungenen Pfaden in den Gedanken seines Freundes nicht folgen.

„Ich verstehe jetzt gar nichts mehr. Was gibt einen Sinn?"

„Bellini war einer Schweinerei auf der Spur und die Vatikanbank ist darin verwickelt. Deshalb musste er sterben und deshalb betreiben die so einen Aufwand um alle Spuren zu beseitigen. Das muss ein richtig großes Ding sein."

Marek steckte sich eine Zigarette an und lehnte sich zufrieden zurück.

„Die anderen Spuren, denen wir nachgingen, Rosenkreuzer, ermordete Päpste, das ist alles Makulatur. Es ging von Anfang an nur um diese eine Sache."

Er blies ein paar blaue Ringe in die Luft.

„Wie ist die richtige Bezeichnung der Vatikanbank?"

Ghetti zuckte die Schultern.

„*Istituto per le Opere di Religione*, abgekürzt *IOR*. Und die meisten Dateien sind mit diesem Kürzel gekennzeichnet. Ich denke, wenn wir die alle durch haben, wissen wir Bescheid."

Ghetti ließ einen lauten Seufzer vernehmen.

„Machen wir weiter."

Nach und nach öffneten sie die Bilddateien. Auf den Fotos waren ausnahmslos offenbar konspirative Treffen von Personen zu sehen, die Marek zum größten Teil unbekannt waren. Einige Bilder zeigten geistliche Würdenträger und auf vielen war auch Umberto Calvari zu sehen.

„Silvana wird herausfinden, wer diese Leute sind", meinte Marek, „und dann sind wir einen großen Schritt weiter."

Gespannt öffneten sie den ersten Dateiordner mit der Bezeichnung P.C.1 und bekamen gleich die Erklärung geliefert, was die Abkürzungen zu bedeuten haben. *Protocollo Calvari no.1* stand dort zu lesen und darunter der minuziöse, zeitliche Ablauf eines Treffens zwischen Calvari und einem Erzbischof Paolo Bettesti. Jetzt wusste Marek auch, wer der Mann neben Calvari auf dem ersten Foto war. Den Namen Bettesti hatte er in einem Zeitungsartikel zum Vorwurf der Geldwäsche bei der Vatikanbank gelesen und der Bischof war Mitglied im Aufsichtsrat der Bank.

Ein anderes Dokument zeigte Calvari mit einem Bauunternehmer aus Neapel, der schon länger unter dem Verdacht stand, Mitglied einer neapolitanischen Mafiafamilie zu sein. Die Identität der anderen Figuren musste Silvana herausfinden, was ihr, nach Mareks Meinung, nicht schwerfallen dürfte.

Die mit *Protocollo IOR* bezeichneten Dokumente, waren ebenfalls, zumindest für den Augenblick, wenig ergiebig. Sie zeigten Geldbewegungen in großem

Stil zwischen diversen Banken und einige verklausulierte Beteiligungen der Vatikanbank an Projekten, die aber nicht detailliert beschrieben waren.

Enttäuscht lehnte sich Marek in seinem Sessel zurück, hatte er doch insgeheim mehr erwartet.

„Und nun?", fragte Ghetti etwas ratlos.

„Und nun geht's weiter. Erst einmal werden wir von den Dateien eine Sicherungskopie machen."

Marek, dessen erste Enttäuschung sich wieder gelegt hatte, kramte in seine Schreibtischschublade nach einer Speicherkarte. Nachdem er alle relevanten Dateien kopiert hatte, drückte er Ghetti die SD-Karte in die Hand.

„Schließ sie gut weg. Ich habe das Gefühl der Inhalt könnte nochmal wichtig sein. Die Festplatte bekommt Silvana. Sie soll versuchen, möglichst viel über die Männer auf den Fotos zu recherchieren."

„Gut", Ghetti erhob sich, „und wann soll ich dich heute Abend abholen?"

„Ach, stimmt", strahlte Marek, als er daran dachte, dass er ja seinen Lada abholen konnte. „So gegen sechs Uhr."

***

Nachdem Ghetti gegangen war, spürte Marek ein leichtes Hungergefühl. Er ging in die Küche um zu sehen, ob er noch etwas Essbares im Kühlschrank finden würde, aber außer einem Stück *Provolone*, et-

182

was *Salame Felino* und einer angebrochenen Flasche Raboso herrschte dort gähnende Leere. Mit einem Stück Brot vom Vortag ließ er sich den Käse und die Wurst schmecken und spülte alles mit dem frisch-fruchtigen Rotwein hinunter. Gerade hatte er sich seine Verdauungszigarette angesteckt, als sein Freund Jakob aus Frankfurt anrief.

„Das kannst du nie wieder gutmachen, was ich alles für dich gemacht habe. Zumindest schuldest du mir ein Bier."

„Von mir aus kannst du dich auf meine Kosten besaufen, Hauptsache ich komme hier weiter. Also, was hast du für mich?"

„Zuerst sollte ich mir ja diese Fotos ansehen. Als Beweis ginge das nicht durch, höchstens als Indiz. Ich würde bei dem Toten auf dem Farbfoto sagen, dass es sich um eine Cyanid Vergiftung handeln könnte. Wohlgemerkt: *könnte*."

„Und wie macht sich das genau bemerkbar?"

„Kopfschmerzen und Schwindelgefühle, dann Atemnot und Krämpfe. Meistens muss sich der Vergiftete heftig übergeben. Dann folgen das Koma und der Exitus. Kein schöner Tod, kann ich dir sagen."

„Von diesen Begleiterscheinungen ist nichts bekannt. Angeblich lag er friedlich im Bett."

„Die hellrote Hautverfärbung weißt aber eindeutig darauf hin. Auch die kräftig rote Farbe der Leichenflecke, die man auf den Händen und im Gesicht sieht. Wenn das Opfer das Cyanid auf irgendeine Weise inhaliert hat, ist der Verlauf auch anders. Da kommt es nach einigen Sekunden zu einer Hyperventilation und Atemstillstand. Der Betreffende wird bewusstlos und stirbt nach wenigen Minuten an Herzstillstand."

„Das könnte passen. Dieser Papst war nach Angaben seiner Familie sehr Herzkrank. Aber wie hat er das Zeug eingeatmet? Es kann ja wohl schwerlich jemand in den päpstlichen Gemächern rumlaufen und mit einer Spraydose Cyanid Gas versprühen."

„Mit der Spraydose liegst du gar nicht so falsch. Wenn der Mann schwer herzkrank war, hatte er vielleicht auch Herzasthma. Dafür benutzt man einen Inhalator oder so ein kleines Sprayfläschchen bei einem akuten Anfall."

„Das ist es. So haben sie ihn beseitigt. Da muss ja wohl auch jemand aus seiner engsten Umgebung beteiligt gewesen sein. Vielleicht sogar der Camerlengo, denn der stellt ja selbst den Tod des Papstes fest und der Sekretär der Apostolischen Kammer, der er ja vorsteht, stellt in seinem Beisein die Sterbeurkunde aus. Aber Cyanid riecht doch nach Bittermandel?"

„Sicher, in der Nähe des Toten wäre noch ein leichter Geruch wahrnehmbar."

„Dann muss es ja so gewesen sein. Der Camerlengo ist der einzige, der dem toten Papst nahe kommt und auf der Sterbeurkunde muss auch keine Todesursache stehen. Herzversagen steht ohnehin auf fast jedem Totenschein. Soviel ich weiß, versiegelt der Camerlengo danach das Sterbezimmer und bis zur Aufbahrung ist von den Symptomen nichts mehr zu merken. Donnerwetter! Leider hat das mit unserem Fall hier aber doch nichts zu tun."

„Was?", polterte Jakob los. „Und dafür lässt du mich eine ganze Nacht lang schuften?"

„Dafür bin ich dir sehr dankbar und es hat endlich meine Vermutung bestätigt. Du hast mich glücklich gemacht. Ist das nix?", beruhigte ihn Marek.

„Na gut. Dann brauchst du ja die anderen Informationen wohl auch nicht."

„Hast du etwas über Bellini in Erfahrung bringen können?"

„Ja, das war aber nicht so einfach. Ich musste mehrere inoffizielle Quellen bemühen, um daran zu kommen. Die Adresse in Rom stimmt, Via Germanico 110. Er war wohl ein tief religiöser Mann und gehörte tatsächlich den Rosenkreuzern an. Er war Mitglied des *Lectorium Rosicrucianum*, die vor einigen Monaten eine Art Loge in Rom eröffnet haben. Wenn ich das richtig verstanden habe, beschäftigen die sich mit den Gnostischen Evangelien. Die Machenschaften der katholischen Kirche von heute waren ihm wohl ein

Dorn im Auge."

„Wem nicht?", warf Marek ein.

„Er war beim *L'Osservatore Romano* angestellt, arbeitete wohl aber auch als investigativer Journalist unter einem Pseudonym für andere Blätter, und er soll nicht schlecht gewesen sein. Es heißt, dass er in der Vergangenheit einigen großen Tieren wohl gehörig auf die Füße getreten ist. Sein Gebiet war, neben religiösen Themen, die Wirtschaftskriminalität. Deshalb hat er offenbar auch bei der Mafia auf der schwarzen Liste gestanden. So, das war's. Ich hoffe, du kannst damit etwas anfangen."

„Und ob. Ich danke dir, mein Lieber. Du hast mir sehr geholfen. Ich glaube, ich sollte dann mal nach Rom fahren."

„Da ich wusste, dass du keine Ruhe geben würdest, habe ich für dich noch einen Kontakt in Rom besorgt. Der Mann heißt Enrico Wagner."

„Ein Deutscher?"

„Zur Hälfte, der Vater ist aus Heidelberg und die Mutter aus Bozen. Enrico lebt in Rom. Er ist ebenfalls Journalist und Autor mehrerer Sachbücher. Du triffst ihn immer freitags ab siebzehn Uhr im Caffè della Pace in der gleichnamigen Straße. Von ihm bekommst du mehr Informationen. Viel Glück und pass auf dich auf!"

„Danke dir. Bis dann …"

186

***

Kurz vor halb sechs am Abend erschien Ghetti. Marek wartete schon, angelehnt an den Gartenzaun, und rauchte. Er war voller Vorfreude auf sein neues Auto. Auf der Fahrt nach Portogruaro erzählte er Ghetti ausführlich, was er von Jakob erfahren hatte.

„Und was fängst du jetzt damit an?", fragte Ghetti etwas unsicher. „Ich meine das mit dem Papst, das nutzt doch niemanden etwas, wenn du das publik machst."

„Lust hätte ich schon dazu. Nur um den Leuten vor Augen zu führen, wie verlogen dieser Verein ist. Aber du hast recht, es würde niemandem etwas bringen, außer mir meine Genugtuung. Wegen der anderen Geschichte, die Bellini wahrscheinlich das Leben kostete, werde ich nach Rom fahren. Mal sehen, was ich dort noch erfahren kann."

Ghetti fuhr in den Hof des Autohändlers und stellte den Wagen auf dem Parkplatz ab.

„Wann willst du denn fahren?", fragte er und hielt Marek die Türe zur Ausstellung auf.

„Am Freitag. Da kann ich gleich einen Informanten treffen. Kannst du mich zum Bahnhof nach Venedig fahren?"

„Natürlich."

„Kann ich Ihnen helfen?"

Marek drehte sich um und blickte in die strahlend

187

blauen Augen einer jungen Frau, die hinter dem Tresen der Rezeption stand.

„Äh, ja, ich wollte mein Auto abholen."

„Wie ist denn ihr Name?"

„Marek."

„Ach Sie sind der mit dem Lada. Sind Sie Jäger?"

„Wieso?", Marek verstand den Zusammenhang nicht.

„Na, so eine Kiste fahren doch nur Jäger."

„Wie ich Ihrer Aussage entnehme, gefällt Ihnen das Auto wohl nicht."

Die junge Frau errötete leicht.

„Nicht sonderlich, wenn ich ehrlich bin. Ich hätte lieber so etwas."

Marek folgte mit den Augen ihrem ausgestreckten Zeigefinger bis zu dem Maserati, den dieser aufdringliche Verkäufer ihnen gestern andrehen wollte.

„Da können Sie aber schon einmal anfangen zu sparen. Für mich wäre das nichts."

In der Zwischenzeit hatte sie ihm den Kaufvertrag die Fahrzeugpapiere und die Schlüssel bereitgelegt. Marek unterschrieb den Vertrag und steckte seine Papiere in die Tasche.

„Er ist vollgetankt und steht hinten im Hof."

„Vielen Dank und einen schönen Feierabend."

Beschwingt verließ Marek das Gebäude und ging nach hinten, um sein neues Gefährt zu begrüßen.

„Ist er nicht schön?", strahlte er, als sie vor dem frisch gewaschenen und polierten Geländewagen standen. „Und er hat fast keine Schrammen."

„Schön ist etwas anderes, aber er ist jetzt wenigstens sauber. Zurück kommst du ja jetzt alleine, oder soll ich hinter dir herfahren, falls die Kiste liegen bleibt?"

Marek drehte sich um und funkelte sein Freund böse an.

„Noch so ein Spruch ..."

„... den Rest kenne ich", wiegelte Ghetti ab. „Viel Glück mit deinem neuen Gefährt. Wir sehen uns dann morgen. *Ciao.*"

Die letzten Worte hatte Marek schon nicht mehr gehört. Fast zärtlich fuhr er mit der Handfläche die Kanten seines neuen Autos entlang und davon gab es reichlich. Dann setzte er sich hinter das Lenkrad, schob den Fahrersitz bis zum Anschlag nach hinten, stellte die Rückenlehne schräg und drehte den Zündschlüssel. Gleich beim ersten Versuch lief der Motor und gab ein tiefes Brummen von sich. Der Tank sollte ja eigentlich voll sein, aber die Anzeige blieb bei dreiviertel stehen. Er fühlte sich an seine Ente erinnert. Wahrscheinlich musste man bei diesem Fahrzeug auch schätzen, wieviel Sprit sich tatsächlich noch im Tank befand. Langsam rollte er vom Hof und als er sich in den fließenden Verkehr der Hauptstraße eingereiht hatte, schaltete er das Radio ein. Gleich beim ersten Sender ertönte die raue Stimme von *Lucio Dalla* und Marek schmetterte den Refrain von *Calzone* in voller Inbrunst mit. Glücklicherweise war er alleine.

***

Eine halbe Stunde später parkte er vor Silvanas Haus in der Viale Falconera.

„Ist was passiert?", fragte sie erstaunt, als sie ihm die Türe öffnete.

„Wieso?"

„Erst meldest du dich den ganzen Tag nicht und dann stehst du plötzlich vor der Tür."

Marek war der leicht zornige Unterton in ihrer Stimme nicht entgangen.

„Ich freue mich auch dich zu sehen. Darf man eintreten?"

Silvana drehte sich wortlos um und verschwand in der Küche. Marek schloss die Türe hinter sich und ging ihr nach.

„Es tut mir leid, *cara*, aber ich hatte heute viel zu tun", versuchte er zu beschwichtigen, „und du hast dich ja auch nicht gemeldet."

Sie drehte sich abrupt um und ihre dunklen Augen funkelten ihn trotzig an.

„Ich habe einen Beruf, bei dem das halt nicht immer möglich ist und du?"

„Du bist Rentner", wollte sie noch ergänzen, hielt

aber inne. Zu gut wusste sie, wie schwer er an seinem vorzeitigen Ruhestand zu knabbern hatte und wie gut es ihm tat, dass er hier gebraucht und akzeptiert wurde, ja sogar hohes Ansehen bei den örtlichen Polizeibehörden genoss.

„Möchtest du einen Wein?", schlug sie einen versöhnlicheren Tonfall an, aber anscheinend hatte er ihr den Ausbruch nicht übelgenommen.

„Gleich, aber vorher muss ich dir etwas zeigen."

„So? Was denn?"

„Wirst du gleich sehen."

Marek zog Silvana hinter sich her bis auf die Terrasse.

„Na, was sagst du dazu?", fragte er und zeigte voller Stolz auf seine Errungenschaft, die im diffusen Licht einer Laterne am Straßenrand zu erkennen war.

„Was ist das denn?", fragte sie enttäuscht. „Sag nur, du hast dir diese Kiste gekauft."

„Diese Kiste ist ein Lada Niva, ein echter Russe."

„So sieht er auch aus. Hättest du dir jetzt nicht mal ein richtiges Auto kaufen können?"

„Dieses Auto hat wenigstens Charakter, im Gegensatz zu dem automobilen Einheitsbrei. Die sehen doch alle gleich aus. Früher hast du in den Rückspiegel gesehen und wusstest sofort, das ist eine Ente, ein Käfer oder ein Kadett. Heute weißt du ja nicht einmal ob es ein Japaner, ein Koreaner oder ein Fiat ist. Aber ich sehe schon, du verstehst mich nicht."

„Na ja, Hauptsache dir gefällt er", zeigte sich Silvana versöhnlich. „Komm, lass uns reingehen."

Nachdem sie es sich mit einer Flasche Wein und ein paar Thunfisch Sandwiches in der Küche gemütlich gemacht hatten, berichtete Marek, was er Vormittag zusammen mit Ghetti auf Bellinis Laptop gesehen hatte und was er anschließend von Jakob erfuhr.

Silvana war schockiert. Sie konnte und wollte nicht glauben, was sie gerade in Bezug auf den Tod Johannes Paul I. gehört hatte. Mord hinter Kirchenmauern gab es früher ja des Öfteren, aber in der heutigen Zeit? Sicher, die Kirche war lange nicht so heilig, wie sie sich selbst darstellte, aber so etwas war für sie dann doch immer noch unvorstellbar.

„Was wirst du jetzt damit anfangen?"

„So wie es aussieht, hat diese Geschichte nichts mit dem Fall zu tun, also werde ich die Sache auch nicht weiter verfolgen."

Marek zog die Festplatte aus der Tasche und legte sie vor Silvana auf den Tisch.

„Was ist das?"

„Auf diese Festplatte hat Jakob den Inhalt von Bellinis Laptop kopiert. Könntest du dir bitte einmal die Fotos darauf ansehen? Ich müsste wissen mit wem sich Calvari getroffen hat."

„Der Chef der Vatikanbank?"

192

„Genau der. Er ist der Hauptdarsteller und auf fast allen Fotos zu sehen. Aber ich möchte eben wissen mit wem."

Silvana holte ihren Laptop aus ihrem Arbeitszimmer, schloss die Festplatte an und begann sich die Fotos anzusehen. Dabei machte sie sich Notizen.

„Nun? Konntest du jemanden erkennen?" fragte Marek, als sie sich auf ihrem Stuhl zurücklehnte.

„Einige schon. Calvari traf sich mit Kardinal Nicoletto. Er ist ein wichtiger Mann im Vatikan und im Wächterrat der Bank."

„Was ist eigentlich dieser Wächterrat?"

„Das ist ein Kontrollgremium, das den Aufsichtsrat und die Geldgeschäfte kontrollieren soll. Der andere Geistliche, mit dem er sich traf, ist Erzbischof Bettesti. Er sitzt im Aufsichtsrat der Bank. Außerdem hat er sich noch mit zwei äußerst zwielichtigen Figuren getroffen. Der eine ist Mario Rosco, ein zwielichtiger Baulöwe aus Neapel, der andere Ettore Catarini, Mitarbeiter im Innenministerium. Beiden wird eine Verbindung zur Mafia nachgesagt. Die anderen kenne ich nicht."

„Macht nichts. Danke dir. Das bringt mich schon etwas weiter und bestätigt ja meine Vermutung, dass es um dreckige Geschäfte der Vatikanbank geht, fragt sich nur um welche. Am Freitag fahre ich nach Rom. Dort werde ich mich mit einem Journalisten treffen, der mir mehr über Bellini und die Hintergründe seiner Recherchen erzählen kann. Vielleicht kommen wir dann endlich weiter."

„Ich habe Angst, Roberto."

„Ich passe schon auf. Mach dir keine Gedanken, *cara*. Nur schade, dass du nicht mehr darüber schreiben darfst. Damit könnte man bestimmt einige Leute noch nervöser machen."

„Ich könnte morgen den Chefredakteur fragen."

Marek musste ausgiebig gähnen.

„Bleibst du heute Nacht bitte hier? Ich möchte nicht alleine sein."

„Sicher. Ich bin ohnehin todmüde. Nur morgen früh musst mich wecken."

„Warum? Was hast du vor?"

„Da ich jetzt ein einen fahrbaren Untersatz habe, möchte ich morgen endlich eine neue Matratze und einen Schreibtischsessel kaufen."

Kurz darauf lagen beide eng umschlungen und fielen in einen tiefen, traumlosen Schlaf.

***

Kardinal Kaspiersky sah sehr nachdenklich in die Runde. An dem großen Besprechungstisch in seinem Büro hatten gerade sechs Herren Platz genommen, die er eiligst zu diesem Termin einbestellt hatte. Dies waren Umberto Calvari, Präsident der Vatikanbank, Roberto Huber, der Vizepräsident, Erzbischof Paolo

Bettesti, Mitglied im Aufsichtsrat der Vatikanbank, Kardinal Nicoletto, Mitglied im Wächterrat der Vatikanbank, Pater Jonathan Morton, Lehrer am *Collegium Russicum* und Kaspierskys Kontaktmann zum Vatikanischen Geheimdienst, sowie Salvatore Bellucci, Präsident der Banco Calabro, einer kleinen Privatbank in Reggio Calabria. Erwartungsvoll sahen alle Kaspiersky an, der auch gleich das Wort ergriff.

„Meine Herren, Sie können sich sicher denken, warum ich Sie zu dieser außerordentlichen Besprechung gebeten habe. Alle Bemühungen unserer Freunde im Innenministerium, als auch unsere eigenen waren leider nicht so erfolgreich, wie wir uns das gewünscht hätten. Die brisanten Unterlagen, die dieser Bellini über Ihr Projekt, Signor Bellucci, als auch über die Beteiligung der Bank des Heiligen Stuhls zusammengetragen hat, wurden noch immer nicht gefunden. Ich brauche Ihnen nicht zu sagen, was es für uns alle bedeuten würde, kämen sie in falsche Hände. Das wäre nicht nur das Aus für Ihr ehrgeiziges Projekt, Signor Bellucci, sondern würde auch dem Ansehen der heiligen Mutter Kirche unermesslichen Schaden zufügen."

„Eure Eminenz", unterbrach ihn Bellucci und wischte sich den Schweiß von der Stirn, „bei diesem Projekt gibt es kein Zurück. Meine Auftraggeber werden das nicht akzeptieren. Da hängen Milliarden dran. Wenn etwas schief gehen sollte, bin ich Fisch-futter."

„Sie alle wussten, worauf Sie sich einlassen, also möchte ich jetzt auch kein Gejammer hören. Noch ist nichts verloren. Die einzige Gefahr geht meiner Mei-nung nach von diesem deutschen Polizisten aus. Er könnte uns bei der Suche nach den Unterlagen noch in die Quere kommen. Die offiziellen Stellen wurden ja aus dem Verkehr gezogen. Daher schlage ich vor, dass wir ihn observieren lassen, um zu sehen was er treibt. Pater Morton, könnten Sie das bitte sofort ver-anlassen. Ich möchte über jeden seiner Schritte in-formiert werden."

„*Si, Eminenza.*"

„Was ist denn eigentlich bei der Auswertung von Bellinis Computer herausgekommen?", meldete sich Kardinal Nicoletto zu Wort.

„Der Inhalt ist zwar höchst brisant, aber er würde höchstens Signor Calvaris Kopf kosten."

Calvari erschrak und fing an zu schwitzen.

„Wieso meinen Kopf? Wir hängen doch alle in dieser Geschichte drin."

„Weil Sie der Präsident der Bank und Vorsitzen-der des Aufsichtsrates sind und weil Sie so dumm waren, sich bei ihren konspirativen Treffen fotogra-fieren zu lassen."

Kaspiersky erhob sich.

„Also meine Herren, seien Sie bei ihren weiteren Aktivitäten äußerst vorsichtig. Pater Morton, Sie wissen, was zu tun ist und Bellucci, es ist Ihre Entscheidung, ob Sie Ihre Auftraggeber einweihen, oder nicht. Hoffen wir, dass diese unschöne Geschichte mit Gottes Hilfe bald vom Tisch ist. Noch solch einen Skandal können wir uns nicht leisten."

Pater Morton, der als letzter den Raum verließ, drehte sich in der Türe noch einmal um. Kardinal Kaspiersky sah in an und nickte fast unmerklich. Mit einer leichten Verbeugung schloss Morton die Türe hinter sich. Er wusste, was jetzt zu tun war und musste umgehend die Vorbereitungen treffen.

14

Marek versuchte mehrmals die Fliege von seiner Stirn zu wischen, doch es wollte ihm nicht gelingen. Langsam öffnete er die Augen, aber nur einen schmalen Spalt weit. Das was er für eine Fliege hielt, war eine von Silvanas Locken. Sie hatte sich weit über ihn gebeugt und kitzelte ihn dabei mit den Haaren auf der Stirn. Als sie sah, dass er sie anblinzelte, küsste sie ihn auf die Nasenspitze.

„Aufwachen mein Brummbär, Caffè ist fertig."

Langsam richtete er sich auf. Dabei stellte er fest, dass sie schon fertig angekleidet und geschminkt war.

„Gehst du schon? Du wolltest mich doch wecken."

„Ich muss, und geweckt habe ich dich ja gerade. Ach ja, wenn du nachher eine Matratze holen gehst, kaufe bitte nicht einfach die billigste. Das ist schlecht für deinen Rücken. *Ciao, caro*."

Damit schwebte sie aus dem Zimmer und kurz darauf hörte er die Wohnungstüre ins Schloss fallen.

„*Ciao*", murmelte er ihr enttäuscht hinterher, hatte er sich doch auf ein gemeinsames Frühstück gefreut.

„Dann eben nicht", dachte er, erhob sich und ging in die Küche. Silvana hatte die Hinterlassenschaften des gestrigen Abends schon aufgeräumt. Der Caffè war zwar nicht mehr heiß, aber noch genießbar. Er steckte sich eine Zigarette an und überlegte, was Silvana mit ihrer Bemerkung bezüglich seiner Matratze gemeint haben könnte. Nicht die Billigste, von wegen, seine alte Matratze hatte immerhin auch schon um die hundert Euro gekostet, was in seinen Augen für solch einen Gegenstand, mit dem man nichts anfangen konnte, als nur darauf zu liegen, schon ein kleines Vermögen war.

Kurz darauf saß er in seinem neuen Gefährt und fuhr in Richtung Padua. Dort hatte er im letzten Jahr den Werbemast eines schwedischen Möbelhauses gesehen und dort wollte er nun hin. Er hatte sich überlegt, ausnahmsweise die Autostrada zu nehmen, auch wenn er dafür Maut bezahlen musste. Es ging einfach schneller und er wollte seinen neuen Freund einmal richtig freipusten, nachdem er so lange gestanden hatte. Doch schon ab Tempo einhundert musste er das Radio lauter stellen, um noch etwas zu hören und bei einhundertzwanzig kam noch ein lautes Pfeifgeräusch dazu. Also nahm er den Fuß vom Gas und fuhr ebenso, wie er es Jahre lang von seiner Ente gewohnt war.

Eine dreiviertel Stunde später nahm er die Ausfahrt Padova Est und kurvte ins Centro Commerziale, wo das Möbelhaus nicht zu übersehen war. Parkplätze gab es zu dieser Jahreszeit reichlich und so stellte er seinen Lada in der Nähe des Eingangs ab. Erwartungsfroh betrat er die Ausstellung und marschierte gleich durch bis zur Abteilung Schlafzimmer. Hier sah er dann, was Silvana gemeint hatte. Die einzige Matratze, die sich in dem Preissegment befand, das er sich vorgestellt hatte, war nur knapp zehn Zentimeter dick. Die hätte er mit seinem Gewicht in kurzer Zeit durchgelegen. Den anderen Liegeflächen schienen nach oben keine Grenzen gesetzt. Nach mehrfachem Probeliegen entschied er sich für einen Mittelweg – ausreichend bequem und mittlerer Preis, was halt immer noch dem dreifachen von dem entsprach, was er vorhatte zu investieren. Mit seinem Bürosessel war es einfacher. Die waren fast alle bequem und günstig und so nahm er kurze Zeit später an der Warenausgabe seinen Einkauf entgegen. Das Einladen gestaltete sich etwas schwieriger. Die Matratze war glücklicherweise zusammengerollt, hatte aber immer noch einen enormen Durchmesser. Nachdem er sie endlich verstaut hatte, blieb die Frage, wo er den Karton mit seinem Sessel unterbringen sollte. Kurzerhand riss er den Karton auf und verstaute die Einzelteile dort, wo er noch Platz fand. Zufrieden mit seinem Werk fuhr er vom Parkplatz über die Via San Marco auf die Via Venezia. Bei seiner Ankunft hatte er ein Hinweisschild gesehen, dass sich dort ein bekannter Elektronikmarkt befinden soll, bei dem laut Werbung die

Menschen kaufen, die schlau sein wollen. Dort erstand er ein relativ günstiges Notebook mit allem notwendigen Zubehör.

***

Als Marek am frühen Nachmittag wieder zu Hause ankam und seine Einkäufe in die Wohnung gebracht hatte, fingen seine lädierten Rippen wieder an zu schmerzen. Außerdem hatte er Hunger und da er noch immer nichts eingekauft hatte, rief er in der nächsten Pizzeria an und bestellte sich eine große *speciale*, die er gleich abholen konnte.

Genüsslich kauend saß er wenig später in der Küche und sah aus dem Fenster in den milchig grauen Himmel. Gerade als er nach dem nächsten Stück greifen wollte, fiel ihm ein Mann auf, der auf der gegenüberliegenden Straßenseite, an ein Auto gelehnt, zu seinem Fenster hinauf sah. Der Mann war groß, von kräftiger Statur, hatte kurze, dunkle Haare und trug eine schwarze Lederjacke. Alles in allem eine gepflegte Erscheinung.

„Vielleicht wartet er auf jemanden hier aus dem Haus", dachte Marek und futterte weiter, aber seine Sinne waren schon geschärft. Intuitiv achtete er seit diesem Anschlag auf alles, was nicht dem alltäglichen Bild seiner Umgebung entsprach und diesen Mann hatte er halt ich dieser Gegend noch nie gesehen.

Nachdem er die gesamte Pizza vertilgt hatte,

steckte er sich eine Zigarette an und sah beiläufig wieder aus dem Fenster. Der Wagen, ein silberner Golf, war noch da, der Mann aber war verschwunden. In diesem Moment klingelte sein Handy, das auf seinem Schreibtisch lag. Marek ging hinüber in sein Arbeitszimmer und nahm in seinem neuen Schreibtischsessel Platz, was ihm sichtliches Vergnügen bereitete.

„*Pronto.*"

„Hallo Roberto", meldete sich Ghetti. „Ich habe gerade den Ballistik Befund der Projektile aus dem Verbrannten Wagen bekommen."

„Und? Hatte Brunello mit der CZ recht?"

„Ja und nein."

„Was heißt das nun wieder?"

„Er ist sich sicher, dass es eine CZ ist, aber kein Modell, was er zum Beschuss hatte, passt."

„So ein Mist. Vielleicht kennt er auch nicht alle Modelle. Aber ich habe auch etwas. Silvana hat auf den Fotos einige erkannt. Calvari hat sich mit Kardinal Nicoletto, Erzbischof Bettesti, und zwei Mafiosi getroffen. Der eine heißt Mario Rosco und ist Bauunternehmer aus Neapel, der andere Ettore Catarini und der sitzt im Innenministerium."

„Das würde einiges erklären, aber langsam bekomme ich wirklich Angst. Die sind eine Nummer zu groß für uns."

„Beruhige dich, auch die machen Fehler und außerdem bist du ja offiziell raus aus der Geschichte."

„Du bist es, um den ich mir Sorgen mache. Ich kenne ja mittlerweile deinen Dickschädel."

„Du klingst schon wie Silvana. *Ciao Michele*."

Nachdem das Gespräch beendet war ging Marek zurück in die Küche um sich einen Caffè zu kochen. Während er auf das Blubbern der Caffettiera wartete, steckte er sich noch eine Zigarette an und sah aus dem Fenster. Der silberne Golf stand an der gleichen Stelle, doch von dem Mann war noch immer nichts zu sehen.

Der Caffè war fertig. Marek stand auf, schenkte sich eine Tasse ein und ging wieder zum Fenster. Irgendwie hatte ihn eine innere Unruhe ergriffen, er hätte aber nicht sagen können, warum. Er trank einen kleinen Schluck. Draußen zog langsam die Dämmerung herauf und vermischte alle Farben in ein graues Etwas. Zuerst dachte er einen Schatten gesehen zu haben. Gleich unten neben dem Baum vor seinem Fenster. Doch der Schatten bewegte sich. Marek rannte in sein Arbeitszimmer und holte sein Fernglas. Geschützt durch die Gardine fixierte er den Baum an und tatsächlich, dort stand, halb verdeckt, dieser Mann, den er vorhin an den silbernen Wagen gelehnt sah. Der Mann hatte etwas in der Hand, was wie ein Zielfernrohr aussah und beobachtete die Fenster seiner Wohnung. Obwohl es auf dieser Seite der Wohnung, die nach Osten lag, schon relativ dunkel war, vermied es Marek das Licht anzuschalten.

„Den sehe ich mir mal genauer an", dachte er und stellte die Tasse auf den Tisch. In seinem Arbeitszimmer nahm er seinen Revolver aus der Schublade, steckte ihn in ein leichtes Clipholster, welches er am Gürtel befestigte. Dann zog er sich noch einen Pullover über und verließ die Wohnung. Eine Jacke hätte ihn bei dem, was er jetzt vorhatte, nur behindert. Er nahm den hinteren Ausgang zur Via Isarco, schlich durch den Garten zur Straße und rannte, soweit es seine lädierten Knochen zuließen, in Richtung des Damms am Canale dell' Orologio. Über diesen Damm erreichte er den hinteren Teil der Via Gramsci. Im Schatten der Bäume, die eine Seite der Straße säumten, schlich er sich langsam voran. Obwohl es jetzt gegen Abend wieder empfindlich kalt war, standen ihm die Schweißperlen auf der Stirn. Früher, sagte er sich, früher hätte ihm das nicht so viel ausgemacht. Da wäre er einfach nach vorne marschiert, hätte sich den Kerl geschnappt und ihn sehr deutlich gefragt, warum er seine Wohnung mit einem Zielfernrohr beobachtet. Wahrscheinlich musste man doch dem Alter Tribut zollen, oder man wurde im Alter weise und damit vorsichtiger.

Er war jetzt noch etwa zwanzig Meter von dem

Mann entfernt, der offenbar immer noch seinen Blick auf die Fenster gerichtet hatte. Marek ging langsam weiter, immer darauf bedacht, den Schutz der Bäume auszunutzen. Doch dann trat er auf einen kleinen, vertrockneten Ast, den er nicht gesehen hatte. Das leichte Knacken des brechenden Holzes klang in seinen Ohren wie ein Schuss. Seine Schläfen pochten und Schweißperlen rannen über sein Gesicht. Der Mann in der schwarzen Lederjacke wirbelte herum und starrte Marek an. Als er sah, wen er da vor sich hatte, drehte er sich um, rannte zu seinem Wagen und riss die Türe auf. Doch plötzlich zog er eine Pistole und schoss. Die Kugel verfehlte Marek nur knapp, streifte einen Baum und schlug als Querschläger in den Scheinwerfer einer, auf der anderen Straßenseite abgestellten Vespa ein. Marek hatte ebenfalls seine Waffe gezogen und feuerte zweimal auf den mit quietschenden Reifen davonfahrenden Golf. Der erste Schuss verfehlte noch sein Ziel, doch der zweite traf den rechten Hinterreifen. Der Wagen geriet ins Schleudern, brach nach rechts aus und knallte frontal gegen die niedrige Einfriedungsmauer der Bibliothek am Ende der Straße.

Qualm stieg aus dem Motorraum auf. Marek blieb auf der Hut und hielt seinen Revolver im Anschlag. Sein Puls hatte sich wieder beruhigt. Einige Sekunden lang passierte nichts, dann öffnete sich plötzlich die Fahrertür, der Mann stieg aus, feuerte mehrmals in Mareks Richtung und versuchte zu fliehen. Marek zielte, was bei dem großen Kaliber seines Revolvers auf diese Entfernung nicht so einfach war, und gab zwei Schüsse ab. Gleich er erste traf unterhalb der rechten Schulter. Der Mann stolperte noch ein paar Schritte vorwärts, dann stürzte er auf die Straße. Seine Waffe rutschte scheppernd über den Asphalt. Dann war es wieder ruhig. Die Dunkelheit war zwischenzeitlich heraufgezogen und die wenigen Straßenlaternen beleuchteten die Szenerie mit ihrem diffusen Licht. Hinter einigen erleuchteten Fenstern sah man die Köpfe der Nachbarn, die durch die Schüsse neugierig geworden, sich ihre Nasen an den Scheiben plattdrückten. Die meisten Wohnungen standen während des Winters leer. Dort würde erst wieder in der Sommersaison Leben einziehen.

Marek wischte sich den Schweiß von der Stirn und ging langsam, den Revolver immer noch im Anschlag, auf die regungslos am Boden liegende Gestalt zu. Es hatte sich eine Blutlache gebildet, die ständig größer wurde. Marek hielt dem Mann die Waffe an den Kopf und fühlte mit der anderen Hand seinen Puls. Er war noch am Leben, aber ohne Bewusstsein.

In diesem Moment hörte er die Sirenen der Polizeiwagen nahen. Die Nachbarn hatten sie offensichtlich schon über die Schießerei informiert. Er steckte seine Waffe ins Holster, setzte sich auf eine Gartenmauer und wartete ab. Jetzt könnte er eine Zigarette gebrauchen, die lagen aber oben in seiner Wohnung auf dem Küchentisch. Kurze Zeit später rasten zwei Wagen der Carabinieri auf die Piazzale Falcetta und vier bewaffnete Polizisten stiegen aus. Zwei von ihnen kamen mit vorgehaltenen Pistolen auf Marek zu.

„Nehmen sie die Hände hoch. Ganz langsam und keine Dummheiten."

„Vorsicht! Der Kerl hat eine Waffe am Gürtel."

Marek tat, wie ihm geheißen und nahm langsam die Hände über den Kopf. Zu gut wusste er, dass junge Polizisten in einer solchen Stresssituation auch einmal zu einer unüberlegten Handlung fähig sein können und einfach schießen.

Während ein Polizist ihn weiter in Schach hielt, ging der andere langsam auf Marek zu und zog ihm vorsichtig den Revolver aus dem Holster.

„Was ist das denn für eine Kanone?", staunte er und sah Marek an, den er just in diesem Moment erkannte.

„Commissario! Was ist denn hier passiert?"

„Kann ich zuerst einmal die Hände runter nehmen?"

„Natürlich! Entschuldigung."

„Sie brauchen sich nicht zu entschuldigen, Brigadiere, Sie haben ja nur Ihren Job gemacht. Könnten Sie bitte Maresciallo Ghetti informieren? Er soll bitte gleich hierher kommen."

„*Subito, Commissario.*"

Die beiden andern Polizisten, die sich um den Verletzten gekümmert hatten, kamen, als sie merkten, dass sich die Situation entspannt hatte, nun auch langsam näher.

„Der Notarzt ist unterwegs", meldete einer der beiden.

„Danke, Arturo. Das ist übrigens Commissario Marek."

Die beiden, die ihn nur vom Namen her kannten, salutierten und der Brigadiere gab Marek den Revolver zurück.

„Was ist das denn für ein Teil?", fragte er neugierig.

„Eine Smith and Wesson Kaliber vierundvierzig Magnum spezial mit sechs Zoll Lauf. Relativ schwer, aber mit hoher Durchschlagskraft. Es ist übrigens mit Ihrem Chef abgesprochen, dass ich sie zu meinem persönlichen Schutz tragen darf."

„Kein Problem, Commissario."

In der Zwischenzeit waren auch der Rettungswagen und der Notarzt eingetroffen und bemühten sich um den Verletzten.

„Haben sie seine Waffe sichergestellt?"

Ein Carabiniere reichte Marek einen Plastikbeutel, in dem sich eine ziemlich kleine Pistole befand.

„Na, sieh einer an. Sorgen Sie bitte dafür, dass Brunello sie gleich bekommt."

„Si, commissario."

Marek erhob sich schwerfällig und ging zum Notarzt. Der Verletzte war inzwischen auf eine Trage gelegt worden.

„Wird er durchkommen?"

„Ich denke schon. Er hat zwar viel Blut verloren, aber er ist ein sehr kräftiger Kerl. Problematisch ist halt, dass die Lunge viel abbekommen hat. Im Bereich der Wunde ist fast alles zerfetzt. Die Austrittsöffnung ist fast so groß wie ein Tennisball. Mit was wurde denn auf ihn geschossen?"

„Ist nicht so wichtig. Wo bringen Sie ihn hin?"

„Ins Ospedale nach Portogruaro, hier können wir nichts für ihn tun."

„Danke, Dottore."

Ghettis Wagen rollte an den Straßenrand. Der Brigadiere kam auf ihn zu und erstattete Bericht.

„Danke, Sie können jetzt fahren."

„Und der Bericht, Maresciallo? Was sollen wir in den Bericht schreiben?"

„Lassen Sie nur, den schreibe ich."

„Danke, Maresciallo!", freute sich der junge Brigadiere, von dem lästigen Papiergram befreit worden zu sein. „*Buona notte.*"

Dann sammelte er seine Kollegen ein und fuhr davon. Der Notarzt und der Krankenwagen waren auch schon weg und so blieben Ghetti und Marek alleine zurück. Ein schrottreifer Golf und eine große Blutlache, die im gelblichen Licht der Straßenlaterne eine seltsame, schwarzrote Farbe bekam, waren das Einzige, was noch an die Geschehnisse der vergangenen halben Stunde erinnerte. Während Ghetti noch einige Tatortfotos machte, ging Marek kurz in seine Wohnung, um seine Zigaretten zu holen.

***

Marek schilderte Ghetti ausführlich, was passiert war. Angefangen von dem Moment, als er merkte, dass er observiert wurde, bis hin zur filmreifen Schießerei.

„Hast du den Mann schon vorher einmal gesehen?", fragte Ghetti.

„Nein, aber mich würde brennend interessieren, wer er ist und für wen er arbeitet. Der ist kein Anfänger. Bemerkenswert ist auch seine Waffe. Ich habe deinen Leuten gesagt, sie sollen sie zu Brunello bringen."

„Was ist mit der Waffe?"

„Die ist nicht alltäglich. Es ist eine CZ 2075 RAMI. Die ist nicht größer als meine Handfläche und sehr leicht. Trotzdem hat sie ein zweireihiges Magazin mit

210

zehn Schuss neun Millimeter Luger. Ich habe gesehen, dass die Visierung mit drei Lumineszenz Punkten versehen war. Damit kannst du auch bei Dämmerlicht genau zielen. Außerdem habe ich gehört, dass sie sehr präzise auch bei Schüssen aus der Bewegung heraus sein soll. Deshalb hat er mich auf über zwanzig Meter aus der Drehung heraus nur knapp verfehlt."

„Aber du hast ihn auf noch größere Entfernung mit deiner Riesenkanone getroffen."

„Ja, aber das war Glücksache, dass ich ihn gleich beim ersten Schuss erwischte, obwohl ich ruhig gestanden und gezielt habe. Ich würde fast wetten, dass dies die Mordwaffe ist, die wir suchen."

„Dann hatte Brunello ja doch nicht so Unrecht mit seiner Vermutung."

„Das denke ich auch. Morgen wissen wir dann mehr, aber lass uns doch gleich ins Krankenhaus fahren. Da könnten wir schon einmal die Klamotten von unserem Freund untersuchen. Vielleicht gibt uns das auch einen Anhaltspunkt, wer ihn auf mich angesetzt hat."

Während Marek und Ghetti abfuhren, verschwanden auch die letzten neugierigen Blicke hinter den Fenstern und die Via Gramsci lag wie ausgestorben da. Es gab nichts mehr zu sehen.

***

Im Ospedale von Portogruaro bekamen sie von der Nachtschwester einen Plastikbeutel ausgehändigt, in dem sich alles befand was der Verletzte bei sich hatte.

„Sie können gerne den Tisch im Schwesternzimmer benutzen."

„Vielen Dank, Schwester, wie geht es ihm?", fragte Ghetti.

„Er wird noch operiert. Mehr kann ich Ihnen dazu nicht sagen. Wenn Sie näheres wissen möchten, fragen Sie bitte morgen den Chefarzt."

Marek hatte den Inhalt des Beutels auf dem Tisch ausgebreitet und fing an, die Kleidungsstücke zu durchsuchen. Aus einer Innentasche der blutverschmierten Lederjacke förderte er eine Brieftasche zutage, in der sich diverse Ausweispapiere, ein in Italien ausgestellter Waffenschein und ein internationaler Führerschein befanden.

„Na sieh einer an", murmelte Marek.

„Was ist? Hast du etwas gefunden?"

„Laut seinem Ausweis heißt der Kerl Zalo Radev und ist in Rom ansässig."

„Klingt nicht gerade italienisch."

„Bulgarisch, würde ich sagen. Und was haben wir denn hier? Einen Ausweis des *Collegium Russicum*."

„Was ist das denn?"

„Weiß ich auch nicht, aber ich werde es herausfinden, wenn ich in Rom bin."

„Hier ist noch seine Geldbörse mit dreihundert Euro und etwas Kleingeld. Sonst nichts."

„Ruf am besten deine Kollegen hier an. Sie sollen jemanden vor dem Zimmer von dem Kerl postieren, wenn er aus dem OP kommt. Sicher ist sicher."

***

Als Marek wieder zu Hause war, überlegte er, ob es sinnvoll wäre, Silvana anzurufen und ihr alles zu erzählen. Würde er es tun, könnte er sich auf eine gehörige Standpauke gefasst machen, wenn nicht, dann erst recht. Er wählte das kleinere Übel und griff nach dem Telefon.

Nachdem er ausführlich alles berichtet hatte, war die Reaktion etwas anders, als erwartet. Erst herrschten einige Sekunden Funkstille, dann vernahm er ein leises Schluchzen und Silvanas verweinte Stimme.

„Roberto, ich habe solche Angst um dich. Bitte, kannst du nicht damit aufhören? Du siehst doch, wohin das führt. Du bist jetzt zum zweiten Mal dem Tod von der Schippe gesprungen, wie oft willst du dein Glück noch herausfordern?"

In diesem Moment wünschte er sich bei ihr zu sein, sie in den Arm zu nehmen und zu trösten.

„*Cara*, ich kann jetzt nicht zurück. Ich bin ganz dicht dran, das spüre ich. Ich passe ja auch auf, sonst hätte ich den Kerl heute Abend ja nicht überraschen

213

können."

Er wusste, dass dies Silvana nicht beruhigen würde, aber was sollte er sonst sagen? Ein Zurück gab es für ihn auf keinen Fall. Er musste zumindest wissen, was die Hintergründe dieses Falles waren und er wollte auch, dass wenigstens einige der Schuldigen zur Rechenschaft gezogen wurden.

„Du machst doch sowieso was du willst", hörte er ihre resigniert klingende Stimme. Dann ein leises Klicken. Das Gespräch war beendet. Sie hatte einfach aufgelegt. Mit zwiespältigen Gefühlen legte sich Marek ins Bett. Einerseits war es nicht gerade schön, dass Silvana seinetwegen so traurig war, andererseits freute es ihn, wie er die Situation heute Abend gemeistert hatte und dass er doch noch nicht zum alten Eisen gehörte. Mit dieser erfreulichen Vorstellung schlief er ein.

***

Das Leuten seines Telefons riss ihn unsanft aus dem Schlaf. Es musste sehr früh am Morgen sein. Draußen war es noch dunkel.

„Lovati hat angerufen. Wir sollen sofort kommen", meldete sich Ghetti aufgeregt.

Marek rieb sich die Augen. Ein ungutes Gefühl stieg in ihm auf.

„Wie spät ist es?"

„Kurz vor sechs Uhr. Ich bin in zehn Minuten bei

dir."

Marek rannte ins Bad, klatschte sich eine Hand voll kaltes Wasser ins Gesicht, kleidete sich rasch an und knallte die Türe hinter sich ins Schloss. Er hatte sich gerade eine Zigarette angesteckt, als auch schon Ghetti mit Blaulicht um die Ecke kam.

„Weißt du um was es geht?", fragte Marek, als sie die noch leere Viale Sanata Margherita entlang rasten.

„Keine Ahnung. Lovati sagte nur, dass wir sofort kommen sollen und hat aufgelegt."

„Aber ich habe da so eine Ahnung."

Als sie knapp eine halbe Stunde später vor dem Eingang des Ospedale hielten, standen dort schon zwei andere Wagen der Carabinieri und Dottore Lovati erwartete sie bereits.

„Was ist passiert?", fragte Ghetti.

„Seht es euch selbst an. Verdammte Schweinerei."

Der Pathologe eilte voraus zur Intensivstation. Dort trat ihnen ein Maresciallo Capo der örtlichen Carabinieri entgegen.

„Was wollen Sie denn hier?", fragte der, in der Hierarchie über Ghetti stehende Kollege ziemlich unwirsch. „Das hier ist unser Fall."

„Da drin liegt ein Mann, der gestern in Caorle versucht hat den Commissario zu erschießen, und damit ist es auch unser Fall, was auch immer hier passiert ist."

Unter normalen Umständen hätte es Ghetti niemals gewagt in diesem Ton mit einem Vorgesetzten zu sprechen, aber hier platzte ihm der Kragen, denn er hatte keine Lust auf das übliche Zuständigkeitsgerangel.

„Das finde ich auch", mischte sich Dottore Lovati ein und zog die beiden hinter sich her. „Diese albernen Spielchen könnt ihr ein anderes Mal spielen."

Am Ende des Flurs stand eine Gruppe von Schwestern, Ärzten und Polizisten und gestikulierten wild durcheinander. Als sie die Gruppe erreichten, steckte sich der Pathologe eine Zigarette an.

„Sie dürfen doch hier nicht rauchen!", beschwerte sich gleich die Oberschwester.

„Sie mich auch", brummte Lovati und qualmte weiter.

Vor ihnen auf dem Boden lag die verkrümmte Gestalt eines Polizisten. Sein Kopf war blutüberströmt und Marek ahnte schon, was sie in dem Krankenzimmer dahinter vorfinden würden.

„Er war wohl abgestellt, das Zimmer zu bewachen und saß hier auf diesem Stuhl, als es ihn erwischte. Schuss in den Kopf aus nächster Nähe. Er hatte keine Chance."

„Ich verstehe das nicht", meinte Marek, „wenn jemand in dieses Zimmer will, muss er den ganzen

216

Gang entlang. Da hätte der Kollege doch schon aufmerksam werden müssen."

„Nicht, wenn der Mörder als Arzt mit einem weißen Kittel getarnt war. Eure Kollegen haben so einen Kittel vor dem Eingang gefunden. So, nun kommt mit."

Im Krankenzimmer stand ein Capitano am Fußende des Bettes, flankiert von zwei Kriminaltechnikern. Als Ghetti hinter Lovati den Raum betrat, salutierte er, doch der Capitano winkte müde ab.

„Schon gut. Sie sind sicher Maresciallo Ghetti. Ich habe vom Kollegen Mambretti schon gehört, was bei euch los war. Und wer ist das?"

„Das ist Commissario Marek, Capitano. Dieser Mann hier hat gestern Abend versucht ihn zu erschießen."

„Ah, Commissario, ich habe schon viel von Ihnen gehört. Können Sie mir erklären was hier passiert ist?"

Marek war inzwischen vorgetreten. Der Mann, der ihn gestern umbringen wollte, lag dort mit einem runden Loch in der Stirn, direkt oberhalb der Nasenwurzel.

„Viel mehr, als Ihr Kollege Mambretti Ihnen erzählt hat, wissen wir eigentlich auch nicht. Fakt ist, es hängt alles unmittelbar mit dem Toten vom Dreikönigstag zusammen und Fakt ist, der Staatsschutz hat den Fall an sich gerissen. Diesen Mann hier habe ich gestern überrascht, als er meine Wohnung observierte. Er hat sofort geschossen, da musste ich ihn außer Gefecht setzen."

„Das ist Ihnen ja wohl auch gelungen."

Klang da ein Vorwurf aus diesen Worten? Marek hatte zumindest das Gefühl.

„Ich habe einen meiner Leute verloren, da kann mich der Staatsschutz", brummte der Capitano wütend und stapfte hinaus.

Dottore Lovati hatte inzwischen die vorläufige Untersuchung des Toten beendet und richtete sich auf.

„Aufgesetzter Schuss. Die Kugel ist hinten wieder ausgetreten und müsste noch im Bett stecken. Tatzeit nicht länger als drei Stunden. Der behandelnde Arzt sagte mir, dass der Mann noch nicht bei Bewusstsein war, als er erschossen wurde."

Die beiden Kriminaltechniker versuchten nun mögliche Spuren zu sichern. Ghetti bat die beiden noch, ihm eine Kopie des ballistischen Befundes zukommen zu lassen, dann verließen sie den Raum. Im Treppenhaus verabschiedeten sie sich von Dottore Lovati.

Auf dem Parkplatz steckte sich Marek eine Zigarette an.

„Wie konnten die so schnell reagieren? Woher

wussten die so schnell, wo der Typ hingebracht wurde? Die sind uns immer einen Schritt voraus und wir können immer nur reagieren. Das kotzt mich an."

„Das habe ich mich auch schon gefragt", meinte Ghetti. „Ich habe sogar mal an einen Maulwurf bei uns gedacht, aber da wir ja nicht offiziell ermitteln, fällt das ja wohl aus."

„Das glaube ich auch nicht, aber eines ist sicher, die sind skrupellos. Bringen ihre eigenen Leute um, damit sie nicht aussagen können. Das sind Mafiamethoden."

„Fahren wir zurück. Hier können wir nichts mehr tun."

Als sie in Ghettis Wagen stiegen, rollte ein schwarzer Citroen vom gegenüberliegenden Parkplatz und verschwand in Richtung Stadtmitte.

**

Marek saß mit Caffè und Zigarette an seinem Schreibtisch. Gerade hatte er Silvana von den neuesten Geschehnissen berichtet und er konnte nicht sagen, dass es ein erfreuliches Gespräch gewesen ist. Nun versuchte er seine Gedanken zu ordnen und zu rekapitulieren, was sich bis jetzt ereignet hatte. Ein Journalist aus Rom kommt den weiten Weg nach Caorle, um sich hier umbringen zu lassen. Eine Erklärung, warum er ausgerechnet hierher kam, hatten sie bislang nicht, aber er war offenbar einer krummen

Sache auf der Spur, in die höchste Regierungskreise und der Vatikan verwickelt waren. Seine Mörder waren mit ziemlicher Sicherheit die beiden Männer mit dem Leichenwagen aus Verona, die dann ihrerseits zum Schweigen gebracht wurden. Aber von wem? Dazu kam dann noch der Anschlag auf ihn, wobei sie als einzigen Anhaltspunkt auf die Täter ein Kennzeichen eines schwarzen Citroen C6 hatten, das der höchsten Geheimhaltungsstufe unterlag. Und nun noch die Geschichte von gestern Abend. Ein Mann observiert seine Wohnung und als er dabei überrascht wird ballert er sofort los, statt einfach zu verschwinden. Und auch er wird umgehend eliminiert. Diese Leute haben eine extrem hohe Gewaltbereitschaft und so gut wie keine Hemmschwelle. So etwas kannte er eigentlich nur von der russischen Mafia. Es war wirklich zum Kotzen!

Das Leuten seines Telefons beendete sein Grübeln. Es war Ghetti.

„Was gibt es, Michele?"

„Ich bekam gerade einen Anruf von Brunello. Die Waffe, diese CZ 2075 RAMI, mit der gestern auf dich geschossen wurde, ist eindeutig auch die Waffe, mit der die beiden Männer aus dem Leichenwagen erschossen wurden."

„Na das ist ja mal etwas Erfreuliches. Jetzt haben wir den Mörder der Mörder von Bellini, nur leider ist

220

der nun auch tot und kann nicht mehr reden. Wir kommen einfach nicht weiter."

„Vielleicht erfährst du ja in Rom etwas mehr."

„Gut, dass du mich daran erinnerst. Ich habe ganz vergessen mir eine Fahrkarte zu kaufen."

„Das kannst du über das Internet machen. Du hast ja jetzt wieder einen Computer."

„Und welche Seite muss ich da aufrufen?"

„Einfach Bahnhof Santa Lucia, Venedig eingeben, den Rest findest du dann schon. *Ciao Roberto*."

***

Marek buchte ein Ticket für den Schnellzug um fünf Minuten vor zehn. Dann wäre er gegen Mittag in Rom und hätte genügend Zeit sich ein Zimmer zu suchen, bevor er seinen Informanten treffen würde. Anschließend fuhr er zum Supermarkt um seinen Kühlschrank einmal wieder richtig aufzufüllen. Für das Abendessen wollte er sich ein paar *polpettine di vitello* mit Rosmarin und Tomaten zubereiten. Dazu hatte er sich eine Flasche Barbera d'Asti geleistet. Das hatte er sich verdient. Gerade als er die Tomaten in Würfel geschnitten hatte und im Begriff war, das Hackfleisch zu würzen, störte ihn wieder einmal das Leuten seines Telefons. Eilig wischte er sich die Hände ab und nahm das Handy aus der Tasche.

„Ich bin am Kochen, wer stört?"

Es war Ghetti, der ihm dringend etwas mitteilen

wollte.

„Tut mir leid, Roberto, aber ich dachte, das würde dich interessieren. Wir haben den ersten Toten aus dem Leichenwagen identifiziert."

„Wie ging das denn jetzt so schnell?"

„Wir hatten doch die zahntechnischen Daten im Netz auf eine zahnmedizinische Seite gestellt und heute hat sich ein Zahnarzt aus Verona gemeldet. Es ist der mit der Tätowierung. Er heißt Antonio Zanetti, kommt aus Rom, war aber zuletzt in Verona gemeldet."

„Prima, und was habt ihr über ihn?"

„Das ist es ja, wir haben nichts. Seine Akte ist unter Verschluss. Hätte er sich nicht vor ein paar Wochen einer Wurzelbehandlung unterzogen, hätten wir überhaupt nichts. Ein Amtshilfeersuchen an die Kollegen in Verona können wir uns abschminken, aber Capitano Mambretti und sein Kollege aus Portogruaro wollen versuchen über ihre Beziehungen etwas in Erfahrung zu bringen."

„Es ist wirklich zum verrückt werden. Kaum hast du etwas in der Hand, kommt der Staatsschutz und nimmt es dir wieder ab. Kaum siehst du etwas, schiebt einer eine Wand davor und du läufst dagegen. Jetzt bleibt nur noch Rom als letzte Hoffnung, den Fall doch noch aufzuklären."

„Wann fährst du?"

„Der Zug geht um kurz vor zehn Uhr."

„Ich hole dich um halb neun ab. *Ciao, Roberto*."

„*Ciao*."

15

Ghetti fuhr die lange Ponte della Libertà, der einzigen Landverbindung Venedigs zum Festland, entlang zum Piazzale Roma. Hier, wo in den Sommermonaten täglich tausende Autos und unzählige Busse mit Touristen eintrafen, war es verhältnismäßig leer. Marek verabschiedete sich, nahm seine Tasche vom Rücksitz und machte sich auf den Weg über die neue Ponte Costituzione, einer in seinen, und den Augen vieler Venezianer, hässlichen und überflüssigen Brücke, die den Piazzale mit dem Bahnhof verbindet. Überflüssig deshalb, da es ein paar Schritte weiter mit der Ponte degli Scalzi bereits eine Brücke gibt, die fast genau gegenüber dem Haupteingang des Bahnhofs liegt. Die Venezianer nennen diese neue Brücke auch geringschätzig nur Ponte di Calatrava, nach dem spanischen Architekten, der diese Scheußlichkeit verbrochen hat.

Im Bahnhof selbst herrschte auch nicht gerade viel Betrieb. Marek kaufte sich den *Gazzettino*, setzte sich auf dem Bahnsteig auf eine Bank und wartete auf seinen Zug. Ein Artikel erregte seine Aufmerksamkeit. Die Staatsanwaltschaft in Rom ermittelt gegen Teile der Regierung wegen Wahlbetruges. So sollen bei den letzten Senatswahlen mehrere Politiker ihr

Mandat nur durch von der Mafia gekaufte Stimmen erhalten haben. Ins Visier geraten ist dabei auch ein Sekretär des Innenministeriums, für dessen Wahl die 'Ndrangheta sogar in Deutschland bei Einwanderern aus Kalabrien Stimmen gekauft haben soll.

„Da wundert mich doch gar nichts mehr", dachte Marek, „Staatsschutz und Geheimdienst unterstehen dem Innenministerium und das ist unterwandert von kriminellen Organisationen. So können diese Leute unbehelligt ihre Verbrechen begehen. Wenn es eng wird hilft ja die *DIGOS* oder der Geheimdienst."

„*Scusi, Signore*, möchten Sie noch einsteigen?"

Marek blickte von seiner Zeitung auf und sah in das freundlich lächelnde Gesicht eines Zugschaffners.

„*Come?*"

„Wenn Sie noch mitfahren möchten, müssen Sie jetzt einsteigen."

„Oh, *grazie*. Ich muss sogar mitfahren."

Er war so in diesen Zeitungsartikel vertieft, dass er die Ankunft des Zuges völlig verpasst hatte. Es stiegen nur wenige Reisende ein und so hatte er ein Abteil für sich alleine, was ihm auch nicht so unrecht war. So konnte er in Ruhe noch einmal alles durchgehen, was er später seinen Informanten fragen wollte. Dann lehnte er sich zurück und sah aus dem Fenster die vorbeirasenden Landschaften, die er so noch nie gesehen hatte.

Es war fast genau vierzehn Uhr, als der Zug im Bahnhof Rom Ostiense einfuhr. Marek nahm seine kleine Reisetasche und stieg aus. Über den endlos langen Bahnsteig gelangte er in das Bahnhofsgebäude. In einer kleinen Bar trank er einen Caffè *corretto*. Den Caffè im Zug hatte er sich erspart, da er zumeist ungenießbar war. Während in Caorle noch Temperaturen im unteren einstelligen Bereich herrschten, war es hier in Rom schon fast frühlingshaft mild. Marek bestieg ein Taxi und fragte den Fahrer, ob er ihm ein gutes und bezahlbares Hotel empfehlen könnte.

„*Naturalmente, signore*, ich kenne da ein sehr gutes Hotel. Zentral gelegen und nicht teuer. Soll ich sie dorthin fahren?"

„Na gut, fahren Sie mich zu diesem Hotel."

Während der Fahrt hatte Marek das Gefühl, dass der Fahrer nicht so recht wusste, wohin er eigentlich fährt, doch nach über einer halben Stunde hielt das Taxi vor einem, von zwei Säulen eingerahmten Hoteleingang. Albergo S. Chiara konnte Marek auf einem Schild über dem Eingang lesen.

„Hier sind wir. Sie werden zufrieden sein."

Er zahlte die sündhaft teure Taxirechnung und sah an der Fassade des Gebäudes nach oben. Der Anstrich hatte auch schon bessere Tage erlebt, aber das hatte in Italien nicht viel zu sagen. Dann betrat er das Hotel und fand sich in einem hellen und geschmackvoll eingerichteten Foyer wieder. Hinter der blank polierten Rezeption stand eine junge Frau, die ihn freundlich anlächelte.

„*Buon giorno*. Kann ich Ihnen helfen?"

„Ja, ich hätte gerne ein Zimmer mit Frühstück."

„Für wie lange?"

„Eine Übernachtung, ich muss morgen wieder zurück."

„Raucher oder Nichtraucher?"

Marek war fassungslos. Hatte er sich doch schon damit abgefunden, dass man nirgendwo mehr rauchen durfte, außer in seinen eigenen vier Wänden, oder im Freien und nun wurde er tatsächlich gefragt, ob er ein Raucherzimmer haben möchte.

Die junge Frau lächelte ihn immer noch an.

„Raucher, bitte."

„Wenn Sie sich dann bitte hier eintragen würden. Hier ist ihr Schlüssel. Ich wünsche Ihnen einen angenehmen Aufenthalt."

***

Das Zimmer war zwar klein, aber geschmackvoll eingerichtet. Marek warf seine Tasche auf das Bett, öffnete das Fenster und steckte sich eine Zigarette an. In der kleinen Straße war relativ wenig Betrieb, aber in zwei Monaten würde das wahrscheinlich anders aussehen.

Bis zu seinem Treffen hatte er noch genügend Zeit

sich hier etwas umzusehen und so machte er sich auf den Weg. In der Nähe des Pantheon erstand er einen Stadtplan, mit dessen Hilfe er sich in Richtung Piazza Navona aufmachte, hinter dem die Via della Pace liegen musste. Da er den ganzen Tag noch nichts gegessen hatte, kaufte er sich in einer Bar zwei Tramezzini mit Schinken und Käse, die er unterwegs verspeiste. Es fing schon an zu dämmern, als er den barocken Platz erreichte, in dessen Mitte der riesige Obelisk des *Fontana dei Quattro Fiumi*, des Vierströmebrunnens, von Bernini erhob. Liebend gerne hätte er mehr Zeit mit der Betrachtung dieses Ensembles verbracht, aber er musste sich beeilen, die Zeit drängte, und er wollte nicht zu spät kommen. Ein paar Minuten später erreichte er die Via della Pace, eine kleine, mit Kopfstein gepflasterte Straße. Das Caffè befand sich gleich an der Ecke in einem alten, mit Efeu bewachsenen Gebäude. Marek betrat den Raum, der eine antike Gemütlichkeit ausstrahlte. Hinter dem geschnitzten Tresen hantierte ein junger Mann mit der Espressomaschine.

„Einen Cappuccino, bitte."

„Kommt sofort."

„Sagen Sie, kenne Sie einen Signor Wagner? Der soll freitags immer hier sein."

Der junge Mann reichte Marek die Tasse und wies mit dem Kopf auf einen Tisch in der Ecke neben dem

Fenster.

„Grazie."

Der Mann an dem Tisch war etwa vierzig Jahre alt, leger gekleidet und in eine Zeitung vertieft.

„Signor Wagner?"

Der Mann sah über den Rand seiner Zeitung und ein Lächeln zeigte sich auf seinen Lippen.

„Nehmen Sie Platz, Signor Marek."

Marek stellte seine Tasse ab und setzte sich dem Mann gegenüber.

„Danke! Woher wussten Sie, dass ich es bin?"

„Man hat Sie mir genau beschrieben."

„Sie haben sich über mich erkundigt?"

„Natürlich! In meinem Beruf muss man vorsichtig sein und ich möchte gerne wissen, mit wem ich es zu tun habe. Jetzt weiß ich, dass Sie an einer Sache dran sind, bei der Sie sich böse die Finger verbrennen können."

„Warum wollen Sie mir dann helfen, wenn es so gefährlich ist?"

„Nun, es gibt mehrere Gründe. So ist zum Beispiel eine große Story für mich drin. Davon lebe ich schließlich. Außerdem möchte ich wissen, wer den armen Bellini auf dem Gewissen hat und was er wusste. Ich kenne nur einige Details, aber eben nicht alles. Und dann gibt es etwas, was wir beide gemeinsam haben, ich gebe nie auf."

„Das macht Sie mir noch sympathischer, also fangen wir an."

„Dann sind wir uns einig. Ich sage Ihnen was ich weiß, dafür bekomme ich von Ihnen alle Informationen zu dem Fall, die Sie haben. Was möchten Sie wissen?"

Draußen war es mittlerweile dunkel geworden und die beiden Laternen am Eingang tauchten die Straße vor dem Caffè in ein diffuses Licht. Marek bestellte sich noch einen Cappuccino und Wagner ein Glas Rotwein.

„Zuerst eine Verständnisfrage zu Bellini. Als er ermordet wurde, trug er ein goldenes Kreuz mit Rosenblüten und einen goldenen Ring mit einem Rosenstock, der sich an einem Kreuz hochrankt. Ein Freund von mir hat herausgefunden, dass er Mitglied des Rosenkreuzerordens war. Was hat es damit auf sich?"

„Nun ja, der Rosenkreuzerorden ist eigentlich eine mystische Geheimgesellschaft aus dem Anfang des siebzehnten Jahrhunderts, aus der im Laufe der Zeit viele Splittergruppen hervorgingen. Einige davon konnten sich tatsächlich bis in die heutige Zeit halten. Bellini war Mitglied der FLO, der Bruderschaft des verborgenen Lichts …"

„… ja, FLO war auch auf der Rückseite des Kreuzes eingraviert."

„… das ist ein Initiatenorden, der von sogenannten Eingeweihten des inneren Ordens gegründet wurde. Als vor einigen Monaten hier in Rom eine Loge des *Lectorium Rosicrucianum* eröffnete, trat Bellini ihr bei. Dort fand er offenbar seine religiöse Heimat. Diese Gruppierung bezieht sich auf die christliche Theosophie, die wiederum ihren Ausgang im ersten Brief des Paulus an die Korinther hat – ... *denn der Geist erforscht alle Dinge, auch die Tiefen der Gottheit.* Und da haben Sie auch die Basis von Bellinis Überlegungen und den Grund, warum er das Unrecht in der Kirche von heute aufdecken wollte."

„Sie kennen sich wirklich gut in Kirchendingen aus", staunte Marek.

„Wir leben hier in Rom. Wir sind von der Kirche umzingelt. Wenn Sie hier intellektuell überleben wollen, müssen Sie sich zwangsläufig damit auseinander setzen."

„Bei den möglichen Drahtziehern dieses Falls tauchte die *Propaganda due* auf. Können Sie mir dazu etwas sagen?"

Wagner musste schmunzeln.

„Die gute, alte P2. Immer wenn etwas Größeres passiert, taucht auch dieser Name auf. Ich glaube jedoch nicht daran."

„Und warum nicht?"

„Sehen Sie, die P2 war mal ein gefährlicher Verein. Ursprünglich war sie einmal eine Freimaurer Loge.

Als ein gewisser *Licio Gelli* 1969 Sekretär und damit Chef der P2 wurde, änderte sich das. Gelli war ein machthungriges Arschloch, der einen Italienischen Staat nach seinen Vorstellungen aufbauen wollte. Im gleichen Jahr brachte Ted Shackly, der damalige Direktor der CIA in Italien, Gelli mit Alexander Haig zusammen. Der war damals Assistent des Sicherheitsberaters im Weißen Haus, Henry Kissinger. Diese beiden ermächtigten ihn, etwa vierhundert Ranghohe Offiziere der NATO in die P2 aufzunehmen. Die Mitgliederliste dieser Zeit las sich wie das Who is Who aus Wirtschaft, Politik, Militär, der Mafia und aller italienischen Nachrichtendienste. Die CIA bediente sich der P2 um gegen die in den siebziger Jahren stark aufkommende Kommunistische Partei Italiens vorzugehen. Als Aldo Moro eine Regierungsbildung mit den Kommunisten plante, wurde er ja bekanntlich entführt und ermordet. Es hielt sich lange das Gerücht, dass die P2 beteiligt war, es konnte aber nie bewiesen werden. Als man Anfang der achtziger Jahre bei Gelli eine Mitgliederliste fand, musste der damalige Premierminister Forlani zurücktreten, dessen Name sich auch auf dieser Liste befand. Ein Jahr später wurde die P2 verboten und aufgelöst. Vor ein paar Jahren hat man eine Gruppierung überwacht, der eine Verbindung zur *Propaganda due* nachgewiesen wurde. Diese Gruppe nannte man zwar *Propa-*

ganda dre, aber ich halte sie für einen zahnlosen Hai."

Marek, der sich eifrig Notizen gemacht hatte, bekam langsam Hunger. Außer den beiden Tramezzini vom Nachmittag hatte er ja noch nichts gegessen und dieses Gespräch schien noch länger zu dauern.

„Signor Wagner, wollen wir nicht zwischendurch etwas essen? Ich lade Sie natürlich ein."

„Gerne, aber sagen Sie bitte Enrico. Die haben hier sehr gute Panini."

„Ich heiße Robert, oder Roberto, wie man hier sagt. Dann könnten wir uns ja auch duzen."

„Abgemacht, aber dann musst du mir auch etwas von den Vorfällen bei euch in Caorle erzählen."

„Natürlich, das scheint ein sehr interessanter Abend zu werden."

Marek bestellte einen Teller mit verschieden belegten Panini und eine Flasche Chianti classico. Dann berichtete er ausführlich über das, was sich in den letzten zwei Wochen ereignet hatte.

„In der Nacht zum Dreikönigstag sollte nach langer Zeit wieder einmal ein Dreikönigsfeuer in Caorle entfacht werden. Meine Freundin und ich waren auch dabei. Sie ist übrigens eine Kollegin von dir."

„Ich weiß, beim *Gazzettino*."

„Da hat aber einer seine Hausaufgaben gemacht", lachte Marek. „Jedenfalls, als wir da standen, ein Freund von den Carabinieri war auch dabei, nahm ich einen Geruch nach verbranntem Fleisch wahr. Zuerst dachte ich, ein Tier wäre ins Feuer geraten, aber als mein Freund und ich das Feuer gelöscht hatten, sahen wir die Bescherung. Wie sich dann herausstellte, war es Bellini, der zuerst erschossen und dann in den Holzstoß gesetzt wurde. An der Feuerstelle fanden wir dann das Kreuz und den Ring. Der Pathologe konnte noch ein Projektil bei der Leiche sicherstellen, dann kamen zwei Typen vom Staatsschutz und beschlagnahmten die Leiche. Kurz darauf erschienen sie in der *Caserma*, hielten dem Capitano einen Wisch vom Innenministerium unter die Nase, kassierten alle Unterlagen inklusive Kreuz und Ring und untersagten den Carabinieri alle weiteren Ermittlungen. Wir konnten aber vorher noch einen Aufruf in der Presse schalten und so erhielten wir über eine Agentur die Adresse der Ferienwohnung, die Bellini gemietet hatte. Dort fanden wir neben seinem Laptop einige ältere Ausgaben des *L'Osservatore Romano*, sowie offenbar illegal gemachte Fotos von den toten Päpsten Johannes XXIII. und Johannes Paul I. Anfangs dachte ich, dass seine Ermordung vielleicht damit etwas zu tun haben könnte, da ein befreundeter Kriminaltechniker in Frankfurt pathologische Anomalien auf den Fotos entdeckte, die auf Mord hindeuten."

„Das glaube ich nicht, denn ich weiß von Bellini

selbst, dass er vorhatte ein Buch über den Tod dieser Päpste zu schreiben und das wäre auch nur ein weiteres Buch zu diesem Thema gewesen. Das hätte weder den Staatsschutz noch den Vatikan nervös gemacht."

„Was mich die ganze Zeit schon beschäftigt ist die Frage, warum er ausgerechnet den weiten Weg nach Caorle gemacht hat, um sich dort umbringen zu lassen."

„Das ist ganz einfach zu beantworten. Neben der Kathedrale von Caorle gibt es ein Museum in dem die *Zimelien* von Papst Johannes XXIII. ausgestellt sind. Die wollte er sich wohl ansehen und dabei in Ruhe sein Buch schreiben. Was seine anderen Recherchen betrifft, dachte er wahrscheinlich dort in Sicherheit zu sein, was sich ja leider als Trugschluss erwies."

„Da Bellinis Laptop mit einem Passwort gesichert war, habe ich das auch meinem Freund nach Frankfurt geschickt. Der hat die Festplatte kopiert. Kurz darauf kamen zwei Leute vom Bundeskriminalamt und beschlagnahmten den Rechner. Und nicht nur das. Als ich das Päckchen mit dem Laptop bei einem Kurierdienst am Flughafen von Venedig abgegeben hatte, wurde auf mich ein Mordanschlag mit einem Lkw verübt. Ich wurde von hinten gerammt, habe mich überschlagen und bin eine Böschung herunter gestürzt. Mein 2CV war ein Totalschaden und ich hatte einfach nur Glück."

„Du hattest einen 2CV?", grinste Wagner, dann legte die Stirn in Falten und sah Marek nachdenklich an.

„Ein Mord und ein Mordversuch. Das muss ja eine wirklich große Sache sein, der Bellini auf der Spur war."

„Den einzigen Anhaltspunkt, den wir zu den Tätern haben, ist das Kennzeichen eines schwarzen Citroen C6 und das unterliegt der höchsten Geheimhaltungsstufe."

„Das klingt sehr nach einem Wagen aus dem staatlichen Fuhrpark. Auch das Modell würde passen."

„Es wird noch besser. Bellini wurde höchstwahrscheinlich von zwei Typen ermordet, die mit ziemlicher Sicherheit für einen Bestattungsunternehmer aus Verona arbeiteten. Diese beiden wurden vor einer Woche ermordet aufgefunden. Sie wurden, wie Bellini, erst erschossen und dann in ihrem Wagen verbrannt. Mein Freund, Maresciallo Ghetti, hat sich diesen Bestatter einmal näher angesehen und war der Meinung, dass mit ihm etwas nicht stimmt. Beweise oder Indizien hatte er aber keine gefunden, außer, dass da gerade zwei hohe geistliche Würdenträger den Geschäftsführer besuchten. Letzten Mittwoch habe ich bemerkt, dass meine Wohnung observiert wird. Als ich den Kerl überraschte, hat er sofort geschossen und wollte fliehen. Ich habe zurückgeschossen und ihn erwischt. Er kam nach Portogruaro ins Ospedale und wir haben ihm einen Polizisten vor die Türe gesetzt. Am nächsten Morgen waren beide tot. Einfach in den Kopf geschossen."

„Das hört sich ja an, als wäre es von Hollywood erdacht. Wenn die mit solcher Brutalität vorgehen, können wir sicher sein, dass die Cosa Nostra oder die 'Ndrangheta mit von der Partie ist. Das ist typisch, es dürfen keine Zeugen zurückbleiben. Ein Verletzter ist auch eine Schwachstelle und wird eliminiert."

„Einen der Mörder Bellinis haben wir identifiziert. Er hieß Antonio Zanetti und stammte hier aus Rom. Zuletzt gemeldet war in Verona, aber seine Akte ist unter Verschluss. Da kommen wir nicht ran."

Wagner notierte sich den Namen.

„Dann war er ein hochrangiger Militär oder bei irgendeinem Nachrichtendienst. Ich sehe mal, was ich machen kann."

„Das wäre super! Ach, da war noch etwas. Er hatte ein Tattoo. *SISDE* und die Zahl 284. Sagt dir das etwas? Der Pathologe erzählte mir etwas von dem früheren Inlandsgeheimdienst."

„Das ist korrekt. Das war die frühere Bezeichnung und die Tätowierung mit der Nummer bedeutet, dass er zu einer Spezialeinheit gehörte. Man könnte auch sagen zu einem Killerkommando. Die Staatsführung hat zwar immer bestritten, dass es solche Eliteeinheiten gab, aber Indizien aus diversen Anschlägen in den siebziger und achtziger Jahren, die den Roten Brigaden zur Last gelegt wurden, deuteten darauf hin. Der Staat wollte damit die Linke in diesem Land diskreditieren."

„Den Mann, der meine Wohnung überwachte, konnten wir auch identifizieren. Er hieß Zalo Radev und hatte unter anderem einen Ausweis des *Collegium Russicum* dabei. Kannst du mir sagen, was das bedeutet?"

Wagner notierte sich auch diesen Namen.

„Na, jetzt wird es aber interessant."

„In wie fern?"

„Der Name, ich denke bulgarisch, und die Verbindung zum *Collegium Russicum.*"

„Das verstehe ich jetzt nicht. Was ist das für ein Verein und was hat ein bulgarischer Name für eine Bedeutung in diesem Zusammenhang?"

„Das ist eine verzwickte Geschichte. Viele hier wissen davon, doch niemand außerhalb des Vatikans und der Geheimdienste kann es belegen. Das *Collegium Russicum* ist ein päpstliches Kolleg mit einem Priesterseminar und liegt in der Via Carlo Cataneo. Es wurde 1929 von Papst Pius XI. gegründet. Da damals in fast allen osteuropäischen Ländern katholische Christen verfolgt wurden, vorwiegend in Russland, wurden hier Priester aus diesen Ländern ausgebildet und unter falschem Namen wieder in ihre Heimatländer geschickt. Soweit der offizielle Teil. Nun zum inoffiziellen Teil. Umberto Benigni, ein Prälat, hat in den folgenden zehn Jahren ein regelrechtes Spionagenetz aufgebaut. Zu Beginn des zweiten Weltkriegs wurden natürlich der britische MI 6 und das amerikanische OSS, ein Vorläufer der CIA, darauf aufmerksam. Der Leiter der OSS, William Donovan, kontaktierte einen gewissen Monsignore Giovanni Montini, der damals bereits vom Leiter der amerikanischen Spionageabwehr in Italien, James Jesus Angleton, für die Mitarbeit im vatikanischen Geheimdienst überzeugt worden war. Während des Krieges arbeitete dieser Monsignore also für den amerikanischen Geheimdienst und tauschte Informationen zwischen dem vatikanischen Geheimdienst und der OSS aus. Als Montini 1963 zum Papst gewählt wurde, gab es jede Menge Gerüchte, dass unser Freund Licio Gelli, den ich anfangs erwähnte, und sein Ordensbruder aus der P2, Umbero Ortolani, hinter den Kulissen gewaltig die Fäden gezogen hätten. Ziel des vatikanischen Geheimdienstes blieb es vorrangig, durch die im *Collegium Russicum* ausgebildeten, osteuropäischen Priester Informationen aus den Kommunistischen Ländern zu erhalten und an die

CIA weiterzuleiten. Der Vatikan bestreitet zwar vehement die Existenz eines eigenen Geheimdienstes, aber es gibt immer wieder Gerüchte, dass es ihn doch noch gibt."

„Was sind das für Gerüchte?"

„Da gibt es zum Beispiel einen irischen Jesuitenpater namens Jonathan Morton. Er unterrichtet an diesem Seminar. Gleichzeitig gilt er als Kontaktmann zu Kardinal Kaspiersky. Kaspiersky ist ein Hardliner und Leiter der Glaubenskongregation. Praktisch der starke Mann im Vatikan. Außerdem ist er Pole und glühender Antikommunist. Morton soll angeblich nicht nur Priester in Osteuropa anwerben, sondern auch Agenten für das vatikanische *Sodalitium Pianum*, wie der Geheimdienst auch genannt wird. Da passt dein Bulgare doch ins Bild."

„Stimmt. Den Laden würde ich mir gerne einmal ansehen."

„Falls du morgen noch Zeit hast, fahre ich dich gerne hin."

„Kein Problem, dann bleibe ich eben einen Tag länger."

„Was habt ihr auf Bellinis Laptop gefunden? Vielleicht gibt das ja einen Anhaltspunkt für seine Ermordung."

„Das war leider nicht so ergiebig, wie ich gehofft hatte. Es waren eine Reihe von Fotos, die Umberto

Calvari mit diversen Personen zeigten."

„Der Präsident der Vatikanbank? Mit wem war er zu sehen?"

Wagner war plötzlich angespannt.

„Die wir identifizieren konnten waren Kardinal Nicoletto, Erzbischof Bettesti, Mario Rosco und Ettore Catarini. Die andern sind uns nicht bekannt."

Wagner schlug mit der flachen Hand auf den Tisch und einige der Gäste sahen neugierig zu ihnen herüber.

„Bingo! Da hast du dein Motiv. Gab es sonst noch etwas auf dem Rechner?"

„Da waren noch Tabellen mit finanziellen Transaktionen verschiedener Banken, ohne weitere Erklärung. Aber was ist denn jetzt das Motiv? Was steckt dahinter?"

„Das kann ich dir genau sagen. Dazu musst du nur noch etwas über die Historie wissen. Als 1968 die Regierung Leone die von Mussolini eingeführte Dividendensteuerbefreiung wieder rückgängig machte, wollte der damalige Papst, Paul VI., das umgehen, da auf die *IOR* hohe Rückstände in Milliardenhöhe zugekommen wären. Er übergab die Kontrolle der Auslandsbeteiligungen an die *Banca Privata Italiana*, einem Zusammenschluss mehrerer Banken unter der Leitung von Michele Sindona, dem späteren Chef der *Propaganda due*, der beste Kontakte zur Mafia hatte.

Unterstützt wurde er vom damaligen Präsidenten der Vatikanbank, Erzbischof Marcinkus, einem Amerikaner und Kommunistenhasser, der ebenfalls beste Kontakte zur Mafia pflegte. Diese beiden sollten die Gelder der Bank an den Finanzbehörden vorbeischleusen. Mit von der Partie war auch der Präsident der *Banco Ambrosiano*, Robero Calvi. Mit Hilfe dieses Trios wurde die *IOR* zum Zentrum illegaler Geldgeschäfte der Mafia, deren schmutziges Geld über ausländische Offshore-Konten gewaschen wurde. Mitte der siebziger Jahre ging eine von Sindonas Banken in den USA in Konkurs und sein Imperium brach zusammen. Der Konkursverwalter von Sindonas italienischen Banken, Giorgio Ambrosoli wurde in Mailand von einem Auftragskiller ermordet. Sindona wurde wegen betrügerischem Bankrott, Geldwäsche und Anstiftung zum Mord gesucht. Der Versuch, mit Hilfe seiner Freunde aus der Mafia und der P2 eine Entführung durch Linke Terroristen vorzutäuschen, ging in die Hose und er floh in die Schweiz, glaube ich. Ende der siebziger Jahre tauchten immer mehr Gerüchte über die schmutzigen Geschäfte der Vatikanbank auf und als 1978 Papst Paul VI. starb, wollte sein Nachfolger sofort die Bank reformieren und diverse geistliche Würdenträger, die dort involviert waren und denen man auch eine Mitgliedschaft in der P2 nachweisen konnte, sollten ausgetauscht werden. Das Ergebnis kennen wir ja, der Papst starb nach nur einem Monat Amtszeit angeblich an einem Herzinfarkt. In diesem Zusammenhang geben Bellinis Recherchen zu diesem Thema doch einen Sinn.

Als dann Kardinal Wojtyla zum Papst gewählt wurde, setzte er Marcinkus nicht ab, sondern stützte ihn noch. Anfang der achziger Jahre sollen hohe Millionenbeträge mit Hilfe von Marcinkus und Calvi an die polnische Solidarnosc geflossen sein. Calvi verspekulierte sich mit Risikogeschäften und die *Banco Ambrosiano* ging in Konkurs. Da er so auch Millionenbeträge aus Geldern der Mafia verlor, floh er nach England. Bei den Untersuchungen wurde dann öffentlich, dass er und Sindona gemeinsam mit der Vatikanbank an großen Geldwaschaktionen beteiligt war. Die drei Drahtzieher aber waren für die Justiz erst einmal nicht zu erreichen. Calvi und Sindona waren im Ausland untergetaucht und Marcinkus versteckte sich, geschützt vom Papst, im Vatikan. So war auch er nicht greifbar. Dann ging alles seinen Weg. Eine Woche nach seiner Flucht fand man Calvis Leiche, aufgehängt unter der Blackfriars Bridge in London."

„Ein passender Name: Brücke der schwarzen Mönche."

„Stimmt. Am gleichen Tag, an dem man die Leiche fand, stürzte seine Sekretärin in Mailand aus dem

Fenster der Bank in den Tod. Angeblich soll es Selbstmord gewesen sein. Sindona wurde an Italien ausgeliefert wo er wegen Anstiftung zum Mord verurteilt und in das Hochsicherheitsgefängnis von Voghera verlegt wurde. Als er anfing, einem Reporter Interviews zu geben, servierte man ihm einen, mit Zyankali versetzten Caffè. Die Mafia hatte aufgeräumt."

„Und was geschah mit Marcinkus?"

„Den konnte der Papst danach auch nicht mehr halten und so schickte er ihn als Seelsorger nach Arizona, wo er vor ein paar Jahren eines natürlichen Todes starb."

Marek bestellte Caffè und Grappa.

„Das ist ja wirklich unglaublich, was da unter dem Schutz der Kirche geschah. Eigentlich dürfte es diese Institution gar nicht mehr geben."

„Eigentlich nicht, aber statt den Laden zu säubern, ging es munter weiter. Ende der achtziger Jahre kam es zu einem Zusammenschluss von zwei Chemieunternehmen zu dem Großkonzern Enimont. Kurz darauf ermittelte die Staatsanwaltschaft gegen den Manager des Konzerns, Gabriele Cagliari, wegen Bestechung und Betrugs. Auch hier sollen, noch unter Marcinkus, Bestechungsgelder gezahlt und große Summen von der Vatikanbank gewaschen worden sein. 1993 wurde Cagliari festgenommen. Nach vier

Monaten Untersuchungshaft im San Vittore Gefängnis, fand man ihn in der Dusche mit einer Plastiktüte über dem Kopf. Die Behörden gingen schnell von Selbstmord aus, da es angeblich einen Abschiedsbrief gab. Zeugen sagten jedoch aus, dass sein Körper jede Menge Hämatome aufwies und wer stülpt sich schon selbst eine Plastiktüte über den Kopf um qualvoll zu ersticken. Kurz darauf fand man auch den Großaktionär von Enimont, Raul Gardini, erschossen in seinem Bett. Bei ihm lag ein Zettel auf dem nur *„grazie"* stand. Auch hier ging man direkt von Selbstmord aus. Die beiden konnten jedenfalls nicht mehr aussagen.

Zwischenzeitlich hatte der Papst Marcinkus durch Angelo Caloia an der Spitze der Bank ersetzt. Doch auch der konnte, oder wollte nicht verhindern, dass der Prälat der Bank, Donato de Bonis ein großflächiges Netz von geheimen Konten aufbaute, die er als wohltätige Institutionen tarnte. Als der damalige Mailänder Staatsanwalt ein gewaltiges System von Korruption und illegaler Parteienfinanzierung aufdeckte, wurde Mailand von der Presse nur noch *Tangentopoli* genannt. Die Parteienlandschaft brach zusammen und die Spur führte wieder zur Vatikanbank. Dort wurden die geflossenen Gelder von de Bonis weiß gewaschen. Alleine sechsundzwanzig Millionen sollen es von Andreotti gewesen sein, der unter dem Codenamen *Omissis* geführt wurde. Nach diesem neuerlichen Skandal blieb Caloia im Amt, doch de Bonis wurde vom Papst notgedrungen abgeschoben. Der Vatikan aber schwieg. Bis heute wissen die Behörden nicht, welche Politiker noch hinter den anderen Codenamen steckten.

Nachdem Kardinal Ratzinger zum Papst gewählt wurde, verfasste er unter anderem die Enzyklika *Caritas in Veritate*. Um damit glaubhaft zu sein, musste er auch in Sachen Vatikanbank handeln. Er ersetzte Caloia durch Gotti Tedeschi und versprach Transparenz. Tedeschi ist ein Wirtschaftsfachmann, steht aber dem *Opus Dei* nahe. Damit hatte der neue Papst, wie sagt man bei euch, den Bock zum Gärtner gemacht. Auch er geriet ins Visier der Ermittler, als man herausfand, dass die Vatikanbank anonyme Überweisungen von über zwanzig Millionen Euro tätigte, ohne sie zu melden. Nach der kürzlich öffentlich gewordenen Vatileaks-Affäre musste auch er gehen. Wie sagte doch die heilige Teresa von Avilar: *Geld ist der Kot des Teufels, aber es ist ein wunderbarer Dünger.*"

Marek musste das gehörte erst einmal sacken lassen. Soviel kriminelle Energie hätte er der modernen Kirche nun doch nicht zugetraut. Jetzt brauchte er erst einmal noch einen Schnaps. Als er sich zum Tresen umdrehte, sah er, dass sie noch die einzigen Gäste waren und der junge Mann hinter der Theke offenbar gerne schließen wollte.

„Könnten wir noch zwei Grappa haben? Dann gehen wir auch."

Der junge Mann brachte den aromatischen Tresterschnaps und Marek beglich die Rechnung.

„Und du meinst, Bellini war einem weiteren Skandal auf der Spur?", nahm er den Faden wieder auf.

„Ganz sicher. Ihr müsst nur versuchen die fehlenden Aufzeichnungen zu finden. Ich bin mir sicher, dass er sie versteckt hat und irgendwo ein Zeichen oder eine verschlüsselte Notiz zum Versteck führt. Wahrscheinlich ahnte er, dass man ihm auf den Fersen war und er wollte nicht, dass seine Recherchen in falsche Hände geraten."

„Da fällt mir etwas ein. Auf der Rückseite des Kreuzes, das er trug, fanden sich neben der Gravur FLO noch zwei von Hand eingeritzte, römische Zahlen. Eine Zwölf und eine Vierzehn."

„Das könnte solch ein Hinweis sein. Bellini hatte offenbar auch für den Fall vorgesorgt, dass ihm etwas zustößt. Den Hinweis zu deuten ist dann deine Sache", lachte Wagner und erhob sich.

Als sie sich dann vor dem Caffè verabschiedeten, versprach er, Marek am nächsten Morgen um zehn Uhr abzuholen.

Marek selbst schlenderte zurück zu seinem Hotel.

Dort, wo ab dem Frühjahr um diese Zeit das Leben in den Straßen der ewigen Stadt pulsierte, wirkte jetzt alles wie ausgestorben. Nur hier und da ein paar Spätheimkehrer, die vom Abendessen oder einer Veranstaltung nach Hause strebten.

***

Am nächsten Morgen war Marek gerade damit beschäftigt, die widerspenstige, kalte Butter auf sein Croissant zu streichen, ohne es komplett zu zerbröseln, als Wagner im Frühstücksraum erschien. Marek winkte ihn an seinen Tisch und bat ihn Platz zu nehmen.

„Auch einen Caffè und ein Croissant?"

„Danke, Caffè reicht. Ich habe Neuigkeiten."

„Hast du denn nicht geschlafen?"

„Ich habe mich gestern noch bei einem Bekannten nach diesem Mann mit der Tätowierung erkundigt."

„Lass mich raten, das ist so geheim, dass auch er nichts in Erfahrung bringen konnte."

„Falsch! Antonio Zanetti hat tatsächlich für den früheren Inlandgeheimdienst gearbeitet und er war auch in einer Spezialeinheit, der vorgeworfen wurde, an der Vorbereitung von Anschlägen beteiligt gewesen zu sein, oder sie selbst ausgeführt zu haben. Die Zahl 284 bedeutet, dass er einer faschistischen Gruppierung innerhalb des Geheimdienstes angehörte. Die Zahl steht für den Todestag Mussolinis am 28.

April 1945. Nach der Reform der Dienste, wurde seine Einheit aufgelöst und er verdingte sich als eine Art Söldner. Wer einen Mann fürs Grobe brauchte und ihn bezahlen konnte, heuerte ihn an."

Marek vergaß zu kauen und starrte sein Gegenüber an.

„Donnerwetter! Kann man deine Quelle mieten?"

Wagner trank seinen Caffè aus und grinste.

„Du weißt das doch auch – Quellenschutz."

„Schade! Dann lass uns gehen. Ich hatte mir überlegt, ob wir uns nicht Bellinis Wohnung ansehen könnten."

„Klar, aber wie willst du da hineinkommen?"

„Kein Problem. Ich bin Bulle, schon vergessen?"

„Na, dann los! Scheint ein spannender Tag zu werden."

Sie fuhren eine Schleife am Pantheon vorbei auf den Corso Victor Emanuele, überquerten den Tiber und erreichten so den Vatikan.

„Dort ist er also, der Umschlagplatz für Schwarzgelder aus ganz Europa. Siehst du den Turm da vorne, direkt neben dem Apostolischen Palast? Das ist der Nikolausturm. In dem sitzt hinter Meter dicken Mauern die Vatikanbank."

„Ich hätte mir, ehrlich gesagt, den Sitz dieser Bank etwas anders vorgestellt, irgendwie protziger."

Über die Piazza del Risorgimento fuhren sie wieter in Richtung Via Germanico, einer ruhigen, baumbestandenen Straße. Direkt vor der Hausnummer 110, einem gut erhaltenen, alten Gebäude, fanden sie einen Parkplatz. Die Haustüre war nur angelehnt und so gelangten sie unbemerkt in den zweiten Stock, in dem Bellini gewohnt hatte. Marek zog sein Besteck aus der Tasche und machte sich am Schloss zu schaffen, was kurz darauf nachgab. In der Wohnung bot sich ihnen ein Bild der Verwüstung. In allen Räumen war der Inhalt von Schränken und Regalen auf dem Boden verstreut. Möbelstücke waren umgekippt und in der Küche lag zerbrochenes Geschirr auf dem Boden.

„Hier war wohl schon jemand vor uns und hat gründlich aufgeräumt. Hier werden wir nichts mehr finden."

„Und was machen wir jetzt?", fragte Wagner etwas verstört.

„Nichts. Die Polizei können wir nicht rufen. Wie sollen wir denn das hier erklären. Wenn wir denen etwas über Bellini erzählen, übergeben die uns der *DIGOS* und wir sind am Arsch. Ich möchte nicht als Selbstmord in einer Gefängniszelle enden. Lass uns verschwinden."

„Du hast recht. Machen wir, dass wir wegkommen."

Eilig verließen sie die Wohnung und schlossen die

Türe hinter sich. Marek wischte noch mit einem Taschentuch die Klinke ab. Auf der Straße sahen sie sich noch kurz um, dann stiegen sie in Wagners Fiat und fuhren davon. In entgegengesetzter Richtung ging es wieder über den Tiber und hinter der Piazza del Popolo auf die Viale del Muro Torto.

„Wo fahren wir jetzt hin?"

„Du wolltest doch das *Collegium Russicum* sehen."

Eine viertel Stunde später bogen sie in eine schmale Straße ein, an deren Ende sich auf der rechten Seite ein, in altrosa gestrichenes Gebäude befand, das mit weißen Marmor- und Stuckapplikationen verziert war. Wagner hielt auf der gegenüberliegenden Seite und Marek betrachtete das Haus fast etwas enttäuscht. Unter einem Gebäude, das einen Geheimdienst beherbergt, hatte er sich irgendwie etwas anderes vorgestellt.

„Das ist es. Das berühmt berüchtigte Collegium."

In diesem Moment öffnete sich die Eingangstüre und zwei Männer in dunklen Mänteln traten auf die Straße. Auf den ersten Blick hätte man sie für Priester halten können. Sie wandten sich nach rechts und steuerten auf eine große, schwarze Limousine zu. Marek zog sein Notizbuch aus der Tasche und wühlte in seinen Notizen.

„Verdammt!", rief er laut. „Das sind die Schweine, die wir suchen. Die haben den Anschlag auf mich verübt. Das ist das gleiche Kennzeichen. Die schnappe ich mir."

Bevor Wagner noch etwas sagen konnte, hatte Marek die Türe geöffnet und überquerte mit langen Schritten die Straße. In diesem Moment bemerkten ihn die Beiden. Überraschung und Verwunderung war in ihren Gesichtern zu lesen. Dann drehten sie sich um, rannten zu ihrem Wagen und bogen mit hoher Geschwindigkeit nach links in die Via Carlo Alberto ein. Wagner, der alles beobachtet hatte, war ebenfalls losgefahren und hielt nur kurz, um Marek einsteigen zu lassen. Dann nahmen sie die Verfolgung auf. Als das Ende der Straße in Sicht kam, hatte der schwarze C6 noch etwa zwanzig Meter Vorsprung. Marek hatte seinen Revolver gezogen und lehnte sich aus dem Fenster.

„Bist du verrückt?", schrie Wagner, doch Marek hörte ihn nicht. Als die Via Carlo Alberto auf die Piazza Vittorio Emanuele II mündete, schoss er und traf den rechten Hinterreifen. Die schwere Limousine geriet außer Kontrolle, drehte sich um die eigene Achse, schleuderte in die Auslage eines Blumenpavillons und knallte gegen die Begrenzungsmauer des kleinen Parks auf der anderen Seite. Wagner kam mit quietschenden Reifen kurz vor dem Pavillon zum Stehen. Marek riss die Türe auf und rannte mit gezogener Waffe zu dem Wagen. Er öffnete die Beifahrertüre, zog den im Gesicht blutenden Mann aus dem Fahrzeug und ließ ihn einfach aufs Pflaster fallen. Der Fahrer war offenbar eingeklemmt und konnte nicht fliehen. Beruhigt steckte er seine Waffe wieder ein.

Inzwischen war Wagner schwer atmend bei ihm angekommen.

„Mein Gott, Marek! Was hast du hier angerichtet? Es hätten Passanten verletzt werden können, oder noch schlimmer."

„Ist doch nichts passiert, oder?"

„Die Polizei wird gleich hier sein. Was machen wir jetzt?"

Der Mann auf dem Boden versuchte aufzustehen, doch Marek stellte ihm seinen rechten Fuß auf den Rücken und drückte ihn wieder runter.

„Wir sagen ihnen die Wahrheit."

In diesem Moment kam ein Wagen der Carabinieri um die Ecke und hielt vor ihnen an. Zwei Polizisten kamen mit gezogenen Waffen auf Marek zu.

„Gehen Sie sofort von dem Mann weg und halten Sie Ihre Hände so, dass wir sie sehen können."

Marek tat, was ihm gesagt wurde. Er wusste aus Erfahrung, wie nervös Polizisten in solch einer undurchsichtigen Situation verhalten können.

„Dieser Mann hier", deutete Marek auf die vor ihm liegende Gestalt, „wird zusammen mit dem im

Wagen von der Polizei in Jesolo und Caorle wegen versuchten Mordes und Unfall mit Fahrerflucht gesucht."

„So, und wer sind Sie?"

„Das ist Commissario Marek", mischte sich Wagner ein, „er war das Opfer des Mordanschlags dieser Leute."

„Sie kenne ich doch aus der Zeitung. Signor Wagner, richtig? So, so, ein richtiger Commissario. Das können wir ja dann alles auf der Polizeistation klären. Nur eines würde uns noch interessieren, wer hat geschossen? Ein besorgter Anrufer meinte nämlich einen Schuss vor dem Unfall gehört zu haben."

„Das war ich", gab Marek zu. „Als die beiden mich erkannten, sind sie geflohen. Da habe ich den Hinterreifen zerschossen."

„Wo ist die Waffe?"

„Hier links am Gürtel."

„Dann nehmen Sie sie vorsichtig mit der linken Hand heraus und geben sie meinem Kollegen."

Marek zog die Waffe vorsichtig mit zwei Fingern am Griff aus dem Holster und reichte sie dem Polizisten.

„Mein Gott! Wollten Sie auf Großwildjagd gehen oder laufen Sie immer mit einer solchen Kanone herum?"

„Erst seit dem Mordanschlag und in Absprache

mit Ihren Kollegen in Caorle. Außerdem war das meine Dienstwaffe und ich habe dafür auch einen Waffenschein."

In der Zwischenzeit war auch ein Krankenwagen eingetroffen und die Sanitäter bemühten sich um den eingeklemmten Mann im Wagen. Kurz darauf hatten sie den Verletzten aus dem Fahrzeug befreit, verarztet und in den Rettungswagen geschoben. Nun kümmerten sie sich um den immer noch am Boden liegenden Beifahrer.

„Die Verletzungen sind nicht so schwer", meinte einer der Sanitäter, „nur Platzwunden und Prellungen. Wir nehmen sie dann zur Beobachtung mit ins Ospedale."

„Moment noch. Wenn das stimmt, was die beiden hier erzählen, dann fordere ich noch einen Wagen an. Der wird Sie dann begleiten und die Zwei im Auge behalten."

Seinem Kollegen gab eine entsprechende Anweisung, um sich dann wieder Marek und Wagner zuzuwenden.

„Bis zur Klärung des Falles werden Sie mit uns kommen müssen. Eine Anzeige wegen Verkehrsgefährdung wird Ihnen aber nicht erspart bleiben, auch wenn Ihre Geschichte stimmen sollte. Sie könne hier in der Stadt nicht einfach Rambo spielen."

Nachdem Marek und Wagner im Polizeiwagen

Platz genommen hatten, warteten sie noch bis der angeforderte, zweite Wagen erschien, der den Rettungswagen begleitete, dann fuhren auch sie los.

***

In der Polizeistation wurden Marek und Wagner in einen Verhörraum gebracht. Die nächsten zehn Minuten, die beiden wie eine Ewigkeit vorkamen, saßen sie auf ihren Stühlen und schwiegen sich an, dann öffnete sich die Tür und ein Polizist, den beide vorher noch nicht gesehen hatten, erschien, setzte sich ihnen gegenüber an den Tisch und räusperte sich.

„*Buon giorno*, meine Herren. Ich bin Capitano Tardelli, wenn Sie sich bitte fürs Protokoll noch einmal vorstellen könnten."

„Ich heiße Enrico Wagner, Journalist, wohnhaft in Rom."

„Mein Name ist Robert Marek, Commissario im Ruhestand, wohnhaft in Caorle."

„Signor Wagner, Sie und Ihre Aktivitäten kenne ich ja, aber Signor Marek? Ein Commissario? Woher kommen Sie? Italiener sind Sie offenbar nicht."

„Ich komme aus Deutschland, aus Frankfurt um genau zu sein."

„Ah, ein Deutscher! Sie wohnen aber in Caorle? Was hat Sie nach Italien verschlagen?"

„Ich war immer im Urlaub in Caorle und nach

256

meiner Pensionierung bin ich dann ganz dorthin gezogen. Außerdem lebt meine Freundin dort."

„Schön, kommen wir zur Sache. Sie haben an der Piazza Vittorio Emanuele fahrlässig einen Verkehrsunfall verursacht, bei dem es zwei Verletzte und großen Sachschaden gab. Den Kollegen haben Sie gestanden, dem verunfallten Fahrzeug gezielt den Hinterreifen zerschossen zu haben und Sie wurden in einer Drohgebärde über einem der Verletzten gesehen. Ist das korrekt?"

„Ja, das ist korrekt."

„Schön, dass Sie so kooperativ sind, Signor Marek. Was wollten Sie von diesem Mann, der schon verletzt am Boden lag?"

„Ich wollte die Wahrheit von ihm hören."

„Die Wahrheit. Ein großes Wort. Sie wollten ihn nicht etwa verprügeln?"

„Ich hätte notfalls die Wahrheit aus ihm herausgeprügelt, oder was hätten Sie gemacht, wenn Sie unverhofft auf den gestoßen wären, der versucht hat Sie umzubringen."

„Richtig, die Kollegen haben mir von Ihrer Aussage berichtet, die für mich jedoch recht abenteuerlich klingt. Wenn Sie die Güte hätten, mir den Fall zu schildern."

Marek berichtete in knappen Worten, was sich zugetragen hatte, hielt sich jedoch, was den Fall Bellini in diesem Zusammenhang betraf, sehr bedeckt.

„Verstehen Sie meine Überraschung, als ich das Kennzeichen sah. Ebenso überrascht waren ja dann auch die beiden Männer, als sie mich bemerkten. Das heißt ja, dass sie mich erkannt haben müssen. Warum hätten sie auch sonst fliehen sollen?"

„Vielleicht hatten sie Angst vor Ihnen bekommen. Sie erwarten jetzt von mir, dass ich Ihnen diese Geschichte abnehme?"

„Wenn Sie mir nicht glauben, dann rufen Sie doch bitte Ihren Kollegen, Capitano Mambretti oder Maresciallo Ghetti, in Caorle an. Die werden Ihnen alles bestätigen."

Tardelli zögerte einen Moment, dann erhob er sich.

„Na gut, ich werde dort anrufen, aber glauben Sie nicht, dass Sie so einfach davon kommen und Ihr Freund Wagner auch nicht."

„Was hat er denn gegen dich?", fragte Marek, nachdem Tardelli den Raum verlassen hatte.

„Die Polizei mag mich hier nicht besonders, weil meine Recherchen nicht immer ganz legal sind, aber sonst könnte ich einpacken und irgendwelchen Promiklatsch in der Regenbogenpresse schreiben."

Dann schwiegen sie beide wieder und Marek trommelte nervös mit den Fingern auf der Tischplatte, während Wagner gelangweilt auf seine Fußspitzen starrte.

Irgendwann sah Marek auf seine Armbanduhr. Fast eine halbe Stunde war vergangen, seit der Capitano den Raum verlassen hatte. Ob er tatsächlich diesen Anruf tätigte, oder war das Teil seiner Strategie ihn weich klopfen zu wollen? Ein paar Minuten später öffnete sich die Tür und Tardelli erschien. In der Hand hatte er zwei Becher mit Caffè, die er vor sie auf den Tisch stellte. Dann nahm er wieder auf seinem Stuhl Platz.

„Ich habe mit meinem Kollegen Mambretti gesprochen. Es war ein sehr informatives Gespräch. Zuerst einmal war er überrascht, dass Sie in Rom aktiv sind, aber gewundert hat es ihn nicht. Er hat alle Ihre Angaben bestätigt und mich gebeten, Sie zu unterstützen, soweit es in unserem begrenzten Rahmen möglich ist. Dazu gab er mir noch ein paar detaillierte Hintergrundinformationen. Als ich hörte, dass der Staatschutz polizeiliche Ermittlungen behindert und verhindert hat, habe ich ihm meine Unterstützung zugesagt. Die haben uns hier auch schon in die Suppe gespuckt. Also, es wird keine Anzeige wegen Ihrer Wildwest-Show geben. Der schwarze Wagen der beiden Männer wird beschlagnahmt und untersucht, obwohl ich mir davon nicht viel verspreche und die beiden Männer werden, da sie ja offenbar nicht schwerer verletzt sind, in ein Untersuchungsgefängnis überführt. Dort können sie von den Kollegen zu den Anschuldigungen befragt werden. Mehr kann ich im Moment nicht für Sie tun. Viel Glück, Commissario."

„Vielen Dank, Capitano. Das ist mehr als ich erhoffen konnte. Was ist denn mit meinem Revolver? Ich fühle mich sonst so nackt."

Tardelli grinste.

„Den können Sie sich vorne bei den Kollegen abholen, aber bitte versuchen Sie ihn nicht zu benutzen. *Arrivederci.*"

***

Als sie wieder auf der Straße standen, atmete Wagner erst einmal tief durch.

„Mann Marek, so etwas wie dich habe ich noch nicht erlebt. Du weißt ja hoffentlich, dass wir richtig viel Glück hatten, oder? Arbeitest du immer so?"

„Nur wenn es sein muss. Meine Vorgesetzten haben das auch nie verstanden und waren froh, als ich aufhörte. Aber was hätte ich denn machen sollen? Der Staat verhindert mit seiner scheiß Geheimhaltung, dass wir an die Kerle rankommen, die mich umbringen wollten. Dann sehen wir Sie zufällig, ich halte mich an die Vorschriften und rufe halt, stehen bleiben. Die lachen uns doch aus und hauen ab. So haben wir sie und sie bekommen wenigstens ihre gerechte Strafe."

„So gesehen hast du recht."

Wagner sah auf seine Uhr.

„Wie lange bist du noch hier?"

„Mein Zug geht um viertel vor sechs vom Bahnhof Termini aus."

„Dann kann ich mich noch für gestern revanchieren. Im della Pace gibt's auch gute Pizza. Du hast doch sicher Hunger?"

Marek betastete seinen Bauch.

„Ich denke schon. Zeit genug habe ich ja noch."

„Ich fahre dich auch zum Bahnhof, dann können wir auch noch ein Gläschen trinken."

Kurz bevor sie das Lokal betraten, ertönte plötzlich *va, pensiero*, der Gefangenenchor aus Nabucco.

Wagner zog sein Handy aus der Tasche und führte ein kurzes Gespräch, nach dessen Ende ein breites Grinsen in seinem Gesicht erschien.

„Jetzt habe ich auch noch eine kleine Überraschung für dich."

„So, was denn?"

„Das war gerade eben mein Bekannter. Er hat sich auch mal wegen Zalo Radev umgehört. Es ist, wie du vermutet hattest. Er arbeitet inoffiziell für das *sodalitium pianum* und soll einer ihrer Spitzenagenten gewesen sein. Etliche verdeckte Einsätze in seiner Heimat, sowie in Russland, der Ukraine und der Türkei."

„Donnerwetter. Und der wird einfach eliminiert,

261

damit er die Klappe hält. Ich danke dir für die Informationen."

„Und ich kann das alles bringen?"

„Könnten wir uns auf Montag einigen?"

„Verstehe, sonst bekommst du Ärger mit deiner Freundin. Abgemacht, der Artikel erscheint in der Montagsausgabe in der *Repubblica* und dann wohl parallel im *Gezzettino*."

***

Nach dem Essen fuhr Wagner Marek zum Bahnhof Termini, wo sie sich verabschiedeten und vereinbarten, in Kontakt zu bleiben. Der Zug hatte ein paar Minuten Verspätung und so hatte Marek noch Zeit, sich eine Zeitung zu besorgen. Dann rief er Ghetti an und bat darum, ihn gegen viertel vor zehn in Venedig am Bahnhof abzuholen.

16

Ghetti wanderte nervös auf dem Bahnsteig hin und her. Er war unheimlich gespannt darauf, was Marek ihm von seinem Ausflug nach Rom berichten würde. Von seinem Vorgesetzten hatte er bereits gehört, dass es seinem Freund gelungen war die Männer zu fassen, die den Anschlag auf ihn verübt hatten. Da er aber in der Wahl seiner Mittel, wie bei ihm üblich, nicht gerade zimperlich war, wurden er und ein Journalist, der sich in seiner Begleitung befand, bis zur Klärung des Sachverhalts kurzzeitig inhaftiert. Mehr wusste er nicht und umso größer war jetzt seine Neugier.

Der Zug hatte bereits zwanzig Minuten Verspätung, als er endlich im Bahnhof Santa Lucia von Venedig einlief. Marek war einer der ersten, die den Zug verließen und Ghetti steuerte direkt auf ihn zu, um ihn zu begrüßen.

„Ich kann es kaum erwarten zu erfahren, was du da unten wieder angestellt hast."

„Hat sich das also schon herumgesprochen. Ich bin müde. Lass uns erst einmal fahren. Unterwegs erzähle ich dir alles. Kannst du mich bitte bei Silvana absetzen? Ich habe sie von unterwegs aus angerufen und sie will unbedingt, dass ich noch zu ihr komme."

„Natürlich, das kann ich ihr nicht verdenken."

„Weiß sie auch schon bescheid?"

„Nein, ich habe ihr nichts gesagt."

„Gut, danke, sie hätte sich sonst nur wieder unnötig aufgeregt."

Auf der Rückfahrt erzählte Marek, was er in Rom alles erfahren und erlebt hatte und Ghetti kam aus dem Staunen nicht mehr heraus. Vor Silvanas Haus verabschiedeten sie sich und als Marek sich umdrehte, stand sie bereits in der Tür.

„*Ciao, cara.*"

„Roberto, ich bin so froh, dass du wieder da bist. Ich habe mir solche Sorgen gemacht und von Ghetti war nichts zu in Erfahrung zu bringen."

Er legte seinen Arm um sie und schob sie zurück ins Haus.

„Der konnte dir auch nichts erzählen, weil er selbst nichts wusste. Ich habe ihm eben erst auf der Fahrt einen Überblick gegeben. Und nun erzähle ich dir alles ganz detailliert, aber nur, wenn ich vorher einen anständigen Caffè bekomme. Der im Zug war eine Beleidigung für meine Geschmacksnerven."

„Kommt sofort. Hast du auch Hunger?"

„Nicht sehr viel. Wenn du ein Panino oder Sandwich hättest?"

Ein paar Minuten später brachte Silvana den Caffè und einen Teller mit verschieden belegten Sandwiches. Dann setzte sie sich erwartungsvoll auf die Couch und Marek begann seinen Bericht. Hin und wieder unterbrach sie ihn, hinterfragte und machte sich eifrig Notizen. Als er geendet hatte, saß sie eine Weile da, starrte ins Leere und kaute auf ihrem Bleistift herum. Marek ließ sie in Ruhe das Gehörte verdauen und nahm noch ein Sandwich.

„Das ist alles schwer zu glauben."

„Aber es ist wahr."

„Das der Papst einen Geheimdienst unterhält, hätte ich immer ins Reich der Fantasie geschoben."

„Ich habe mit eigenen Augen gesehen, wie die Typen, die mir das Licht ausblasen wollten, aus diesem Priesterseminar kamen. Ich habe mir das mit Sicherheit nicht eingebildet."

„Entschuldige, ich glaube dir ja. Es ist nur so verdammt irreal."

„Ich weiß doch selbst schon nicht mehr, was ich glauben soll und was nicht. Sicher ist jedenfalls, dass dies alles mit dreckigen Geschäften der Vatikanbank zu tun hat, in die sowohl die Mafia, als auch die Politik verstrickt sind. Nur um was es genau geht erfahren wir erst, wenn wir Bellinis Unterlagen gefunden haben. Wenn ich nur wüsste, wo ich suchen soll."

„Habt ihr denn keinen Hinweis finden können?"

„Nein, leider nicht, oder wir haben ihn nicht verstanden. Wagner ist fest davon überzeugt, dass Bellini einen Hinweis hinterlassen hat. Er meinte sogar, dass die auf dem Kreuz eingravierten Zahlen ein Hinweis sein könnten, aber was sie bedeuten, konnte er auch nicht sagen."

„Ich werde gleich morgen mit meinem Redakteur sprechen. Vielleicht lässt er sich ja umstimmen und gibt mir die Möglichkeit, einen Artikel darüber zu schreiben."

„Ach ja, das wollte ich dir noch sagen, du hast den Artikel nicht exklusiv."

„Was soll das heißen?", fuhr sie ihn an.

„Jetzt sei nicht sauer. Das war der Preis für die Informationen, die ich von Wagner bekam. Am Montag erscheint die Story auch in seinem Blatt."

„Danke!", brummte sie und rollte sich schmollend auf der Couch zusammen.

„Immerhin habe ich mit ihm vereinbart, dass er bis Montag wartet, damit du auch noch genügend Zeit hast. Das musst du doch verstehen."

„Na gut", zeigte Silvana sich versöhnlich, „lass uns schlafen gehen. Ich bin todmüde."

***

Als Marek am nächsten Morgen erwachte, war der Platz neben ihm verwaist. Er rieb sich die Augen und starrte aus dem Fenster. Der Himmel war von dunkelgrauen, tief hängenden Wolken bedeckt und es regnete in Strömen. Er streckte sich, gähnte noch einmal ausgiebig und stand auf. In der Küche duftete es nach frischem Caffè und Gebäck. Marek goss sich eine Tasse ein, nahm ein Croissant und schlurfte in Silvanas Arbeitszimmer. Sie saß an ihrem Schreibtisch und war so in ihre Arbeit vertieft, dass sie ihn erst nicht bemerkte.

„Bist du schon lange auf?", nuschelte er kauend.

„Mann, hast du mich erschreckt. So etwa zwei Stunden. Ich habe auch schon mit dem Redakteur gesprochen. Er ist einverstanden, wir werden die Sache auf der Titelseite bringen."

„Na, da gratuliere ich doch."

„Gehst du mit mir die Story noch einmal durch, wenn ich fertig bin? Ich möchte keinen Fehler machen."

„Natürlich, *cara*. Ich gehe nur schnell duschen."

***

Kardinal Kaspiersky knallte den Hörer auf. Gerade hatte ihm Pater Morton mitgeteilt, dass zwei seiner besten Leute in Untersuchungshaft sitzen. Dafür hatte wohl wieder dieser deutsche Commissario gesorgt. War dieser Mann denn nicht auszuschalten? Jetzt hatte man ihn auch noch mit diesem Journalisten zusammen gesehen, der seine Nase überall in Dinge hineinstecken musste, die ihn nichts angingen. Die Lage spitzte sich zu, wurde immer bedrohlicher. Er musste jetzt handeln. Kaspiersky nahm den Hörer wieder in die Hand und rief Ettore Catarini im Innenministerium an.

„*Buon giorno, Eminenza*. Was kann ich für Sie tun?"

„Zwei von Mortons Mitarbeitern wurden gestern festgenommen und in Untersuchungshaft gesteckt. Können Sie da etwas tun?"

„*Naturalmente, Eminenza*. Wird sofort erledigt. Sonst noch etwas?"

„Kennen Sie diesen Journalisten, Wagner heißt er. Er hat schon einmal einen miesen Bericht über uns in seinem linken Schmierblatt gebracht."

„Sicher, den kenne ich. Was ist mit ihm?"

Er wurde gestern zusammen mit diesem deutschen Commissario hier in Rom gesehen. Finden Sie heraus, was er vorhat und sprechen Sie mal mit seiner Redaktion, falls er etwas über die Sache weiß und veröffentlichen will. Notfalls mit Nachdruck. Denken Sie daran, wenn Köpfe rollen sollten, ist Ihrer bei den ersten."

„Sie können sich auf mich verlassen."

Kaspiersky lehnte sich einigermaßen zufrieden in seinem Sessel zurück. Jetzt konnte er nur noch abwarten und darauf hoffen, dass Catarini das Richtige tat.

***

Silvana hatte frischen Caffè zubereitet, während Marek ihren Entwurf für den Leitartikel las. An einigen, wenigen Stellen kritzelte er Anmerkungen oder Ergänzungen hinzu, aber im Großen und Ganzen zeigte er sich von ihrem Werk sehr angetan.

„Und, was meinst du?", fragte sie neugierig.

„Damit bekommst du mindestens den Pulitzer Preis."

„*Stupido!*", maulte sie ihn an und warf mit einem Sofakissen nach ihm. „Den bekommen außerdem nur amerikanische Medien."

„Im Ernst. Ich finde den Artikel ausgezeichnet. Du müsstest nur noch die paar kleinen Änderungen vornehmen, die ich angefügt habe, dann kannst du ihn abschicken."

„Ich bin mal auf die Reaktionen gespannt, falls es welche gibt."

„Ich auch. Es wird welche geben, verlass dich darauf."

Silvana übertrug seine Anmerkungen in ihren Laptop, dann schickte sie die Datei per E-Mail an ihren Redakteur.

„So, ich muss jetzt los. Wir haben nachher Redaktionskonferenz. Danke, *caro*."

„Ich gehe dann auch mal. Ich will versuchen Hinweise zu finden, die auf das Versteck von Bellinis Unterlagen hindeuten könnten."

„Soll ich dich schnell mitnehmen?"

„Nein, nicht nötig. Die frische Luft hilft mir vielleicht beim Nachdenken."

***

Es hatte aufgehört zu regnen und so nahm Marek nicht den direkten Weg über die Piazza Matteotti, sondern machte den kleinen Umweg über die Uferpromenade, vorbei an der kleinen Kirche Madonna dell' Angelo, neben der vor gut zwei Wochen alles begonnen hatte. Er blieb kurz stehen und blickte nachdenklich auf das kleine Gebäude.

„Wenn du nur reden könntest", murmelte er und ging weiter.

Zu Hause angekommen, steckte er sich eine Zigarette an, ließ sich in seinen Schreibtischsessel fallen und ging in Gedanken noch einmal alles durch, was sich bislang ereignete und welche Unterlagen er gesehen hatte. Aber so sehr er sich auch anstrengte, den einzig möglichen Hinweis den er fand, waren die beiden, auf der Rückseite des Kreuzes eingeritzten Zahlen, deren Sinn ihm aber weiterhin ein Rätsel blieb. Langsam beschlich ihn das unangenehme Gefühl, dass der Hintergrund dieses Falles ein Mysterium bleiben könnte.

Das Leuten seines Telefons riss ihn aus seinen düsteren Gedanken.

„Roberto, es ist etwas passiert!", Ghettis Stimme überschlug sich fast vor Aufregung.

„Beruhige dich erst einmal. Was ist denn pas-

270

siert?"

„Capitano Tardelli aus Rom hat gerade bei Capitano Mambretti angerufen und der hat mich eben informiert. Die beiden Typen, die du in Rom geschnappt hast, sind tot."

„Was? So schwer waren die Verletzungen doch gar nicht."

„Nein, nein. Sie wurden in ihren Zellen erhängt aufgefunden. Der Amtsarzt geht von Selbstmord aus."

„Verdammte Scheiße! Das stinkt doch zum Himmel. Selbstmord, und noch gleichzeitig, dass ich nicht lache. Hat Tardelli nichts Näheres erläutert?"

„Doch. Heute Vormittag wären zwei Mann vom Staatsschutz im Gefängnis aufgetaucht und hätten darauf bestanden, die beiden zu verhören."

„Wo fand das Verhör statt?"

„Das ist ja das seltsame. Sie wollten sie getrennt in ihren Zellen verhören. Danach schlossen sie die Zellentüren und gingen. Erst beim Austeilen des Mittagessens fand man die beiden. Sie hingen mit Streifen ihrer Bettlaken an den Fenstergittern ihrer Zellen. Auf den Betten lagen Abschiedsbriefe mit ähnlichem Wortlaut."

„Und da glaubt tatsächlich noch jemand an Selbstmord? Lächerlich! Hat denn niemand die Zellen kontrolliert, nachdem die Leute vom Staatsschutz

271

gegangen waren?"

„Offenbar hielt das niemand für notwendig."

„So ein Mist! Nicht, dass es mir um die beiden Arschlöcher leidtun würde, aber jetzt ist wieder eine Chance vertan, etwas über die Hintermänner erfahren zu können. Die räumen kaltblütig einfach alles aus dem Weg, was ihnen gefährlich werden könnte, und wie du siehst, sind sie bestens vernetzt."

Marek konnte seine Wut kaum zügeln.

„Vielleicht solltest du diesen Journalisten in Rom warnen. Wenn die so genau über die Untersuchungshaft der beiden Bescheid wussten, dann wissen sie auch wie sie dahin gekommen sind."

„Stimmt. Er wird das alles sicher schon wissen, aber ich werde ihn trotzdem gleich mal anrufen. Danke Michele."

***

Enrico Wagner war natürlich bereits über die Geschehnisse informiert. So hatte er auch über einen Informanten erfahren, dass man die zuständigen Vollzugsbeamten angewiesen hatte, die Zellen vor der Essensausgabe nicht mehr zu betreten. Offenbar waren diese Leute geschmiert, wurden erpresst oder bedroht. Wagner selbst glaubte nichts befürchten zu müssen, versprach aber auf sich aufzupassen. In erster Linie aber war er gespannt, welche Reaktionen sein Artikel am nächsten Tag auslösen würde.

17

Kardinal Kaspiersky war außer sich. Wütend warf er die Zeitung auf seinen Schreibtisch und wanderte in seinem Ufficio auf und ab. Das, was nie hätte passieren dürfen, ist jetzt eingetreten. Auch wenn von ihrem Projekt offenbar noch nichts an die Medien durchgedrungen war, richtete sich doch das öffentliche Interesse wieder einmal auf das Zentrum der katholischen Kirche. Übereifrige Staatsanwälte werden wieder Ermittlungen einleiten und Scharen von Medienvertretern ihre Mutmaßungen in die Öffentlichkeit tragen. Sie hatten versagt. Zumindest in großen Teilen.

Er ließ sich in einen Sessel fallen und schenkte sich einen *Hennessy Richard* ein. Sanft schwenkte er den edlen Cognac im Glas, bis er seine Aromen entfaltet hatte, dann nahm er einen Schluck, ließ ihn genüsslich die Kehle hinunter rinnen und lehnte sich zurück. Das waren eben auch Annehmlichkeiten seiner Position, neben der Machtfülle, welche er besaß, die er nicht missen mochte. Wie sollte er es dem Heiligen Vater erklären? Sicher, er war über die Geschäftspraktiken informiert, aber nicht direkt in die Details eingeweiht. Andererseits wusste er auch, dass sich heute nur so das Geld verdienen ließ, was die

Kirche, respektive ihre Mitarbeiter benötigten, um den gewohnten Standard zu halten. Außerdem konnte sie durch die daraus resultierenden Beziehungen ihre Machtstellung zementieren. Kaspiersky war sich sicher, er würde es verstehen. Aber jetzt musste erst einmal etwas unternommen werden, damit nicht noch mehr Interna in die Öffentlichkeit geraten konnten. Er erhob sich, ging zu seinem Schreibtisch und rief Ettore Catarini an.

„Haben Sie schon die Zeitung gelesen, Catarini?"

„*Si, Eminenza*, aber es war zum Glück nur eine Zeitung."

„Eben nicht. Erstens ist das dummer Weise eine der größten Blätter mit viel politischem Einfluss und zweitens hat mich der Bischof von Verona angerufen, weil dort im *Gazzettino* auch ein Artikel darüber erschienen ist. Am gleichen Tag, das gleiche Thema mit ähnlichem Inhalt. Merken Sie nichts? Da schmiedet sich eine Allianz gegen uns."

„Dann wird es Zeit für einen Schuss vor den Bug."

„So genau will ich das gar nicht wissen, nur unternehmen Sie etwas."

***

Die Via Cristofero Colombo in Rom lag wie ausgestorben in der Dunkelheit. Leichter Nieselregen hatte eingesetzt. Ein schwarzer Van hielt vor dem Gebäudekomplex, in dem sich die Redaktion *der Repubblica* und das Büro von Enrico Wagner befanden. Vier Männer in schwarzen Kampfanzügen und Sturmhauben stiegen aus und drückten sich gegen die Hauswand neben der, durch eine Schranke versperrten Einfahrt. Einer von ihnen installierte einen kleinen Störsender, um die Videokameras über der Einfahrt auszuschalten. Dann drangen sie über den Innenhof in das Gebäude ein und überwältigten den Nachtportier. Während ein Mann den Eingangsbereich absicherte, brachen die anderen in Wagners Büro ein und installierten einen Sprengsatz mit Funkfernzündung. Dann verschwanden sie ebenso unerkannt, wie sie gekommen waren.

Fast zeitgleich spielte sich ein ähnliches Szenario in der Via Torino in Mestre ab. Das Metalltor an der Einfahrt zum Gebäude des *Gazzettino* war für die Männer kein Hindernis. Fast lautlos rollte der Wagen vor das Gebäude. Der Fahrer wendete und stellte den Van wieder Richtung Einfahrt, um im Falle einer nötigen Flucht nicht mehr drehen zu müssen. Zwei Mann stiegen aus. Da in vielen Büros der oberen Etagen noch Licht brannte und die Gefahr vorzeitig entdeckt zu werden zu groß war, brachten sie den Sprengsatz im Foyer an. Auch hier konnte das Kommando unbemerkt entkommen. Wenig später wurden beide Gebäude von Detonationen erschüttert.

***

Das Läuten seines Telefons riss Marek aus dem Schlaf. Er rieb sich die Augen und starrte orientierungslos in die Dunkelheit.

„Verdammt! Es ist mitten in der Nacht", grummelte er und stülpte sich das Kissen über den Kopf.

Das Telefon klingelte erbarmungslos weiter.

„Ich brauche mal einen anderen Klingelton", resignierte Marek, setzte sich auf und tastete nach seinem Handy.

„Wer stört?"

"Es ist etwas Schlimmes passiert!", Silvanas Stimme klang beinahe hysterisch. „Es ist furchtbar."

Er war sofort hellwach.

„Was ist denn passiert? Wo bist du?"

„Die haben einfach die Zeitung in die Luft gesprengt."

„Jetzt beruhige dich erst einmal und dann erzählst du mir was los ist."

Während er in sein Arbeitszimmer ging und sich eine Zigarette ansteckte, hörte er, wie Silvana um Fassung rang.

„Also, einige Kollegen und ich saßen noch in der Redaktion, als es plötzlich einen riesen Knall gab und das ganze Haus wackelte. Wir waren alle so erschrocken und wollten schnell raus. Da haben wir dann gesehen, dass der komplette Eingangsbereich zerstört ist."

„Ist mit dir alles in Ordnung? Ist jemand verletzt?"

„Nein, glücklicherweise nicht. Der Nachtportier war gerade im Technikraum, weil eine Überwachungskamera ausgefallen war. Sonst hätte es ihn erwischt."

„Ich glaube, die Kamera wurde gezielt außer Betrieb gesetzt, damit sie unbemerkt die Bombe platzieren konnten."

„Wer war das? Was meinst du damit?

„Ich denke, das ist die Reaktion auf deinen Artikel. Ein Warnschuss. Die haben sich nicht viel Zeit gelassen. Aber was ist mit dir? Soll ich dich abholen?"

„Das ist lieb von dir, aber nicht nötig. Ich muss ohnehin noch länger hier bleiben und die Polizei will auch noch mit uns sprechen. *Ciao, Roberto*."

„*Ciao*, pass auf dich auf."

Marek ging in die Küche. Er brauchte jetzt einen starken Caffè. An Schlaf war jetzt nicht mehr zu denken. Es überraschte ihn nicht, dass die Gegenseite nach dem Artikel etwas unternahm, aber so schnell und so heftig, damit hatte er nicht gerechnet. Da schien doch jemand äußerst nervös geworden zu sein. Offenbar waren sie nah dran. Anders konnte er sich das nicht erklären. Auf jeden Fall musste er Silvana jetzt heraushalten. Wenn man jetzt schon mit Sprengstoffanschlägen reagierte, wurde die Sache zu gefährlich. Er war gerade dabei sich zu überlegen, wie er sie davon überzeugen konnte, als sein Telefon sich wieder lautstark meldete.

„*Pronto.*"

„*Ciao, Roberto*", meldete sich Enrico Wagner, „weißt du was passiert ist? Sie haben mein Büro in die Luft gesprengt. Diese Schweine!"

„Auf den *Gazzettino* gab es eben auch einen Anschlag. Da ist ein Sprengsatz im Foyer explodiert. Ist bei euch jemand zu Schaden gekommen?"

„Der Nachtportier hat eine Platzwunde am Kopf und eine Gehirnerschütterung, aber sonst hat es glücklicherweise niemanden erwischt, obwohl noch Kollegen im Haus waren. Was ist mit deiner Freundin?"

„Sie war auch noch mit einigen Kollegen im Gebäude, hat aber nur einen leichten Schock."

„Da sind wir wohl einigen zu nahe auf den Pelz gerückt", lachte Wagner, der seine gute Laune wohl auch durch diesen Anschlag nicht verloren hatte.

„Das sehe ich auch so. Jetzt wird es allmählich eng. Pass bitte auf dich auf. Ich halte dich auf dem Laufenden."

„Von solchen Storys lebe ich. Schon vergessen? Und auf diese hier habe ich lange gewartet. Da muss man halt auch mal Kollateralschäden, wie ein zerstörtes Büro, in Kauf nehmen. *Ciao Roberto.*"

Der hatte Nerven, aber das gefiel Marek. Er sah auf die Uhr. In einer halben Stunde würde der Bäcker öffnen. Zeit genug für eine ausgiebige Dusche.

***

Marek saß bei Caffè und Cornetti am Küchentisch und hörte die Nachrichten im Radio. Der Innenminister sprach im Zusammenhang mit den Anschlägen von einem verwerflichen Attentat linker Terroristen auf die Demokratie.

„Das hatten wir doch alles schon einmal", dachte Marek, „wie sich die Geschichte wiederholt."

Ein Sprecher der Carabinieri hielt sich in seinen Aussagen eher bedeckt. Einen Anschlag linker Gruppierungen könne man jedoch nicht ausschließen. Kein Wort über einen Zusammenhang mit den Artikeln in beiden Zeitungen.

Marek schaltete das Radio aus. Diesen Schwachsinn konnte er nicht länger ertragen. Dann ging er hinüber in sein Arbeitszimmer um Silvana anzurufen. Er wollte sie auf andere Gedanken bringen, wenn sie das alles hinter sich hatte.

„Bist du noch in Mestre?"

„Ja, aber wir sind hier gleich fertig. Die Polizei ist auch schon abgezogen, nur ein paar Leute vom Staatsschutz sind noch da und befragen uns."

„Was? Wieso die schon wieder? Was haben sie gesagt?"

279

„Aus Gründen der inneren Sicherheit hätten sie den Fall jetzt übernommen."

„Innere Sicherheit, dass ich nicht lache. Damit stellen sie sicher, dass nichts herauskommt. Im Radio hat der Innenminister die Anschläge linken Terroristen zugeordnet. Das kennen wir ja."

„Moment, du sagtest Anschläge. Gab es noch welche?"

„Ja, Wagners Büro in Rom wurde auch in die Luft gejagt. Er war aber zum Glück nicht da."

„Mein Gott! Was machen wir jetzt?"

„Das war eine Warnung an euch. Du solltest dich zurücknehmen, damit du aus der Schusslinie kommst. Treffen wir uns später bei Rosa zum Essen? Da können wir in Ruhe darüber reden."

„Gut, sagen wir um sechs Uhr? Ich brauche noch etwas Zeit."

***

„Liebes Kind, was bin ich so froh, dass dir nichts passiert ist", zeigte sich die Padrona besorgt. „Ich habe es im Radio gehört. Schlimme Sache. Jetzt braucht ihr erst einmal etwas Kräftiges zu essen. Wie wäre es mit *involtini saporiti in cipollata*?"

„Klingt ausgezeichnet, und dazu bitte eine Flasche Refosco."

Während des Essens berichtete Silvana detailliert von den Geschehnissen.

„Das deckt sich mit dem, was in Rom vorgefallen ist. Das waren Profis und keine linken Studenten, wie man der Bevölkerung weismachen will. Ich möchte, dass du dich ab sofort zurück hältst. Die Sache wird zu gefährlich für dich."

„Dafür hat mein Chef schon gesorgt. Er hat gesagt, ich soll zu Hause bleiben, bis die Lage sich beruhigt hat. Ich würde sonst nicht nur mich, sondern auch die Redaktion in Gefahr bringen. Das ist doch nicht fair, oder?"

„Auch wenn es dir nicht passt, da muss ich ihm recht geben. Wer weiß, was denen noch so einfällt und ich kann dich dort nicht schützen."

„Bleibst du heute Nacht bei mir?"

„Sicher, ich muss dich ja im Auge behalten", grinste er.

Nach Caffè und Grappa traten sie den Heimweg an. Die Wolkendecke war aufgerissen und der volle Mond zauberte einen silbernen Streifen auf die leicht, durch einen schwachen Südwestwind, gekräuselte Wasseroberfläche der Bucht an der Levante. Silvana schmiegte sich an Mareks Schulter und so schlenderten sie langsam zur Viale Falconera.

„Komisch", meinte sie, als er gerade die Türe öffnen wollte.

„Was ist komisch?"

„Die Türe war nicht abgeschlossen, aber ich bin

mir sicher, dass ich einmal rumgeschlossen hatte. Das mache ich immer so."

„Und dass du es mal vergessen hast?"

„Glaube ich nicht. Ich mache es schon automatisch. Rein intuitiv. Ich habe Angst, Roberto, hier stimmt was nicht."

„Kein Wunder bei dem, was du heute erlebt hast", versuchte er sie zu beruhigen. Sie sollte nicht merken, dass er angespannt und auf alles gefasst war.

„Behandle mich nicht wie ein kleines Kind. Ich weiß, dass ich abgeschlossen hatte und hier etwas faul ist."

„Gut, du bleibst hier und wartest. Ich sehe mich drin um."

„Sei bitte vorsichtig, Roberto."

„Ich habe ja meinen Freund dabei", lachte er und zog seinen Revolver aus dem Holster.

Silvana hielt sich die Hände vor das Gesicht. Sie wollte das grässliche Ding nicht sehen. Marek öffnete indes vorsichtig die Türe und schlich durch den Flur. Dabei warf er einen Blick in alle Räume und die Küche. Der Vollmond gab genügend Licht, sodass er alles einigermaßen erkennen konnte. Blieb noch das Wohnzimmer am Ende des Flurs. Hinter sich vernahm er ein leises Geräusch, leise Schritte. Er drehte sich um und riss den Revolver hoch. Silvana hatte es draußen nicht mehr ausgehalten und war ihm nachgeschlichen. Nun stand sie knapp zwei Schritte hinter ihm und starrte mit aufgerissenen Augen in den Lauf der Waffe.

„Bist du wahnsinnig?", zischte er. „Ich hätte dich erschießen können."

„*Scusi*, ich hatte Angst alleine da draußen."

Er nahm sie an die Hand und betrat vorsichtig den großen Wohnraum. Hier hatte er recht gute Sicht, da der Mond direkt durch die raumhohe Glasfront der Terrasse schien. Bislang hatte er nichts Verdächtiges bemerkt, doch genau in diesem Moment, als sie fast mitten im Raum standen, hörte er ein leises Klicken. Ein metallisches Geräusch, das er unter tausenden anderer Geräusche heraus identifizieren konnte. Zu oft hatte er in seinem Berufsleben das Geräusch gehört, welches entsteht, wenn jemand vorsichtig den Schlitten einer Automatik nach hinten zieht, um sie durchzuladen. Und genau das hatte er gerade registriert. Er stand wie zu einer Salzsäule erstarrt. Schweiß rann von seiner Stirn und seine Nerven waren zum Zerreißen gespannt. Er hatte nur einen Versuch, wenn überhaupt, aber er konnte Silvana, die nichts mitbekommen hatte, nicht warnen. Alles lief jetzt in Bruchteilen einer Sekunde ab, kam ihm aber wie in Zeitlupe vor. Mit seiner rechten Hand umklammerte er den Griff seines Revolvers und mit seiner linken packte er ihr Handgelenk. Noch bevor sie

Zeit hatte sich über die grobe Behandlung zu beschweren, riss er sie mit und ließ sich über die Lehne von Silvanas schwerem, englischen Ledersofa rollen. In diesem Moment fielen zwei Schüsse, die beide die Rückenlehne durchschlugen und in der massiven Sitzfläche stecken blieben. Marek konnte unter dem Sofa hindurch ein Paar schwarze Schuhe und den Saum einer dunklen Hose erkennen. Der Schütze stand noch neben der Türe, wo er auf sie gewartet hatte. Nun bewegte er sich langsam in ihre Richtung. Marek reagierte sofort und schoss auf den Hosensaum. Als das schwere Geschoss das Schienbein zertrümmerte, knickte der Angreifer augenblicklich ein und fiel zu Boden. Marek feuerte gleich ein zweites Mal. Diesmal traf er den Mann in die Seite. Dann war es totenstill. Er war sich sicher, dass nun keine Gefahr mehr drohte und stand auf um die Stehlampe neben dem Sofa anzuschalten. Auf Silvanas Boden hatten sich zwei Blutlachen gebildet, in deren Mitte ein Mann in dunkelgrauem Anzug lag. Seine Augen waren geöffnet und sahen irgendwie ungläubig zur Decke. Marek hob die kleine Pistole auf, mit der auf sie geschossen wurde und steckte sie ein. Dann durchsuchte er den Mann, fand aber nur eine Brieftasche und einen Autoschlüssel, sowie ein Ersatzmagazin und ein kleines Etui mit einem Profibesteck.

„Ist er tot?"

Silvana hatte sich in einem Sessel zusammengerollt und weinte.

„Ich denke schon."

„Was heißt das? Hast du nicht nachgesehen?"

„Nö, wenn er es noch nicht ist, dann wird er es aber bald sein."

„Du herzloses Ungeheuer! Du kannst ihn doch nicht einfach krepieren lassen."

Marek wähnte sich irgendwie im falschen Film. Diese weibliche Gefühlswelt würde er nie verstehen.

„Dieser Scheißkerl wollte uns eiskalt umbringen und du hast noch Mitleid mit ihm? Falls er noch leben sollte, prügele ich höchstens noch seine Auftraggeber aus ihm heraus und dann kann er von mir aus verrecken. Ich bin es leid, ständig als Zielscheibe für diese Arschlöcher herumzulaufen. Verstehst du das?"

Silvana nickte kaum merklich.

„Kannst du bitte trotzdem nachsehen?", schluchzte sie.

Marek hielt zwei Finger an die Halsschlagader. Dann erhob er sich und schüttelte den Kopf.

„Ist dir eigentlich aufgefallen, dass er nicht einen Laut von sich gegeben hat, als ich ihn getroffen habe? Der muss mit Drogen vollgepumpt sein, anders hält das kein Mensch aus."

„Und was ist jetzt?"

„Jetzt rufe ich Michele an."

***

Während die Spurensicherung sich an die Arbeit machte, berichtete Marek seinem Freund, was sich hier zugetragen hatte.

„… und über was ich mich gewundert habe, der hat keinen Laut von sich gegeben, als ich ihn getroffen habe."

Dann holte er vorsichtig die kleine Pistole aus der Tasche und reichte sie Ghetti.

„Das ist seine. Kommt sie dir bekannt vor?"

„Eine CZ 2075 RAMI. Die gleiche, wie sie dieser Radev bei sich hatte."

„Genau, und deshalb glaube ich, dass sie auch aus dem gleichen Stall kommen. Letzte Nacht war wohl eine Warnung an die Presse im Allgemeinen, aber die Verfasserin des Artikels wollten sie heute ganz aus dem Weg räumen."

Marek schlug sich mit der flachen Hand auf die Stirn.

„Verdammt, ich muss Wagner warnen. Wenn sie es auf Silvana abgesehen hatten, dann auch auf ihn."

Mehrfach versuchte er vergeblich den Journalisten zu erreichen, dann hinterließ er eine kurze Nachricht auf der Mailbox und bat um dringenden Rückruf.

***

Nachdem die Leiche abtransportiert war und Ghetti mit den Leuten der Spurensicherung die

286

Wohnung verlassen hatte, wollte Marek Silvana überreden, mit ihm zu kommen, doch sie bestand darauf in ihrer Wohnung zu bleiben, also blieb er auch. Während sie eine Schlaftablette nahm und im Schlafzimmer verschwand, versuchte er, so gut es ging, die Blutlache zu beseitigen, was ihm jedoch nur mit mäßigem Erfolg gelang. Er war zwar ziemlich fertig, aber zum Schlafen reichte es noch nicht und so setzte er sich in einen Sessel, steckte sich eine Zigarette an und schenkte sich ein Glas von Silvanas Brandy ein.

Unermüdlich kreisten seine Gedanken um die Geschehnisse der letzten Wochen. Er musste unbedingt diese Unterlagen finden, sonst würde das nie aufhören. Erst wenn die ganze Wahrheit ans Licht der Öffentlichkeit gelangt war und die Gegenseite nichts mehr hatte, was sie vertuschen konnte, würde man sie in Ruhe lassen. Vorher jedenfalls nicht, da war er sich sicher.

Da er auch nach dem dritten Brandy keine Müdigkeit verspürte, schaltete er den Fernseher an. Auf einem Nachrichtenkanal brachten sie Berichte und Interviews zu den Anschlägen auf die beiden Zeitungsredaktionen. Ein Sprecher des Innenministeriums erklärte, dass man mit aller Härte gegen die linken Terroristen vorgehen werde, die diesen abscheulichen Anschlag auf die Demokratie dieses

Landes zu verantworten haben. Marek konnte dieses Gewäsch nicht mehr hören, doch plötzlich beugte er sich vor und starrte gebannt auf den Bildschirm. In der linken, oberen Ecke war ein Bild von Enrico Wagner zu sehen und die Nachrichtensprecherin vermeldete, dass der bekannte, investigative Journalist nur knapp einem Bombenanschlag entgangen ist. Als er die Funkfernbedienung der Zentralverriegelung seines Wagens bedienen wollte, explodierte der Sprengsatz. Wagner hatte insofern Glück, dass er noch ein paar Meter entfernt war und einige geparkte Autos zwischen ihm und seinem Wagen standen. Wagner wurde mit leichten Verletzungen in ein römisches Krankenhaus gebracht.

„So ein Mist! Da ist er auch nicht sicher", dachte Marek und rief Ghetti an, der sich nach mehrfachem Leuten völlig verschlafen meldete.

„Die haben versucht Wagner mit einer Autobombe in die Luft zu jagen. Ich habe es gerade in den Nachrichten gesehen. Jetzt liegt er in einem Krankenhaus auf dem Präsentierteller. Du musst sofort Tardelli anrufen, damit er ein paar Leute zu seinem Schutz abstellt."

Ghetti versprach sich umgehend darum zu kümmern.

Irgendwann wurde Marek dann doch von der Müdigkeit übermannt und schlief im Sessel ein.

***

Am nächsten Morgen wurde er von klappernden Geräuschen und dem unwiderstehlichen Duft nach frischem Caffè geweckt. Er quälte sich aus dem Sessel, streckte sich ausgiebig und ging in die Küche. Silvana hatte Frühstück vorbereitet und schon frische Croissants besorgt.

„*Buon giorno, cara.* Wie geht's dir?"

„Geht schon. Warum bist du nicht ins Bett gekommen?"

Er hatte gehofft, diese Frage nicht gleich gestellt zu bekommen.

„Ich war noch nicht müde."

„Du bist ein schlechter Lügner. Was willst du mir verschweigen?"

Sie nahm die Caffettiera vom Herd und schenkte ein.

„Im Fernsehen haben sie einen Bericht über die Anschläge auf die beiden Zeitungen gebracht."

Marek nahm sich ein Croissant.

„Und was war noch? Nur deswegen bist du doch nicht aufgeblieben", bohrte Silvana weiter.

„Sie haben versucht, Enrico Wagner mit einer Autobombe in die Luft zu sprengen."

Einen Moment lang starrte sie ihn an, dann ließ sie sich auf ihren Stuhl fallen.

„Sie haben es heute Nacht in den Nachrichten gebracht. Ihm ist zum Glück nicht viel passiert, aber er liegt im Krankenhaus und dort ist er nicht sicher. Deshalb habe ich Michele gebeten sich mit der Polizei in Rom in Verbindung zu setzen, damit er Personenschutz bekommt."

Sie legte ihre Hand auf seine.

„Das hast du gut gemacht, Roberto."

Marek hatte sich gerade eine Zigarette angesteckt, als Ghetti anrief.

„*Buon giorno, Roberto*. Wie geht's euch?"

„Ist schon in Ordnung. Gibt's etwas Neues?"

„Kann man sagen. Wir haben jetzt den zweiten Toten aus dem verbrannten Leichenwagen identifiziert. Es handelt sich um einen gewissen Ivica Vukovic. Er war, wie sein Partner in Verona gemeldet. Mehr gibt es leider auch über ihn nicht."

„So ein Mist! Wir müssen unbedingt diesen Vukovic und Zanetti in einen Zusammenhang mit diesem Bestattungsunternehmer bringen und auch belegen können. Wenn der beim Verhör einknickt, hätten wir einen Fuß in der Tür."

„Ja, aber wie? Noch etwas. Der Typ, der euch gestern aufgelauert hat, hieß Mario Pavone, wohnhaft in Rom. Mehr gibt es über ihn auch nicht. Namen und Adresse wissen wir auch nur, weil wir seinen Ausweis und den Führerschein in seiner Brieftasche gefunden haben."

„Danke Michele. *Ciao*."

„Was hat er gesagt?", wollte Silvana wissen, die interessiert das Gespräch verfolgt hatte.

„Sie haben den zweiten Toten aus dem verbrannten Leichenwagen und den Typ von heute Nacht identifiziert. Die Daten von beiden unterliegen der Geheimhaltung. Du weißt ja, was das bedeutet."

„Ja. Ich fahre heute zu einer Freundin nach San Stino. Ich muss mal etwas anderes sehen. Ist das für dich in Ordnung?"

„Sicher, aber pass auf dich auf. Wenn dir irgendetwas komisch vorkommt, ruf mich sofort an. Hörst du?"

„Versprochen, und was machst du heute?"

„Ich gehe erst einmal nach Hause und ziehe mir ein paar frische Klamotten an. Dann versuche ich Wagner zu erreichen."

„Das kannst du nicht machen. Der liegt doch verletzt im Krankenhaus und braucht seine Ruhe."

„Leicht verletzt, haben sie gesagt und wenn er nicht reden kann, geht er ja auch nicht ans Telefon."

In diesem Moment jedoch klingelte Mareks Handy erneut.

Es war Enrico Wagner.

„*Ciao, Roberto*. Stell dir vor, die haben mein Auto in die Luft gejagt und mich beinahe mit."

„Ich habe es heute schon in den Nachrichten gesehen. Hast du viel abbekommen? Wie geht's dir?"

„Halb so wild. Die Druckwelle hat mich umgehauen. Am Anfang konnte ich fast nichts mehr hören. Sonst sind es nur ein paar Kratzer durch umherfliegende Glassplitter. Den Rest haben die beiden Autos abgekriegt, die vor meinem standen. Ich bin jetzt wieder zu Hause. Zum Glück habe ich die Angewohnheit gleich, wenn ich aus dem Haus komme, auf die Fernbedienung zu drücken. So war ich noch weit genug entfernt, sonst hätte es mich erwischt. Aber etwas Anderes. Du hattest heute Nacht auf meine Mailbox gesprochen. Was wolltest du mir dringendes sagen?"

„Ich wollte dich eigentlich warnen. Es gab nämlich auch einen Anschlag auf uns in Silvanas Wohnung. Wir kamen vom Essen und da wartete schon jemand im Wohnzimmer auf uns. Zum Glück hat sie so eine massive Couch, hinter der wir in Deckung gehen konnten. Die hat die beiden Schüsse abgefangen. Dann konnte ich ihn erledigen."

„Scheiße! Wisst ihr schon wer er ist?"

„Deswegen wollte ich dich eben anrufen. Könntest du deinen Bekannten noch einmal bitten etwas in Erfahrung zu bringen?"

„Sicher. Um was geht es?"

„Ich hatte dir doch von den beiden Toten in dem ausgebrannten Leichenwagen erzählt. Über den mit der Tätowierung, Antonio Zanetti, hat deine Quelle ja etwas herausgefunden. Jetzt haben wir von dem anderen auch einen Namen. Er hieß Ivica Vukovic und war zuletzt in Verona gemeldet. Der Rest ist wieder unter Verschluss. Der Typ, der uns hier an den Kragen wollte, hatte freundlicherweise seine Papiere dabei. Es handelt sich um einen Mario Pavone aus Rom."

„Ist schon in Arbeit. Aber du hältst mich doch weiter auf dem Laufenden, oder? Wenn die schon so offen einen Krieg anzetteln, sind wir sehr nahe dran. Da geht jemandem gewaltig der Arsch auf Grundeis, wie man bei euch sagt."

„Versprochen. Vielen Dank und halte deinen in Deckung."

„Klar, ich melde mich. *Ciao*."

„Und, wie geht es ihm?", fragte Silvana, die das Gespräch mit angehört hatte.

„Ein paar Kratzer, sonst nichts. Er ist schon wieder zu Hause. Ich gehe jetzt schnell unter die Dusche und mache mich dann mal auf den Weg. Und denk daran, sobald ..."

„Ja, ich melde mich sofort, wenn etwas ist", unterbrach sie ihn.

Er küsste sie auf die Stirn und verschwand im Bad.

18

Marek saß an seinem Schreibtisch und zermarterte sich das Gehirn. Irgendwo müsste es doch einen Hinweis auf das Versteck der Unterlagen geben. Oder sollte es am Ende gar keine geben? Wagner war jedoch von deren Existenz überzeugt und er kannte Bellini persönlich. Aber so sehr er auch suchte und überlegte, außer diesen beiden römischen Zahlen auf der Rückseite des Kreuzes hatte er nichts. Glücklicherweise konnte die Gegenseite damit ebenso wenig anfangen wie er. Mitten hinein in seine Überlegungen meldete sich Wagner mit dem Ergebnis der Recherchen.

„Also, dieser Vukovic ist Serbe und wurde auch von Pater Morton für das Collegium angeworben und auch dort ausgebildet. Zuletzt war er für das Bistum in Verona abgestellt. Dort will man den Namen aber nie gehört haben. Dieser Mario Pavone arbeitete für den Inlandsgeheimdienst. Damit ist klar, dass höchste staatliche Stellen in diese Sache involviert sind. Man wird zwar dort alles abstreiten und behaupten, Pavone wäre ein Abtrünniger und hätte auf eigene Rechnung gearbeitet, aber ich lasse da nicht locker. Die kriege ich am Arsch. Da habe ich lange drauf gewartet."

„Ich danke dir. Vielleicht können wir den Bestattungsunternehmer etwas in die Mangel nehmen und nachweisen, dass Zanetti und Vukovic für ihn gearbeitet haben. Dann hätten wir einen Anfang."

„Viel Erfolg!"

Marek rief umgehend Ghetti an, und informierte ihn über das soeben Gehörte.

„Ihr müsstet versuchen einen Durchsuchungsbescheid für Battistas Laden zu bekommen. Vielleicht findet ihr ja dort etwas, was auf eine Verbindung zwischen Battista, Zanetti und Vukovic hindeutet. Dann hätte man wenigstens eine Handhabe für einen Haftbefehl."

„Haben wir schon. Ich hatte dir vergessen zu sagen, dass die Kollegen in Triest die Fahrgestellnummer des verbrannten Wagens rekonstruieren und eindeutig Battista zuordnen konnten. Questore Palvarini war da sehr hilfsbereit als er hörte, das du an diesem Fall beteiligt bist. Capitano Mambretti hat gleich ein Amtshilfeersuchen an die Kollegen in Verona geschickt und die nehmen wahrscheinlich gerade Battistas Laden auseinander. Ich fahre später auch hin und nehme diesen schmierigen Kerl in die Mangel."

„Na, das ist ja mal etwas Erfreuliches. Dann viel Erfolg. Hoffentlich könnt ihr ihn richtig weichkochen."

Kurz darauf meldete sich Dottore Lovati.

„*Buon giorno, Commissario.* Ich wollte Ihnen etwas Interessantes mitteilen. Der Typ, der euch gestern das Licht ausblasen wollte, hatte einen sehr außergewöhnlichen Cocktail intus. Wir haben in seinem Blut eine Mischung aus *Oxycodon*, *Methamphetamin*, und *Kokain* gefunden."

„Ich dachte mir schon, dass der auf Drogen war. Der ist einfach, ohne einen Ton von sich zu geben, umgefallen, als ich ihm ins Bein geschossen habe."

„Kein Wunder, denn dieses Zeug macht schmerzunempfindlich. Die Nazis haben das in den letzten Kriegsjahren entwickelt, um ihre Soldaten leistungsfähiger und schmerzunempfindlich zu machen. Und wie man sieht, es wirkt. Stellt sich nur die Frage, wo er das Zeug herbekommen hat."

„Mich wundert hier fast nichts mehr. Vielleicht gehört das zur Standardausstattung von Killerkommandos des Geheimdienstes. Danke Dottore."

***

Marek hatte Kopfschmerzen. Sein Arbeitszimmer war völlig verqualmt, sein Aschenbecher voll. Ein Spaziergang würde jetzt guttun und auf dem Rückweg könnte er noch etwas für das Abendessen einkaufen. Er zog seine Jacke an, band sich den Schal um und marschierte los in Richtung Altstadt. Das Wetter hatte sich gebessert, aber es war immer noch recht kühl. Auf der Promenade gegenüber dem Campanile blieb er eine einen Moment stehen und sah über die glatte, graue Wasserfläche. Ein paar Möwen kreisten schreiend über ihm. Sonst war alles ruhig. Langsam schlenderte er weiter zur Chiesa Madonna dell' Angelo. Vor der kleinen Kirche am Ende der Promenade überlegte er kurz, dann ging er hinein und nahm auf einer der hinteren Bänke Platz. Die Kirche war leer und so konnte er die Ruhe, die dieser Raum verströmte, in sich aufnehmen. Vorne auf dem Altar stand der gläserne Schrein in dem sich die prachtvoll geschmückte Madonna befand, die der Kirche ihren Namen gab. Sein Blick wanderte weiter. Dabei fiel ihm auf, dass der Übergang des hinteren in den vorderen Kirchenraum leicht gerundet war, was man von außen nicht sehen konnte. Ihm war das bislang noch nie aufgefallen. Aber nicht nur das, auf den Säulen aus rosa Marmor, die in die Außenwände eingelassen waren, befanden sich kleine Kartuschen aus weißem Marmor, in denen jeweils ein Kreuz eingearbeitet war. Diese Kreuze weckten sein Interesse. Er stand auf und drehte sich um. Auf jeder dieser Säulen befand sich solch ein Kreuz und dieses Kreuz hatte große Ähnlichkeit mit dem Kreuz, das Bellini trug. Marek fing an die Säulen zu zählen. Es waren genau zwölf. Hatte am Ende die Zahl zwölf auf Bellinis Kreuz hierzu einen Bezug? Denkbar wäre es, denn Bellini war ja ein sehr religiöser Mann.

Zwischen den Säulen auf beiden Seiten des Raums hingen aus Silberblech getriebene Reliefs, die den Kreuzweg Jesu darstellten. Das Bild neben ihm hatte die römische Zahl XI rechts unten eingraviert. Marek konnte es kaum glauben. Sollte dies die Lösung sein? Es gab noch drei weitere Bilder. Das letzte mit der Zahl XIV hing in der Rundung am Übergang zum vorderen Kirchenraum. War die XII die Anzahl der Säulen und die XIV der Hinweis auf das letzte Bild neben der letzten Säule? Zwischen dem Bild und der gerundeten Wand gab es einen schmalen Hohlraum. Marek steckte seine Hand von unten in den Schlitz, konnte aber nichts ertasten. Erste Zeichen von Resignation wollten sich schon bei ihm einstellen, aber einen Versuch hatte er ja noch. Das Bild hing aber zu hoch um von oben in den Hohlraum zu greifen. Er sah sich um. Vorne, neben dem Altar, standen vier Stühle, auf denen wahrscheinlich die Messdiener während der Messe Platz nahmen. Aber das war ihm jetzt egal. Er griff sich einen Stuhl, postierte ihn unter dem Bild und stieg auf die mit rotem Samt bezogene Sitzfläche, in der Hoffnung, dass dieses fragile Möbel sein Gewicht aushalten möge. Zuerst ertastete er etwas glattes, möglicherweise einen Klebestreifen. Dann etwas größeres, wie einen Papierumschlag. Mareks Puls raste. Wie sollte er das, was sich hinter dem Bild verbarg herausziehen? Der Schlitz war zu schmal und das Relief ließ sich auch nicht einfach abhängen. Er musste entweder den Klebestreifen ablösen oder das Bild von der Wand reißen, was seiner Meinung nach einfacher gewesen wäre. Um unnötigen Ärger zu vermeiden und um nicht in der Gemeinde als Frevler oder Ketzer gebrandmarkt zu werden, entschloss er sich für die erste Lösung. Seine Finger waren definitiv zu dick für diesen schmalen Schlitz, doch irgendwie gelang es ihm eine Ecke freizubekommen. Mit einem Ruck zog er den Klebstreifen ab und ein brauner Umschlag landete auf dem Boden. Marek stieg vom Stuhl herunter, hob das Kuvert auf und setzte sich auf die erstbeste Kirchenbank.

„Darum geht es also", dachte er, als er den Inhalt überflogen hatte, „da werden eine ganze Menge Leute nicht sehr erfreut sein, wenn das an die Öffentlichkeit kommt."

Er steckte die Papiere in seine Jackentasche, klopfte den Staub vom Sitz des Stuhls und stellte ihn wieder ordentlich dahin, wo er ihn geholt hatte. Dann trat er mit einem innerlichen Hochgefühl den Heimweg an.

***

Marek hatte die Unterlagen, die er in der Kirche gefunden hatte, auf seinem Schreibtisch ausgebreitet und Seite für Seite aufmerksam gelesen. Das war ein Skandal erster Güte in den nicht nur die Vatikanbank verstrickt war, sondern auch das Innenministerium, das Ministerium für Infrastruktur, sowie eine Bank aus Kalabrien und mehrere einflussreiche Mafiafamilien. Kein Wunder also, wenn da ein Menschenleben nichts mehr zählte. Er nahm sein Telefon zur Hand und wählte die Nummer von Enrico Wagner.

„Es geht los, Enrico. Die Polizei von Verona ist gerade dabei den Bestattungsunternehmer Battista zu verhaften und der wird singen, wenn er nicht vorher um die Ecke gebracht wird. Aber das Beste ist, ich habe die Aufzeichnungen von Bellini gefunden. Er hatte sie in einer Kirche versteckt."

„Gratuliere! Darf man erfahren, was in diesen Aufzeichnungen steht?"

„Natürlich. Sagt dir das Projekt *Brücke von Messina* etwas?"

„Das ist schon uralt. Archimedes hatte bereits darüber nachgedacht. Die Mafia hatte auch schon diese Idee versucht umzusetzen, da dann die Wege für ihre Aktivitäten zwischen Kalabrien und Sizilien wesentlich kürzer und schneller geworden wären. Später hat dann Berlusconi den Gedanken an eine Brücke über den Stretto di Messina wieder aufgebracht, konnte aber anfänglich keine Mehrheit im Parlament dafür gewinnen. Später wurde erneut darüber gestritten und das Vorhaben ging zumindest einmal in die Planung."

„Bellini hatte jetzt herausgefunden, dass die Kosten, die ursprünglich einmal auf vier Milliarden Euro beziffert wurden, sich verdoppeln würden, da die Brücke in einer Erdbebenzone geplant ist, in der zwei Tektonische Platten auseinander driften. Die Mafia möchte da natürlich mitverdienen und hat Scheinfirmen gegründet, welche die Ausschreibungen mit Dumpingangeboten unter sich ausmachen sollen. Generalunternehmer soll die Firma von Mario Rosco aus Neapel werden, einem bekannten Mitglied der Mafia. Soweit die Rolle der ehrenwerten Gesellschaft in diesem Milliardenspiel. Um das Projekt im Parlament durchzubringen, braucht es nicht nur noch mehr Stimmen als vorhanden, sondern auch das Einverständnis der entsprechenden Ausschüsse zweier Ministerien. Dies zu bewerkstelligen war die Aufgabe von Ettore Catarini, einem Staatssekretär im Innenministerium. Laut Bellini steht er auch auf der Lohnliste der Mafia und soll die Stimmen diverser Abgeordneter gekauft haben. Das Geld dazu kam von der Mafia und wurde über die Banco Calabro an die Vatikanbank transferiert, wo es dann als blütenweißes Geld auf deren Auslandskonten landete. Von dort wurde es Rücküberwiesen und als Barzahlung seiner Bestimmung als Schmiergeld zugeführt. Die Vatikanbank hat da natürlich kräftig mitkassiert. Dafür musste Bellini sterben."

Einen Moment lang herrschte Funkstille. Wagner musste das Gehörte offenbar erst einmal sacken lassen.

„Das ist ja der Hammer! Kannst du mir die Aufzeichnungen zukommen lassen? Die mache ich hier fertig. Morgen weiß es ganz Italien."

„Ich scanne sie ein und schicke dir eine E-Mail."

„Danke, Roberto. Saubere Arbeit. Bis bald."

Nach diesem Gespräch informierte Marek noch Silvana, die natürlich auch diese Unterlagen haben wollte, um ihren Redakteur umzustimmen. Dann rief er Ghetti an.

„Wie läuft es mit Battista?", erkundigte er sich.

„Er jammert wie ein kleines Kind und will Polizeischutz. Er hat alles zugegeben, nachdem wir ihm nicht nur den Besitz des verbrannten Leichenwagens nachweisen konnten, sondern auch Belege dafür gefunden haben, dass Zanetti und Vukovic für ihn gearbeitet haben. Er behauptet, von Mitarbeitern des Bischofs dazu genötigt worden zu sein, die beiden einzustellen. Schuld sind immer die anderen."

„Ich habe die Unterlagen von Bellini gefunden. Das gibt morgen in der Presse einen riesen Knall."

„Um was ging es nun eigentlich?"

„Um eine Brücke, die schon viele haben wollten,

aber die nun wahrscheinlich nie gebaut werden wird. Die Brücke von Messina."

***

Kardinal Kaspiersky saß an seinem Schreibtisch und hatte seinen Kopf in die Hände gestützt. Sie hatten verloren. Das war sofort klar, als er am Morgen die Zeitungen durchgesehen hatte. Jetzt blieb nur noch eines; aufräumen und den Schaden für die Kirche so klein wie möglich zu halten. Er nahm den Telefonhörer und wählte die Geheimnummer in der Via Carlo Cattaneo, die er in den letzten Wochen schon so oft angerufen hatte.

„Plan B", murmelte er in den Hörer und legte auf.

Jetzt musste er nur noch den Heiligen Vater in das für ihn vorbereitete Bild setzen und entsprechende Pressemitteilungen ausarbeiten.

***

Mit einiger Genugtuung legte Marek die Zeitungen zur Seite. Die Artikel, die Silvana und Enrico geschrieben hatten, wirbelten ordentlich Staub auf. Battista war verhaftet und konnte vor Gericht gestellt werden. Seine beiden Killer, die Bellini ermordet hatten wurden selbst ermordet. Die beiden, die den Anschlag auf ihn verübt hatten, wurden in ihren Zellen erhängt und der Typ, der ihn observiert und beinahe erschossen hätte wurde ebenfalls ermordet. Den Kerl, der Silvana umbringen wollte, hatte er selbst erledigt.

Trotzdem war er nicht zufrieden. Was ist mit den Drahtziehern? Würden die auch ihre gerechte Strafe bekommen? Leise Zweifel waren angebracht. Er hatte zwar einiges erreicht, aber hier stieß er an seine Grenzen.

19

Am nächsten Morgen saß Marek mit Caffè und Zigarette am Küchentisch, als ihn eine SMS erreichte.

„Sieh dir die Nachrichten an. E."

Marek drückte die Zigarette aus, ging ins Wohnzimmer und schaltete den Fernseher an. Auf einem Nachrichtenkanal lief ein Bericht über den neuen Skandal. Mutmaßungen über Beteiligte wurden angestellt und von anderer Seite wieder verworfen. Ein Regierungssprecher verkündete, dass der Bau der Brücke von Messina vorerst gestoppt ist. Es würde ein Untersuchungsausschuss eingesetzt werden, der alle Vorwürfe der Manipulation und Bestechung prüfen soll. Dann wurden die Nachrichten von einer Sondermeldung unterbrochen.

„… wie bereits berichtet, wurde heute in den frühen Morgenstunden die Leiche von Umberto Calvari gefunden. Wie ein Sprecher der Polizei mitteilte, hatte er sich an einer Laterne auf der Ponte Sant' Angelo erhängt. Eine weitere Nachricht erreichte uns soeben. Der Staatssekretär im Innenministerium, Ettore Catarini, stürzte sich heute Vormittag vom Balkon seiner Stadtwohnung in den Tod. Beide Selbstmorde stehen offenbar im Zusammenhang mit dem gestern aufgedeckten Finanzskandal. Nun weitere Meldungen des

Tages ..."

„Selbstmord ...", Marek schüttelte den Kopf.

***

Zwei Tage später saß Marek an seinem Schreibtisch und las die neueste Ausgabe des *Gazzettino*. Immer noch war der neue Finanzskandal ein Thema, aber er schaffte es nicht einmal mehr auf die Titelseite. Das Parlament hat in einem Eilantrag der Oposition beschlossen, das Projekt der Brücke vorerst nicht weiter zu verfolgen. Der entstandene Schaden für Planungskosten und Gutachten wurde auf mindestens dreihundert Millionen Euro geschätzt.

In einer kleinen Meldung war zu lesen, dass der Präsident der Banco Calabro, Salvatore Bellucci, bei einem tragischen Autounfall ums Leben kam. Er verlor offenbar auf abschüssiger Strecke die Kontrolle über sein Fahrzeug und stürzte fünfzig Meter in die Tiefe. Marek legte die Zeitung beiseite. Eigentlich müsste er zufrieden sein, aber alle handelnden Personen, die durch eine mögliche Aussage hätten gefährlich werden können, wurden beseitigt. Deswegen war er es nicht restlos. Die Kleinen fängt man oder erhängt man, die Drahtzieher in ihren feinen Anzügen in ihren feinen Büros und die Anderen in ihren Soutanen jedoch, bleiben meist unbehelligt, wischen sich den Mund ab und machen einfach weiter. Da stoßen Recht und Gesetz offenbar an ihre Grenzen.

Die Handlung und alle handelnden Personen sind frei erfunden. Übereinstimmungen mit tatsächlich existierenden Personen oder Ereignissen, wären rein zufällig.

Verweise auf reale Personen und Ereignisse sind wie belegt und publiziert wiedergegeben. Dort jedoch, wo Interpretationsspielraum besteht, habe ich diesen Freiraum passend zur Handlung der vorliegenden Geschichte genutzt.

Text erwähnte Gerichte

Salsicce (Salsiccia) –
pikant gewürzte Frischwurst aus Schweine-Mett

Polenta –
fester Brei aus Mais-Grieß

Panino (Panini) –
kleines Brot oder Brötchen

Cornetto (Cornetti) -
Hörnchen mit einer Füllung aus Vanillecreme, Scho-
koladencreme oder Marmelade

Fusilli al tonno –
Fusilli (Spiralnudeln) mit Thunfisch

Anara al forno –
gebratene Ente

Terrina e involtini –
Terrine aus Kalbfleischpastete und Kalbsrouladen

Provolone –
italienischer Schnittkäse aus Kuhmilch

Salame Felino –
Luftgetrocknete Salami aus der Provinz Parma

Polpettine di vitello –
Kalbshackbällchen mit Rosmarin und Tomaten

Involtini saporiti in cipollata –
Rinderrouladen auf geschmorten Zwiebeln

Volker Jochim
im tredition Verlag

Gib mir das Gefühl zurück

Novelle / September 2015

Ein Mann erfährt bei einem Besuch seiner Heimatstadt
vom Tod seines Jugendfreundes, mit dem er auch in der
68er Bewegung aktiv war, bevor sich ihre Lebenswege
trennten. Überrascht davon, wie sich sein Freund von einem überzeugten Kommunisten zu einem Unternehmer
wandelte, arbeitet er, zusammen mit der Witwe seines
Freundes, die Vergangenheit auf.

Auf einfühlsame und doch unterhaltsame Weise, wird hier
der 68er Generation ein Spiegel vorgehalten.

Nied Blues
Ein Frankfurt Krimi / September 2015

Die Nacht zu Fastnachtssamstag. Eine schwarz gekleidete
Gestalt mit einem auffallend weißen Gesicht eilt durch den
Nebel, der von Main und Nidda kommend, in die Straßen
des Frankfurter Stadtteils Nied zieht. Kurz darauf wird
diese Gestalt auf der Treppe an der Wörthspitze ermordet
aufgefunden. Kommissar Keller, ein kauziger, wortkarger
Mann, der wegen seiner unkonventionellen Methoden bei
seinem Dezernatsleiter schon lange in Ungnade gefallen
ist, muss mit den Ermittlungen beginnen, bekommt den
Fall am nächsten Tag aber wieder entzogen. Ein junger
Hauptkommissar übernimmt und präsentiert kurz darauf
einen Verdächtigen - einen Künstler, der die Tote als letzter gesehen hatte. Heimlich ermittelt Keller mit seinem
Assistenten Petersen weiter und kommt zu dem Schluss,
dass das Motiv dieses Mordes weit in die Zeit des zweiten
Weltkrieges zurückreicht. Der Fall nimmt eine für alle
völlig überraschende Wendung.

Ein spannender Frankfurt Krimi mit historischem Hintergrund.

Kommissar Mareks trügerische Idylle
Kommissar Marek wandert aus
Mareks erster Fall
Neuauflage / März 2016

Kriminalhauptkommissar Robert Marek vom Morddezernat der Kripo in Frankfurt/Main ist wegen seiner unkonventionellen Methoden bei Kollegen und Vorgesetzten nicht gut gelitten. Aufgrund seiner überdurchschnittlichen Aufklärungsquote soll er auch noch zum BKA versetzt werden, was er jedoch auf jeden Fall verhindern will. Er nimmt Urlaub und fährt mit seinem alten 2CV nach Caorle, einer historischen Kleinstadt im Veneto. Dort hofft er, eine Lösung seines Problems zu finden. Er lernt die attraktive Journalistin Silvana kennen, die ihn überredet, sich vorzeitig pensionieren zu lassen und nach Caorle zu ziehen. Sie besorgt ihm eine Wohnung und im Herbst des gleichen Jahres zieht er nach Italien.

Im Frühsommer des folgenden Jahres entdeckt Marek eine eigenartig über den Rand eines Müllcontainers drapierte Leiche. Bei der Aufnahme der Zeugenaussage lernt er den jungen Brigadiere Ghetti der örtlichen Carabinieri kennen und bietet ihm seine Hilfe bei der Aufklärung des Falles an, die der junge Mann gerne annimmt.
Nach zwei weiteren brutalen Morden scheint der Fall zu eskalieren. Sie stehen vor einem Sumpf aus Behördenkorruption und groß angelegten Grundstücksspekulationen, bis es ihnen gelingt, eine Verbindung zwischen den Morden herzustellen und ein Motiv sichtbar wird.

Dreikönigsfeuer
Kommissar Marek stößt an Grenzen
Mareks dritter Fall / April 2016

In der Nacht zu Epiphania (hl. Drei Könige) soll in der italienischen Kleinstadt Caorle im Veneto der alte Brauch des Dreikönigsfeuers wieder aufleben. Am Strand wird ein riesiger Scheiterhaufen aufgerichtet, der nachts feierlich entzündet werden soll. Auch der pensionierte, ehemalige Hauptkommissar des Frankfurter Morddezernats, Robert Marek, der nun in Caorle lebt, seine Freundin, die Journalistin Silvana Rafaeli und sein Freund, der Carabiniere Michele Ghetti wollen daran teilnehmen. Als aus dem brennenden Scheiterhaufen ein seltsamer Geruch aufsteigt, versuchen Marek und Ghetti das Feuer zu löschen. Dabei kommt eine bereits völlig verbrannte, menschliche Gestalt zum Vorschein. Am folgenden Tag konfisziert der italienische Staatsschutz die Leiche und alle Unterlagen und entbindet die Carabinieri von diesem Fall. Wer war der Tote und warum soll dieser Mord geheim gehalten werden? Marek und Maresciallo Ghetti ermitteln trotzdem weiter. Der Fall konfrontiert sie mit der undurchsichtigen Welt der Geheimdienste, der Korruption in weiten Teilen der Politik, der Mafia und mit den kriminellen Machenschaften hinter den Mauern des Vatikans. Dabei gerät Marek in Lebensgefahr und muss einsehen, dass er gegen die Übermacht aus Politik, Kirche und Geheimdiensten nahezu machtlos ist und kaum eine Chance hat. Er ist an Grenzen gestoßen, die stärker als alle Gesetze sind.

Der letzte Kreis der Hölle

Kommissar Marek kommt ins Grübeln

Mareks vierter Fall / Dezember 2015

Die dreijährige Tochter eines deutschen Schönheitschirurgen verschwindet scheinbar spurlos aus dem Ferienhaus der Eltern in Caorle. Nach einer groß angelegten Suchaktion geht die örtliche Polizei von einer Entführung aus. Nur, es gibt keinerlei Spuren, die auf die Beteiligung einer fremden Person schließen lassen könnten. Als sich direkt nach dem Verschwinden des Mädchens plötzlich das Bundeskriminalamt einschaltet, ist Mareks Interesse geweckt. Es beginnt ein perfides Katz- und Mausspiel zwischen den Behörden, der Polizei und den Betroffenen, dessen Ende das Vorstellungsvermögen der Ermittler weit übersteigt. Obendrein ist Marek am Grübeln, ob dieser Ort für ihn noch der richtige zum Leben ist.

Zeitfracht Medien GmbH
Ferdinand-Jühlke-Straße 7
99095 Erfurt, Deutschland
produktsicherheit@kolibri360.de